MINGUO TONGSU XIAOSHUO
DIANCANG WENKU

民国通俗小说典藏文库·冯玉奇卷

啼笑皆非·日暮穷途

冯玉奇◎著

中国文史出版社

图书在版编目（CIP）数据

啼笑皆非·日暮穷途 / 冯玉奇著. — 北京：中国
文史出版社,2018.3
（民国通俗小说典藏文库·冯玉奇卷）
ISBN 978 - 7 -5205 -0052 -4

Ⅰ. ①啼… Ⅱ. ①冯… Ⅲ. ①长篇小说 – 中国 – 现代
Ⅳ. ①I246.5

中国版本图书馆 CIP 数据核字（2018）第 010339 号

点　　校：清寒树　旷　野
责任编辑：蔡晓欧

出版发行：中国文史出版社
网　　址：http://www. chinawenshi. net
社　　址：北京市西城区太平桥大街 23 号　邮编：100811
电　　话：010 - 66173572　66168268　66192736（发行部）
传　　真：010 - 66192703
印　　装：廊坊市海涛印刷有限公司
经　　销：全国新华书店
开　　本：720 ×1020　1/16
印　　张：21　　　　　字数：221 千字
版　　次：2018 年 9 月第 1 版
印　　次：2018 年 9 月第 1 次印刷
定　　价：62.80 元

目　　录

啼笑皆非

日暮途穷

1

啼笑皆非

第一回

割股疗亲返魂终乏术

今夜的月色是分外的明亮，悬挂在蔚蓝的天空中好像一面铜盆般光圆得可爱。她象征着一个二八女郎的面庞，冰清玉洁地显出一股子妩媚的风韵。院子里四周是静悄悄的，在那边假山旁这两株高大银杏树下，有一缕丝丝袅袅的香烟飘飞上来，这就见地下有一个年约十六七岁的姑娘，跪在地上闭了眼睛，合十了双手，好像是虔诚地祝告上苍的样子。她的身旁还放了一只饭碗并一把剪刀，显然那姑娘在预备着割股疗亲的一番孝心。那姑娘在念念有词了一会儿之后，忽然把自己的衣袖撩起，露出那一条雪白粉嫩的玉臂，然后用小嘴把玉臂上的白肉咬起，一手把剪刀就这样不管痛痒地剪下一块肉来，待把那块肉放到碗内的时候，她已经是痛得昏厥在地上了。

就在这个时候，院子门的外面匆匆地走进一个年约二十许的少年来，他一见那姑娘跌在地上，心中不免大吃了一惊，急忙奔到她的身旁，一面把她扶起，一面抱在自己的怀里，忍不住低低地唤道：

"雪影，雪影，你怎么啦？你怎么啦？"

雪影虽然是痛得发昏，但是她心里还非常清楚，听了这急促的唤声，遂微睁星眸，向他望了一眼。一见是自己的同学谢凝远，这就微红了两颊，竭力熬住了痛苦，低低地说道：

"凝远，我爸爸病得实在很厉害，医生都说没法再救治了，所以我在万不得已之下，只好来一个最后的救治。对不起！你快把这只碗儿给我拿进去，交给我母亲，马上煎了汤给爸爸吃吧！"

凝远见碗内有一块鲜血淋淋的肉，似乎还在微微地跳动，一时觉得雪影真是一个贤孝的女儿，心中也不免代为她疼痛了一阵子，于是接过了这只碗儿，再也顾不得雪影，匆匆地拿进房中去了。他一脚跨进房门，就见雪影的母亲坐在床边暗暗地流泪。因为恐怕惊动了雪影的爸爸，于是他便轻轻地咳嗽了一声。钟夫人听了咳嗽，回头向后望了一眼。凝远对她招了招手，钟夫人见他手中有一只碗，便悄悄地走了过来看仔细。凝远低低地说道：

"师母，这是雪影的一片孝心，你老人家快去煎了汤给老师喝下了，也许他的病体会轻松一点儿的。"

"啊！这孩子真有一股子孝心吗？"

钟夫人接过碗中鲜血淋淋一块肉之后，她是感到意想不到的惊喜，心中不由得一阵子肉疼，她忍不住已经落下几点晶莹的眼泪来了。雪影的爸爸钟静江，虽然在神志昏迷之下，但是他的听觉还十分灵敏，于是他忍不住低低地问道：

"梨云，你和谁在说话呀？"

"哦，是凝远来了，他找雪影有一点儿事情要谈。"

钟夫人一面回答，一面向凝远努了努嘴，她便急急地自管到

4

厨下去了。这里凝远走到床边来，在暗淡的油灯光芒之下，瞧到静江枯黄的面庞，至少是包含了一点儿凄凉的意态，遂柔声地叫道：

"老师，你身体好些了吗?"

静江好像自知不起的样子，把头微微地一摇，伸了那条骨瘦如柴的手臂，在床沿边轻轻地一拍，这是叫他坐下的意思。凝远不忍拂他一片亲热的盛情，遂在床边坐下了。静江方才叹了一口气，说道：

"凝远，多谢你常常来看望我，我心中是十分感激。但是我这个病，恐怕虽有卢扁之医，亦难收回春之效。所以自知不起，危在旦夕。虽然人生百年，如白驹过隙，早死迟死，也无非是时间问题。不过像我年未四十，竟不幸中途夭折，抛下了寡妇孤女，姑且勿论，但我身上尚有未了之事业与责任，惜无一儿继吾之志，言念及此，曷胜痛惜!"

静江说到这里，心中一阵悲酸，不禁泪如泉涌。凝远听了也不禁为之黯然垂泪，遂哽咽地安慰道：

"老师，你不要说这样令人痛伤的话，岂不是叫人听了难过。常言道，人无千日好，花无百日红，那么偶染微恙，这也是常有的事。只需静养，明天自然渐渐而愈，所以请老师宽为自慰，请勿过分忧虑，恐怕有增病体，诚非良事。"

静江摇头唯有苦笑而已。过了一会儿，向凝远默视良久，徐徐问道：

"凝远，我知道你是一个有思想的好孩子，在这三百多个学生中，我平日最看重你，因为你不但品学兼优，且富有外才，胆大心细，而更有毅力，所以我在临死之前，向你问一句话，你看校中哪一个先生可以继吾之志而任校长？"

"老师，这件事情太重大了，学生年幼无知，不敢有所参加意见。想老师首创母校至今已有二十年，校中教师谁有才干，恐怕也早洞悉之中了，所以还请老师自己定夺才好。"

凝远因为自己和校长的接近这是全校的师生都所知道的，而校长先生的宗旨，目的在于普及教育而扩展乡间知识，栽培一班青年子弟，所以校长先生之创办学校，和号称文化荟萃之区的上海学校里专以营业为着想是完全不同的。所以他常常说，他死了之后，绝不把这学校当作了自己的私产，只要有为教育而服务终身精神的人才，不论年轻年老，他都愿意把这学校叫他接办下去。所以校中一班教师们个个都想担任这个校长的职务，曾经向凝远联络感情，叫他在校长先生面前代为鼓吹的也有。凝远对于这些教师表示非常轻视，认为都是教育界中的败类，将来担任了校长，必定要争权夺利，所以置之一笑，也只把他们当作放屁而已。现在想不到校长先生竟问起自己来，所以他摇了摇头，表示不愿参加的意思。静江知道他是不愿多事的意思，遂沉吟了一会儿，假意问道：

"你觉得教务主任朱秉堂先生为人如何？平日对你们学生还算仁爱吗？"

"朱先生为人固属精明能干，但自私心太重，将来恐怕会改变老师创办学校的宗旨，所以老师还得加以郑重考虑。"

凝远觉得箭在弦上，假使自己不发的话，那么将来老师在九泉之下会感到终身的遗恨，所以他是万不得已而加以评语。其实静江是个胸有城府的人，他的脑子比任何人都要清楚万分的。静江之所以向他举一个例子来问，也无非试试凝远的眼光好不好、准不准，今听他这样回答，一时不由得微微地一笑，遂又问道：

"那么国文教师黄正明先生，大概总可以堪任斯职了吧？"

"黄先生年老力衰，虽然为人正直，但办事不够魄力，且两耳甚软，恐怕易受小人播弄，故我认为也不是个恰当的人才。"

凝远摇了摇头，他是毫不徇情地照相直谈。静江点了点头，说道：

"你所说的都很合着我的意思，想我创办这个学校，从小学而到中学，二十年来，煞费苦心，真也不是一件容易的事情。因为我为了教育，把我全部的天地产业都化为乌有，所得到的结晶是每年培植出来的青年子弟，他们都有了很纯正的思想、很广博的才学，他们一批一批地运送到社会上去，使社会改善得更完美更幸福，这我总算是替国家尽了一部分的责任。但我今年刚只三十九岁，谁知人生的旅程已经是走到了尽头，虽然我还想再把我的责任尽下去，但是心有余而力不足，因为我是一个垂死之人了。不过我总不愿把自己一手创办的学校，轻易地去托付任何一个人，所以我的心中当然有一个深切的考虑，你今年已经二十岁了，这学期在高中可以毕业，假使像我在十九岁那年就担任了小学的校长，那么你做校长恐怕已有两年的历史了吧。在这里我觉得自己少不得也有一点儿私心，因为我死之后，妻女年事尚轻，倘若无人照顾，将来说不定有冻馁之虞，故而我不得不有个两全其美的办法。想你和雪影平日感情颇为莫逆，你是一个有学问才干的青年，雪影虽不能与你相提并论，但为人尚称贤淑，所以我的意思，请你继我未了之志，负起普及教育的责任来，把我这心血结晶的学校接办下去。同时我雪影母女两人也请你多多照顾一下，这样我虽然死于九泉之下，心里也是十二分安慰的了。"

静江一口气地说到这里，他已经是上气不接下气了，两眼望着凝远的脸儿，似乎很迫切地需要他有个美满的答复。这当然是出乎凝远意料之外的事情，想不到静江会说出这些话来，一时他那颗心儿便忐忑地跳跃起来，微红了两颊，沉吟了一会儿，方才低低地说道：

"老师，承蒙你看得起我，我的心中真有说不出的感激。但是学生才疏学浅，恐怕不堪当此重任，将来有负所望，使学生歉疚终身，使老师遗憾天上，反为不美。故而学生的意思，接办学校是一件事，照顾师母师妹又是一件事，两件事绝不能合在一起谈的。所以前者恐难应命，后者自当尽力，还请老师原宥才好。"

凝远说毕，表示非常诚恳的意思。

"这是你谦虚得过分，我觉得你才有大公无私的精神、普及教育的思想。只要你把学生们不当作商场中一班货物那么看待，那就算继我平素之志了。凝远，我的意志已决，请你莫负我望。明天星期日，把校中教员全部请至这里一叙，我自有言语交代他们。"

静江却不管他答应与否，便对他低低地吩咐。他似乎感到十分吃力，闭了眼睛，静静地养神。就在这个时候，钟梨云把煎好的那碗汤搬了进来，走到床边低低地叫道：

"静江，你口渴没有，我烧好了一碗汤，你要不要喝两口？"

静江微微地睁开眼睛点了点头，梨云扶起他的身子，把碗凑在他的口边给他喝了半碗，梨云劝他喝完了，可是静江倒在枕上，却摇头合眼了。凝远不敢多劳乏他的精神，遂向梨云低声问道：

"师母，雪影在哪里？"

"雪影在她房中，你要不去看看她？"

梨云轻轻地回答。凝远知道雪影割股之后，大概身子有点儿受不住，所以到房中休息去了，一时点了点头，便悄悄地走到雪影的卧房来。只见雪影躺在床上，好像有暗暗啜泣之声，于是柔和地叫道：

"雪影，你不要伤心呀，你自己身子也要保重一点儿吧。"

雪影听了这说话的声音，便停止了哭泣，回转身来，谁知凝远已站在她的床边，这就红了粉脸，回答道：

"凝远，你瞧我爸爸的病体不知还有救吗？"

这句话倒把凝远问住了，暗想：我可不是医生，这似乎叫我难以回答。沉吟了一会儿，方才安慰她说道：

"吉人自有天相，自会病占勿药。照你爸爸年龄而说，正可以在社会上做一点儿事业呢。刚才你妈已给他喝下了这碗汤，我想老天可怜你这一番孝心，大概也不会使你们父女两人有所分离吧。"

"但愿能够这样，真使我谢天谢地了。"

雪影一面说，一面从床上支撑着坐起身子来。凝远连忙去扶住了她，低低地说道：

"雪影，你坐起来干吗？我又不是陌生人，你还是躺下来休息一会儿吧。"

雪影摇了一下头，纤手掠着她的鬓发，说道：

"不要紧，让我靠一会儿也好。凝远你也请坐下。"

凝远于是在床边那张椅子上坐下，两人相对地望了一会儿，却默默地并无一语。良久，凝远方才低低地说道：

"刚才你爸爸对我说了许多的话，我听了心里只觉得有些甜酸苦辣各种不同的滋味，但结果还是非常难过。"

"不知跟你说些什么话？"

雪影凝眸含颦的，有些猜疑的样子。

"你爸爸难道没有和你谈起过这些话吗？"

凝远以为她有些假惺惺作态，遂故意这么地先反问了一句。

"谈起过什么话？我委实并不知道。"

雪影觉得其中多少包含了一点儿神秘的成分，因此粉颊儿浮上了一层桃花的色彩，表示十分认真的样子。

"你爸爸刚才对我说他在十九岁那年就创办了这个民智小学，现在由小学而变成了中学，在他是花费了多少心血和脑汁，所以这确实不是一件容易的事情。现在他病得这么沉重，他说自己的生命好像是大海之中一叶扁舟，假使风浪再大一点儿的话，小舟就有倾覆的危险，所以他在还没有覆舟之前，当然需要有一个打算。这似乎使我感到意料之外的，就是你爸爸竟要我去继续他未了的志愿，接办这一个学校。你想我是一个学识浅薄的年轻人，况且还在本校求学，如何能当此重任呢？所以你爸爸虽然是这样地看得起我，我却实在有些担当不起。"

凝远这才向她低低地告诉，说到后面，他有些力不从心的意思。雪影微蹙了眉尖儿，雪白的牙齿微咬着嘴唇皮子，沉吟了一会儿，说道：

"对于这一件事情，爸爸在昨天也跟我们母女谈起过，他说你虽然年纪很轻，不过却有坚毅的意志、果决的精神，所以他预料你是个栋梁之材。同时我爸爸还有一层意思，你的个性很至诚，受人之托，当然是忠人之事，那么你接办了这个学校之后，对于我们母女两人日后的生活，自然也有很多的照应吧。"

"这个……我假使不接办这个学校，那么照我们两人的交谊而说，大家互相也应该有个照应的义务，所以我以为这些你们是尽可以放心的。"

凝远听她这样说方才知道他们已经是都接过头的，于是望着她粉脸十分多情地回答。雪影听他这样说，芳心自然非常地感激，遂把秋波脉脉含情地逗给他一个媚眼，低低地说道：

"话虽这么地说，不过爸爸的意思也很对，因为他创办学校是完全为了普及教育，所以贫苦的子弟都可以免费入校求学，假使这学校给别人接办下去，他们倒辜负了爸爸的宗旨，而当作了商业上营业性质，所谓校门八字开，无钱莫进来'。这样叫爸爸魂而有知，岂不是要痛哭流涕了吗？想你是个富有思想的青年，而且平常的性情又是急公好义，这样我们相处在一起，十数年来，也是非常明白，其所以希望你继续爸爸的志愿，也是为了大众教育着想。所以我劝你千万不要推却，最好能够答应了爸爸，这是使我心中也感到一百二十分的感激。"

"雪影，你说得我太好了，叫我心中真有些不好意思。"

凝远被她一劝，心里也有点儿软化了，不过他口里还谦虚地说："并不是我要推却，实在因为我的年纪这样轻，从来没有经过重大的责任，恐怕事情办不好，倒反而辜负了你爸爸的重托，所以我是很有些担心。"

"我想这是你过分的考虑，一个人只要有百折不挠的精神，我相信无论什么事情都可以办得好的。凝远，你不要畏缩，只要你答应下来，也许我可以帮助你做一点儿工作。"

雪影知道他是为了胆小的缘故，遂在旁边鼓舞他的勇气。凝远这才点了点头，表示听从雪影劝告的意思。雪影见他有答应的表示，心中这才欢喜起来，向他妩媚地一笑，说道：

"凝远，我很感谢你，同时我更为一班贫苦的子弟庆幸，因为知道你绝不会是一个利欲熏心的人，当然不会见钱眼开而辜负了我爸爸的原则。"

"雪影，你放心，假使我是一个见钱眼开的人，我还会向你爸爸表示拒绝的意思吗？因为凭我所知道的校中的教员，差不多没有一个不在想担任校长的好位子呢。"

凝远向她低低地表白，态度是十二分的忠诚。

"哦！真的吗？可是爸爸会把这学校叫你接办下去，这倒似乎出于他们意料之外，我想明天要如宣布出来，他们一定会大大地感到失望吧。"

雪影忍不住感到暗暗地好笑。凝远笑道：

"你爸爸叫我明天把校中全体教员都请到家中来，他大概预备说明他的意思了。我想其中最要妒忌的是教务主任朱秉堂先生，因为他还向我请求过，叫我在你爸爸面前鼓吹他，谁知我自己反而抢夺了他，他心中当然要有些怀恨了。"

"你怎么说抢夺了他？这学校根本又不是他一手创办的，其实我爸爸对他本来也没有什么好感，给他担任了教务主任，完全还是为了情面关系。"

雪影毫不介意地回答。凝远点了点头，见时钟已敲九下，遂站起身子来，说道：

"时候不早，你可以早点儿安息了，我们明天再见吧。"

雪影道：

"还早呢，你的府上又不十分远，再坐一会儿也不要紧。"

凝远觉得她这两句话至少是包含了一点儿依恋之情，一时心里荡漾了一下，遂忍不住又站住了，望着她憨笑了一会儿，低低地问道：

"雪影，你手臂上此刻还感觉痛吗?"

"倒并不觉得怎样的痛。说句笑话，菩萨会保佑我不痛的。"

雪影微笑着说。

"不错，这大概是所谓孝感动天的一句话吧。"

凝远也不禁微微地笑。

"说不上这一句话，倒叫我听了感觉很不好意思。"

雪影秋波逗给他一个妩媚的娇嗔。

"嗯，好了，好了，我们明天见吧。"

凝远一个转身，便匆匆地走出房外去了。他又悄悄地走到静江的房中，因为静江静静地睡着，他和钟夫人低低地道了一声晚安，便回家去了。

第二天早晨，凝远去邀齐了校中全体教员，一同到静江家里去。朱秉堂迫不及待地向凝远问道：

"凝远，校长先生的病势到底怎么样了呢?"

"看起来恐怕是很危险的了，昨天我见他连说话的精神都很衰颓的了。"

凝远向他们低低地告诉。

"那么他跟你说些什么话呢？他死了之后到底把学校叫什么人接办下去呢？"

朱秉堂又向他很急促地追问。

"这个校长先生倒没有跟我谈起过，我想他今天叫你们到他家中去，也许正是为了这一个问题吧。"

凝远故意装作毫不知道的样子低低地回答。众人听了，不由得议论纷纷，大家都说朱先生有点儿希望。朱秉堂心中好像涂过了一层糖衣那么甜蜜，因为他自以为至少有十二分的把握。凝远在旁边听了，不由得暗暗地好笑。不多一会儿，大家到了静江的家中，雪影先迎出来，向众人一一招呼了，先请他们在会客室里坐下，说此刻爸爸神情有点儿模糊，大家还是坐一会儿。大家点头说好，端了茶杯微微地呷着，四周的空气是显得分外沉寂。不多一会儿，钟夫人从房内出来，向大家招手说道：

"请各位到里面坐吧！"

随了这一句话，大家都向静江的房中走进去。只见静江靠在床上，背后倚了一床棉被。众人都叫了一声钟先生，静江向他们点点头，方才徐徐地说道：

"今天承蒙各位不弃，都准时到来，兄弟表示十二分的感谢。兄弟自从创办民智小学以来，已有悠久二十年之历史，与诸位同事差不多都有五年以上的交谊，大家在共抱为教育而服务的精神埋头苦干，过着粉笔的生活，虽然是清苦到了极点，但是到底为

14

国家尽了一部分的责任。所以我们每学期看到一批一批毕业出去良好的学生，我们的心中至少也有一点儿温情的安慰。现在很不幸我偶然染了一点儿小病，想不到拖延至今日，却会到了药石无效的地步，与诸君将成为永远的分别，这当然是我所意想不到的事情。但事已如此，徒唤负负，唯望诸君加倍努力，普及教育，这是使我在九泉之下也感到一件欣慰的事情。想本校宗旨，本为栽培年青子弟，不论贫富，都有入校的资格，所以我死之后，当然也不能改变我的方针。现在我把校务完全托付给我的学生谢凝远，他是一个思想前进的青年，他一定会继续我未了之志，实行普及教育的计划，我除了有遗嘱一纸交付之外，今天特地与诸君当面表明，请各位以后听从凝远的策划进行校务，因为他是我的代表，同时希望各位加以辅助才好。"

朱秉堂等再也想不到校长先生竟会说出这么一篇话来，一时把满腔的热望完全给冷却下来，大家的脸上都呈现了失望的样子，面面相觑，不发一言。朱秉堂先开口说道：

"校长先生，你的意思虽然良好，不过我也只有一点儿意见要贡献。凝远这孩子虽然能干，但年纪太轻一点儿，假使要他一个人来担此重任，恐怕有许多的事情他会照顾不到，所以我的意思，校长先生应该再委托一个人来给他共同办理校务才好。"

"朱先生的高见很对，不过这是凝远的事情，假使他需要有人帮助他，一定会去找寻他的助手，我既然全部委托了他，以后的一切也就是他的责任了。"

静江说到这里已经是相当疲倦，他合上眼皮，大有熟睡的神气，朱秉堂听了这话，心里大为不乐。就在这时，雪影匆匆地进来，说道：

"承蒙各位先生到来，还是到外面请用点心吧！"

众人听了，都拖着沉重的脚步，走出了卧房。大家也没有心思吃点心，就匆匆地别去。只有朱秉堂并不走开，坐在桌边和凝远一同吃点心，并低低地问道：

"凝远，哦，不，我应该是叫你一声谢先生了。照校长的意思，是不是叫你继他校长的职位？"

"那是当然的事，他既然把校务都委托了我，我自然是本校新任的校长了。虽然我的才学上资格还够不到，不过我以为做校长，绝不是一定要学贯中西的大博士才可以胜任，因为校长的责任并不是教授学生的书本，他只要有支配校中教员的才能，我想这已经足可以使一个学校兴盛起来。朱先生，你说我这话对不对？"

谢凝远在负到了这个责任之后，他立刻显出很老练的样子，发表他心中的一番言论。朱秉堂听了点了点头，又低低地问道：

"那么你任了校长之后，把校中其他的教员是否要有更动的地方吗？假使你有什么意见，我倒可以和你大家讨论讨论。"

"这个……我觉得暂时大可以不必。因为我是本校的学生，对于各位教员的脾气都知道得很详细，所以我觉得大家都很尽职，眼前当然没有更动的必要。至于以后在我的目光中，假使认为谁有舞弊失职等情，那么当然不能略过去。"

凝远一面说，一面望着他脸儿，表示毫无一点儿情感作用的意思。朱秉堂想不到凝远果然有这样大公无私的手段，倒不由暗暗地吃惊，但表面上不得不点了点头，认为很有道理的样子，说道：

"谢先生此话有理，因为校长先生的宗旨是普及教育，培植良好的国民，当然，我们应该有牺牲的精神，来继续他未了的志愿才是。"

凝远点头称是，故意又向他说了几句甜蜜的话，秉堂才怏怏地别去。雪影在旁边听了良久，此刻待秉堂走后，便对凝远说道：

"我看朱先生这人的行为，平素并不十分可靠，所以你不能过分和他亲近，而且也不能过分重用，这你应该加以细察才好。"

"你所说的话，我早有同感，不过我初任校长，绝不能结怨小人，也无非是敷衍敷衍他罢了。"

凝远低低地回答，表示自己并不含糊的意思。雪影点头说是，一会儿，她又深深地叹了一口气，好像盈盈泪下的样子。凝远把手搭着雪影的肩胛，拿了帕儿给她拭泪，说道：

"雪影，你不要伤心，虽然你爸爸把后事都已安排好了，不过我总希望这不是事实，但愿你爸爸病体有救星，这当然是上上大吉的了。"

就在这时，钟夫人在里面叫雪影，于是两人匆匆入房。只见静江气喘甚急，脸上现出无限痛苦的神气。雪影伏在床边，忍不住已哭了起来。静江一手抚摸着她的头发，一手在枕下取出一张遗嘱，向凝远点了点头，似有交付他的意思。凝远在这个时候，也不得不含泪接过，默无一语。钟夫人看了这一幕情景，她也忍不住失声啜泣起来。静江摇了摇头，低低地说道：

"你们母女两个人不必伤心，生老病死，乃每个人必经之路

17

程。虽然我年纪不能称老，但病入膏肓，返魂乏术，生死大数，何必痛伤？好在我已把一切都托付了凝远，凝远至性人，亦多情人也，他必不有所负我，所以我今日与世长逝，纵然抛下了你们孤零零母女两个人，我的心中也总算稍有安慰了。"

静江说到这里，上气不接下气，早已咽不成声，在他眼角旁边涌上一颗晶莹的泪水来了。如此以后，静江已口不能言，只有连连地叹气。凝远知已不可救，遂劝雪影母女两人不必作徒然之悲伤，还是准备他的后事要紧。这样拖延到是夜十二时，夜漏更残，万籁俱寂，在半规残月之际，静江终于叹完了他最后的一口气而奄然物化矣。

第二回

牺牲色相除奸又诛敌

钟静江死后，谢凝远就继任了民智小学的校长。他在毕业之后就把学校改革一新，将朱秉堂削去了教务主任的职位，给他做了一个普通教员。一面他又请了学贯中西的教授，来加强校中教授的阵容。凡贫苦人家的子弟而好学不倦的，不但免费入校，而且书籍奉送，不取分文。这样一来，外界对于该校的声誉日益闻名，有一班慈善人士因此也有纷纷助学，所以经费方面倒也并不拮据。

光阴匆匆，这是民国二十六年的一个初秋的季节里，凝远在报纸上忽然见到中日开战的消息，日本无理由强占了中国的土地。中国在内部还未整理完备之前，猝不及防，只好忍痛节节撤退。这时从上海逃难到此的人民也不在少数，听他们叙述日军在进占闸北后的残酷行为，实令人发指。凝远心中闷闷不乐，深觉在此乱世之中，一介书生，绝不能不救祖国，故而颇有投笔从戎之意，但是为了雪影母女两个人无亲无邻，乏人照顾，因此难以委决。这天晚上，凝远在校中宿舍里，凭窗望着秋云蒙蒙，月色

19

暗淡，夜风吹动着院子里树木的叶子，一时感到无限凄凉的意味，他心里阵阵地暗想：日本攻下南京，杀人放火，惨无人道。这里虽然是乡村一隅之地，但必定也要遭受日兵的蹂躏，尤其是见了我们这一班青年，他们更为妒忌。假使兽兵入村，遭他们之屠杀，一定也在意中之事。何不趁此远走高飞，可以为祖国效劳，纵然马革裹尸，究竟比死在这里总要值得多了。凝远想到这里，正欲预备到钟家去告诉雪影，表白自己的志愿，不料他的身后就有人轻轻地一拍，凝远一看，正是雪影，一时连忙握住了她的手，忍不住笑道：

"雪影，你在什么时候进房中来的？干吗一声儿都不响？倒把我吓了一跳哩！"

"你又不做什么亏心的事，为什么要吓了一跳呢？我见你一个人呆呆地在想心事，所以和你开个玩笑的。谁知你就胆小得这个样儿，我问你到底在想什么呢？"

雪影一面抿了嘴儿哧哧地笑，一面把秋波却水盈盈地逗给他一个妩媚的娇嗔。

"是的，我确实在想一件重大的心事。"

凝远停止了微笑，他显出一本正经的样子回答。

"你想什么呢？哦，我知道了，你今年已经二十二岁了吧，我知道你一定在想结婚了，对不对？"

雪影显出顽皮的口吻对他打趣地说。

"匈奴未灭，何以为家，我国已经到了这么危险关头的时候，我们青年，正应该奋然而起，效命沙场，保卫祖国才是，哪里还谈得上结婚两个字呢？"

凝远摇了摇头，那种说话的态度是特别的严肃。雪影被他这么地一说，粉脸倒忍不住浮现了一丝羞涩的红晕，遂点了点头，微蹙了眉尖儿，轻轻地叹了一口气，说道：

"国势日非，外侮日亟，看了报纸上的消息，虽然叫人感到忧愁，但徒然作无谓之忧愁，又有什么用处呢？"

"当然忧愁是救不了国、打不了敌人的，所以我此刻觉得普及教育似乎还未到其时，因为日本军阀之侵略野心，我国若不予以打击者以打击，则求我国之自由平等，恐怕是永远不会有实现的希望的。雪影，所以我老实地对你说，我已有了从戎杀敌之志，不知你的心中也赞成我吗？"

凝远说到后面，握紧了雪影的手，假意在征求她的同意。雪影凝眸含睇地沉思了一会儿，乌圆眼珠一转，便低低地说道：

"男儿志在四方，本应该有如是壮烈之举动，当然我是十二分地赞成。不过你若一走之后，这里学校的事情似乎也应该有个善后的计划不可。否则我认为这一座培植良好国民的学校，一旦放手，也是一件十二分痛惜的事。"

"雪影，你这话虽然对，不过你似乎忘记了现在这眼前的局势。你不见日本的军队差不多已散布在我国整个的土地上，南京攻陷，这里当然也是他们掌握之中了，假使日军一旦进占这儿，我试问你，村中的情况是否还能够像现在那么地安居乐业了吗？我想这自然是绝对不可能的了。那时候，不但想求学，恐怕会到了求生不能求死不得的地步。雪影，我觉得你未免聪明一世，懵懂一时了。"

凝远听她这样说，不由微微地一笑，这笑当然是包含了痛苦

21

和辛酸的意味。他说了这几句话，脸上是浮了忧愤的颜色。

"那么照你的意思，你是预备决定走了……"

雪影的芳心中似乎有点儿空洞洞的难受，她说话的声音不免带有点儿颤抖的成分。

"可是不走，我觉得也有相当的危险，与其是死在这里，倒不如死在沙场上去比较痛快。雪影，恨我们生不逢辰，竟会处此乱世中做人，这在我们两人之间，未免感到有些遗憾吧。"

凝远见她盈盈欲泣的意态，知道她心里有了依依惜别之情。这也难怪她的，因为我们若分别之后，天涯海角，睽违两地，何日再能重逢一处，这当然是十二分的渺茫。那么我们既未结婚，又未订婚，团圆两字，恐怕无从说起，你想怎么不要叫她心痛欲割呢？一时也不免英雄气短，儿女情长。正是天下之黯然销魂者唯别而已矣！

雪影听他这么说，眼泪不由夺眶而出，但又不好意思，遂避过了他的视线，转身走到窗口旁去了。凝远望着她的背影好像抬着手在拭揩眼泪的样子，一时不由得微微地叹了一口气，轻轻地走到她的背后，和她并肩站了下来，低低地说道：

"雪影，为什么？你在伤心吗？"

"不，我倒并没有伤心，我只觉得无限痛恨，我恨日本人为什么要破坏和平而侵略我们的国家，使我们弄得家破人亡，劳燕分飞，唉！所以我很想和你一块儿去效命沙场，只不过剩下了我母亲孤零零一个人，叫她如何是好呢？所以真叫我有些左右为难。"

雪影方才回过脸儿来，明眸脉脉地逗了他一瞥哀怨的目光，轻声地回答。

"这确实是件很难解决的问题，并不是我不愿意你跟我一块儿走，因为你是一个女孩儿家，跟着我在路上昼行夜宿，当然你也吃不了这么的苦楚，况且我有许多的不方便。再说我此去也没有一定的地方，流浪在外面，不知飘零何处，所以我觉得你跟我盲目地奔波，这是使你会感到失望的痛苦。我劝你还是在这里忍耐着比较妥当，我有了固定的地址，自会和你通信的。信札不间断，那么我们将来自然还有相逢的日子，你说对不对？"

凝远虽然有浓厚的情感，但也有冷静的理智，他绝不愿为了一时的热爱，而将来陷入了进退维谷尴尬的地步，所以他用了诚恳的语气，对她真心地劝告。可是雪影听他这样说，她的心头是滋长了悲哀的意味，也不知打哪儿来的这许多眼泪，却像雨点儿般大颗滚落下来。凝远瞧此情景，心里也是非常难过，遂凄凉地说道：

"雪影，你不要太以儿女情长，假使我们有缘的话，当然还有团圆的日子。你看这天上一钩新月，说不定真象征着我俩未来的生命宛若待嫁闺中女，知有团圆在后头。我相信只要我们此心不变，任海枯石烂，我们也绝不会分离的，就是我不幸为国牺牲，那么在百年之后，我们的灵魂还不时依旧可以相聚在一处吗？"

"凝远，不！我希望你踏上成功的道路！"

雪影很快地把手儿去拦住了他的嘴，眼泪像露水般地好像是沾在花朵儿上似的令人感到了楚楚的爱怜，她用了一种虔诚的祈祷的口吻，低低地说道：

"但愿应了你的话，这就叫我感到欢喜极了。"

凝远情不自禁地偎了上去，把手指去抹她颊上的泪水，那态度是特别的温文，接着又轻轻地说道：

"雪影，我们放出一点儿勇气来吧！不要伤心，不要流泪，流泪是弱者的表示，伤心是反而被敌人嘲笑的。我们应该挺起胸膛，勇往直前，唤醒全国的同胞，和敌人来一个最后的抵抗。我觉得日本的枪炮虽然厉害，但我国有杀不尽的头颅、流不完的铁血，只要我们一息尚存，总不能让日本在我国土地上顺意地横行！"

凝远满面显出兴奋激昂的态度，他把拳头握得像铁一般坚硬。雪影听了他这些话，一时倒不由得破涕笑了起来，说道：

"不错，我国有你这么前进的青年存在，我相信日本在不久的将来总会垂头丧气地失败归去！"

凝远见她挂了眼泪这一笑，仿佛海棠着雨般令人感到说不出的妩媚可爱，一时他心里荡漾了一下，情不自禁地抱住了她的肩胛，向她憨然地傻笑。雪影似乎明白他这举动的意思，便把脸庞微微地向上昂起，也向他娇媚地甜笑。在这情景之下，凝远再也忍熬不住地低下头儿去，在她鲜红像樱桃的小嘴儿上紧紧地吻住了。

谁知就在这个甜蜜的当儿，忽然听得一阵子皮靴的响声嗒嗒地响了进来。凝远连忙放开了雪影的身子，回过头去看的时候，只见门外拥入四五个日本兵来，拔出了手枪，大喝"不许动"。凝远见为首一个人不是日本兵，却是朱秉堂，一时猛可理会了，原来这是朱秉堂为了他没有做校长的怨气，所以特地叫了日本兵来陷害自己的。就在他转念之间，其中一个日本兵很快地抢步上前来，伸了蒲扇那么大的手儿，在凝远的脸颊上啪啪地先打了两个耳刮子，还把长枪的柄在他腰间乱撞，操着生硬的中国话，骂道：

"赤佬！农人坏东西！要打阿拉东洋人！混账！猪猡！快点儿跟阿拉到司令部里去！"

凝远被他在这样侮辱之下，他是气得全身血液都在沸腾，铁青了脸儿，正欲举拳还击的时候，雪影却把他身子拉开了，自己挺身上前说道：

"你们不要冤枉好人，他是好百姓，他没有害你们日本人呀！"

日本兵见上来一个如花似玉的小姑娘，他喜欢得咧开了嘴儿，嘻嘻地笑出声音来，说道：

"侬狄个花姑娘真是好东西！阿拉交关欢喜侬，侬是啥人？快跟阿拉去白相白相！"

他一面说，一面贼秃嘻嘻地向雪影不免动手动脚起来。雪影吓得脸无人色，全身瑟瑟地发抖，她一面向后退下去，一面咬牙切齿地似乎预备和兽兵以死相拼的样子。凝远在这个时候，他鼓作了勇气，拦住了日本兵，大喝道：

"你们军人怎么可以调戏民间良女？难道你们国家就没有军法的吗？"

"什么军法不军法？猪猡！要你狗命！"

凝远意欲反抗的行动激起了日本兵十二分的愤怒，使他用残暴的手段，把刺刀横过来向凝远大腿上不问三七二十一地就是一刺刀。凝远痛得哎哟了一声，他已经是跌倒地下去了。雪影连忙伏了下去，抱住了凝远，忍不住哭叫起来。凝远把手在大腿上抹了鲜红的血水，涨红了脸儿，向朱秉堂逗了一瞥痛恨切齿的目光，怒叱道：

"朱秉堂，你这出卖朋友出卖灵魂的走狗！你为了没有达到你私欲的满足，你竟忍心去串通敌人来加害于我，我问你的心肝在哪里？你是不是黄帝的子孙？你是不是中国的国民？我觉得你这个走狗恐怕将来会死无葬身之地呢！"

"你死在临头，还敢破口大骂我吗？真是该死的东西！你自己夺了我的事业，而且还削去了我的教务主任，你真是个毫无情义的奴才，今日你知道我手段厉害不厉害！"

朱秉堂有些恼怒地冷笑了一声，他向日本兵低低地说了一阵，只见日军像饿虎扑羊似的把他们两人都抓到司令部去了。

原来日军攻下南京之后，军队便分派至各镇各村，杀的杀，抢的抢，奸的奸，掠的掠，横行不法，无恶不作。朱秉堂和凝远本来结下了深怨，他是一刻不停地在思想报复的手段，现在一听日本兵进占本村的消息，他灵机一动，便计上心来，遂假意前去诬告，说凝远是三民主义青年团，他借开办学校为名义，而实际是专门和日本人作对、破坏日军工作的间谍。日军初入该村，听到这个报告，当然有点儿心惊肉跳，所以立刻派兵前来捉拿。可怜凝远正欲出亡他乡之前，竟然遭到了这意外的惨变，你想这不是太令人感到悲痛了吗？

当时日本兵把两人押到那一个祠堂做的临时司令部，由山村队长亲自审问。虽经凝远百般辩白，但结果毫无效力，仍旧被押到那间临时监狱内去。雪影见了，忍不住乱哭乱撞，悲痛之情令人酸鼻。谁知山村队长却拍拍她的肩胛，伸手去抬她的下巴，低低地笑道：

"花姑娘，你不要伤心，你的相貌好来西，阿拉心中交关欢喜你，你给我做一个队长夫人好吗？"

雪影并不作答，只管呜呜咽咽地哭泣。山村队长上前要去抱住她吻嘴，却被雪影撩起手儿来给他量了一记耳光，打得山村队长大发脾气，拔出手枪来，向她冷笑了一声，喝道："你这女人真是浑蛋！敢打我们皇军吗？真是不怕死了，我问你性命要不要？"

山村队长一步一步地逼近上去，咬牙切齿地好像把雪影要吞吃的样子。雪影在这个时候，把生死已置之于度外，所以对于日军那种狰狞的面目，她倒也并不感觉一点儿害怕的意思，反而闭了眼睛，静静待死的样子，冷笑道：

"我假使怕死的话，也不会伸手打你了。你们这班惨无人道的野蛮民族，你就把我杀了吧！看你们可以横行到几时！我生不能啖汝之肉，死亦当夺汝之魄！"

山村队长见她虽然是愤怒到了极点的样子，不过在她脸上还脱不掉有一种妩媚的风韵，所以几次把手枪已经高举起来而终于又懒洋洋地放了下来，沉吟了一会儿，忽然抛了手枪，将雪影拥抱在怀，作苦苦哀求道：

"花姑娘，你不要光火，我实在舍不得杀掉你，请你可怜可怜我，就答应给我做了队长夫人吧！你要什么，我可以给你什么，只要你答应一声，我可以给你享受无限的快乐！"

雪影被他抱在怀内，却是极力挣脱，一时乌圆眸珠转了转，不由计上心来，遂佯作笑颜，低低地说道：

　　"队长，你快点儿放手，我可以答应嫁给你，不过我当然需要有一个条件。"

　　"是什么条件？只要你说得出来，我山村总有法子可以给你办得到。花姑娘，你说吧！你说吧！"

　　山村队长听她答应了，他才很欢喜地放开了两手，向她很急促地追问。

　　"这条件是很简单，你应该把我的未婚夫快点儿释放了。"

　　雪影拢了拢在挣扎时候散乱的头发，很严肃地回答。

　　"你的未婚夫？你的未婚夫是什么人呀？"

　　山村队长似乎有点儿莫名其妙的样子，目瞪口呆地向她猜疑地问。

　　"刚才和我一同被你们部下捉来的那个少年，他就是我的未婚夫。"

　　雪影向他一本正经地告诉，她是竭力镇静了她处女羞涩的态度。

　　"哦！就是这个少年吗？不过他是反对我们日本军队的奸细呀！这种人是应该枪毙的，怎么可以放走他呢？"

　　山村队长摇了摇头，表示大公无私的样子。

　　"你们弄错了，他并没有什么政治作用，他完全是一个乡村中的小百姓，所以你若把他枪毙，这完全是太冤枉了。"

　　雪影几乎盈盈欲泣的神气代他急急地申明。

　　"这话我可有点儿不相信，刚才姓朱的来报告，说他借办学校为名义，实际上他是游击队，他想破坏我们的军队，我相信中国人是不会来谎报中国人的，这一定是千真万确的事实。你这女人不要太糊涂，嫁了这种丈夫是要杀头的，倒还不如嫁给我山村队长可以享福呢！"

山村队长的话，在威胁之中是带了引诱的成分。雪影听他这样说，便冷笑了一声，说道：

"你知道姓朱的是什么人？他本来也是校中的教员，因为他想抢夺校长的职位，从中可以揩油，因为抢不到手，所以和我未婚夫结下了怨仇，趁此国破混乱之间，出卖朋友，来向一班豺狼献媚。唉！丧失心肝的中国人，这样不肯争气，只有私心而无民族观念，我真不禁为之痛哭流涕呢！"

雪影说到这里，悲从中来，真的忍不住放声大哭起来。山村队长对于雪影说的有几句话也是听而不知其解释的，今见她哭得这样悲痛，还以为她是怕死，便对她好言相劝，安慰她说道：

"花姑娘，你不要伤心，我是绝不忍心来杀害你的。"

雪影并不回答他，自管痛哭不止，山村队长在旁边愕然了一会儿，方才又低低地问道：

"花姑娘，你到底答应不答应呢？"

"本来叫我答应只要一个条件，现在我非两个条件不可了。"

雪影拭了眼泪，停止了哭泣，她表示很倔强的态度回答。

"什么？要两个条件了？还有一个是什么条件呢？"

山村队长的脸色有点儿惊讶。

"还有一个条件是把姓朱的给我枪毙了，因为他是我的仇人！"

雪影无限的愤怒，说话的表情有些恨声不绝的样子。

"这个……"

山村队长支吾了一会儿，然后接下去说道：

"也好，为了爱上你，对于这一点牺牲我是应该表示办得到，好在他是你们中国人，死了也等于是一只狗，没有什么稀奇，我一定答应，我一定答应。"

山村队长的脸上浮现阴险的狞笑。

"那么还有第二个条件呢？我想这也是一件容易的事情。"

雪影方才也浮现出一丝微笑来，这笑和山村队长有天壤之别，她是显得分外娇媚。

"花姑娘，我答应你一个条件已经是给你大大的面子，这第二个条件实在不能答应下去。"

山村队长慢慢地收敛了笑容，他表示有点儿怒意。

"你不答应吗？很好，我们就一同死！"

雪影视死如归，态度是相当泰然。

"哎呀！花姑娘，你怎么一点儿也不明白呀！他是一个游击队，我假使放走了他，他若来扰乱我们，那我不是等于自杀吗？所以你应该原谅我的苦衷。"

山村队长真的比狗还聪明，他表示万不得已的样子，向雪影有点儿苦苦哀求的表情。

"那么你也应该原谅我的苦衷，你要知道他是我的未婚夫，他被你杀了，我若再嫁给你做妻子，我的良心问题怎么能够说得过去？我们中国女子都是很守气节的，除非你们日本女子竟有这么狠心。对不起，你若不放走我的未婚夫，我就马上撞死在这

30

里了。"

雪影说到这里，她猛可地把头要向壁上撞了过去，但早被山村搂抱住了，口里还急急地说道：

"花姑娘，死不得，死不得，我们慢慢地再从长计议吧！"

"没有什么再可以计议，你不要以为中国女子是好欺侮的，要知道中国女子是不怕死的。"

雪影红了脸儿，表示已下了一个决心的样子。

"那么我把他放走了，你能不能保险他不是游击队吗？"

山村队长又表示犹疑不决地问。

"人家说矮子多肚肠，谁知你真笨得这么可怜，假使他真的是游击队，我既然嫁给了你，我也绝不肯放他一条性命了，因为我们中国女子只知道嫁鸡随鸡、嫁狗随狗，我嫁了你当然忠心于你，怎么还肯放走他，让他再来捣乱我们呢？就是因为他是一个小百姓，假使他含冤而死，他的冤魂一定不肯散去，这样我们结了婚之后，恐怕也难有太平的日子，所以你还是放走了他，让我和他当面断绝关系，叫他另外去再讨一个妻子，那么我也可以安安心心嫁你了。你快点儿决定了，到底预备怎么样呢？"

雪影故意向他说了这么一大套的理由，无非是要他来信任自己的话。山村队长听到这里，一时脑子也有点儿糊涂起来，便望着雪影的娇靥出了一会子神。在这一阵子细瞧之后，他的脑海里早又构成了一幕神秘而又甜蜜的幻象，于是他的神志更加地昏迷起来，馋涎欲滴的神气，笑嘻嘻地说道：

"那么我放走了你的未婚夫之后，你要马上跟我结婚，跟我……嘻嘻！嘻嘻！一同睡觉！"

"既然做了夫妻，这个……还用得了预先再说吗？你真是一个傻鬼！"

　　雪影不顾羞涩地说出了这两句话，但她的粉脸已经是娇艳得像一朵映日的海棠了。山村队长到底也被女色迷住了，他马上吩咐部下把朱秉堂拿上来。朱秉堂见他态度不对，心里怀着鬼胎，全身瑟瑟地发抖，低低地问道：

　　"山村队长，你有什么吩咐吗？"

　　"他妈的！你这奴才真是太该死了，中国人还要陷害中国人，我问你有没有良心吗？这狗小子！我赏给你几个嘴巴子吃吃！"

　　山村一面骂，一面走上去伸出那只粗重的手掌来，在他颊上啪啪地乱打，打得朱秉堂满口鲜血直喷，像杀猪般地狂叫起来，但他还强辩着道：

　　"山村队长，我没有诬告他呀！他真的是游击队，我是一片好心来报告队长的。队长，你千万不要听信这女人家的话，女人都是祸水……"

　　"什么叫祸水？"

　　山村听不懂这一句话，向他呆呆地问。

　　"祸水……就是不好，她会害你的！"

　　朱秉堂急急地加以注解。

　　"他妈的！他妈的！花姑娘马上就要嫁给我做妻子了，她会害我吗？你这该死的狗，你还要来拆散我们的姻缘吗？"

　　山村这时完全被色迷住了心，所以把朱秉堂当作了仇人看待，走上去又是一阵子乱打，秉堂的脸上便起一颗颗的小胡桃般的紫血块了，但秉堂还是一口地哭叫冤枉。雪影在旁边见了，又痛快又悲愤，遂向他叱骂道：

"朱秉堂，你到底是猪猡还是人？为了要抢夺做校长未达目的，竟然结怨在心，向敌献媚，残害同胞！我问你，你有何面目见你朱家的祖先？你有何良心对得住你的祖国？山村队长，这种祸国害民之走狗，留他何用，请你给我马上拉出去枪毙，我今夜立刻和你成婚！"

"好！快拉出去枪毙！"

雪影后面一句话是有相当的魔力，她可以控制山村队长的权威，使山村队长服服帖帖地听从她的命令，向他的部下吩咐。于是朱秉堂害人害己，他哭丧着脸，已没有分辩和求饶的余地，早已被日本兵拉到外面去了。

从窗口内可以见到外面是一个荒场，在雪影眼帘下见到残酷的一幕。朱秉堂被他们拖到荒场上，并不用枪去打死他。他们用刺刀在秉堂身上随意地乱戮，然后牵出数只猎犬来，把他尸首咬得七零八落，真是令人惨不忍睹。山村队长站在旁边，脸上浮现了得意的笑容，他回头去望雪影，不料雪影的眼角流下了一行泪水来，于是向她笑嘻嘻地问道：

"花姑娘，我已给你报了大仇，你怎么反而代他伤心起来了呢？"

"不，并不是代他伤心，我觉得你们部下的行为太残忍一点儿了。要知道我们同是大地上的人类，虽然你们打进中国来，但目的是抢夺我们的土地，并非是杀戮我们小百姓，因为我们小百姓到底和你们没有杀父之仇呀！所以请你队长发一个命令，能够顾全一点儿人道，这使我心中是很感激你的了。"

雪影回头望了他一眼，用了温和的口吻向他低低地陈诉。山村队长笑了一笑，却并不加以答复。雪影知道这是自己太无聊，因为一个野蛮民族根本谈不到什么人道两个字的，只有予以迎头痛击，他们才会感到屈服，否则，无论怎么劝告是不足以打动他们豺狼的心弦，于是立刻掉转了话锋，低低地说道：

"队长，那么请你履行第二个条件了。"

"当然我是不会失信用的，不过你也得给我做个担保。"

山村队长似乎有点儿疑惑不决的神气，向她一再地拷钉钻脚。

"请你一百二十个放心，他完全是一个安分的良民。"

雪影竭力保证地回答。山村队长于是命令下去了，不多一会儿，部下押上一个满身血渍的少年来。他一脚跨进室内之后，身子便已跌倒在地上了。这不但使雪影大吃一惊，就是山村也啊了一声。雪影见凝远被他们已拷打得这一副模样儿，就伏到凝远的身上不禁大哭起来了。

凝远被雪影这一哭，方才悠悠地苏醒过来。他抬头一见旁边的雪影，低低叫了一声名字，因为他全身伤得太惨了，所以忍不住眼泪也扑簌簌地滚落下来了，但他还咬牙切齿的，似乎有所表示。雪影怕山本懂得凝远所说的话，遂连忙向他丢了一个眼色，说道：

"凝远，你竟被他们打成这个样子，难道是你命中注定的劫难吗？但现在队长知道你是受冤枉的，所以你快点儿回家去养伤吧！我要嫁给山村队长了，所以我今生不能再和你有团圆的日子，不过我的灵魂也许会保佑你，使你踏上光明的大道。这里还有一件使你感到痛快的事，朱秉堂已经被他们惨杀，总算我给你报了大仇，而且相当有价值，你还是快点儿回家去吧！"

凝远是个聪明的人，虽然他是惨痛得有点儿昏迷，不过还听得出雪影的话，她已决定牺牲自己的生命来救我的人了，一时感入骨髓，而又痛到心头，握住了雪影的手儿，却说不出一句话来。山村队长见了他们难舍难分的样子，他倒也会有些酸素作用起来，便走上去，把雪影身子拉起来，吩咐部下快把凝远放走了。于是雪影眼望着凝远被日本兵扶着拉出去了，她的眼泪像泉水似的直涌了上来。

山村队长却笑嘻嘻地把她拥抱在怀中，十二分得意地说道：

"花姑娘，你不要伤心了，此刻该是我们结婚的时候了吧！来吧，我们不要辜负这良宵一刻值千金的宝贵光阴呀！"

一面说，一面拉了她的手，向那边一张床旁走。雪影的一颗芳心是像小鹿般地乱撞，她全身的血液是流动得快速，每个细胞都感到异常的紧张。在急中生智的情景之下，便含了妩媚的娇笑，低低地说道：

"队长，你不要太性急，我需要喝一点儿酒助助兴致。"

"哈哈！好的，好的，你真是一个懂事的姑娘！"

山村队长听她这样说，不禁哈哈地大笑了一阵，表示他内心是欢喜得怎一份样儿的程度。于是立刻取出一瓶军用白兰地来，满满地倒了两杯，一杯交到雪影的手里，一杯自己拿了，和她碰了一记，只听叮的一声，山村在这一声碰杯中，也就一饮而尽了。雪影把酒喝到口里的时候，她的脑海里就有了一个主意，觉得在这个环境之下，当然是不得不牺牲一点儿色相，否则如何能够达到自己的目的？所以她把娇躯偎了上去，手臂钩住山村的脖子，同时把小嘴儿凑到他的口边，山村乐极欲狂，因此雪影把满口的酒全都灌到山村的嘴里去。山村被她迷得昏陶陶，他几乎整个身子都有些飘飘欲仙起来。雪影还笑嘻嘻地把秋波逗给他一个妩媚的娇嗔，偎着他的脸儿，低低地问道：

"队长，你觉得这一口酒儿的滋味好不好？"

"嗯！真是太甜蜜了，好姑娘，你真是使我太感到可爱了。来来来，能不能再灌给我喝几口呢？"

山村乐得耸了两耸肩膀，他的心花也乐开了，抱住了雪影的脸儿喷喷地闻香。雪影听了，知道他确实已中了自己的圈套，遂眉开眼笑地用了种种最浪漫的手腕去迷惑他。山村队长在她妩媚的手腕下，终于是喝得酩酊大醉了。就在这个时候，忽然电光在长空中一闪，接着乌云四聚，便洒洒地落起大雨来了。山村惊起问道：

"啊！花姑娘，这是什么声音呀？"

雪影笑道：

"这是落雨的声音。队长，你再喝完了这两杯酒，我们可以到床上去休息了。"

山村听了她后面这一句话，兴趣是多么浓厚，他一面连连点头，一面含笑握杯，把白兰地又一饮而干了。酒类之中以白兰地最烈，即善饮者亦不能过量，何况山村酒量亦不过平平而已，今日被雪影用色的魔力灌了两瓶白兰地，你想，这如何还能够支撑得住呢？所以雪影在扶抱他到床上的时候，山村口里叫了两声好姑娘，他的身子却已醉倒在床上了。雪影听他鼻鼾之声大作，不

36

由欣慰地笑了一笑，回头把视线掠到桌子上放着的那一柄刺刀上去，她在呆住了一会儿之后，忽然奔到桌边，取了刺刀猛可向床边走近过去。她握了刺刀，举得高高的，几次三番要把刺刀在他喉管里刺下去，可是两手在瑟瑟地发抖，却再也鼓不起这个勇气来。雪影在这个时候，芳心几乎要从口腔内跳出来，因为她从来没有杀过人，今天居然握了刺刀要杀人，她怎不要急慌得连两腿都发软起来呢？她知道自己没有这个胆量是因为没有喝过酒的缘故，于是她走到桌子旁，把剩下的白兰地喝了几口，果然在不到三分钟之后，她全身的血液被酒已刺激得极度地膨胀起来。于是她毫无一点儿畏惧的神态，猛可地奔近床边，举了刺刀，就在他脑袋上拼命地一刀，只听哎哟地大叫了一声，在雪影的身子上已溅了一大堆的脑浆和鲜血。好在外面正下着一场暴雨，所以对于山村的狂喊之声，外面却一点儿都没有发觉。雪影在完成了这一个任务之后，她的心中真有说不出的痛快，把一条细毯紧紧地盖上了山村的身子。她把手上的血渍揩拭干净，然后向窗外探望了一下，因为雨实在落得大，外面荒场上连一个人影子都没有。她心中不由暗想：我在此时不走，更待何时？于是越窗跳出，冒了大雨，急匆匆地逃奔到家中来。她一面向院子里奔，一面喊着母亲。不料奔进草堂，却不见母亲的答应，急急地奔进房中，只见油灯倒融融地亮着，可是房内的衣箱什物都散了一地，好像是盗匪抢劫过后的一样。这时雪影浑身都已稀湿，且奔过了一阵急路，本来已经是上气不接下气，此刻又见这一种悲惨的情景，一时想到母亲也不知是生是死，她只觉一阵子刀割般疼痛，顿时头昏眼花，身子便向后跌倒下去了。

第三回

劫后余生秋风落叶化尘烟

一灯如豆，四壁俱寂，钟夫人坐在桌边，一面做着针线活儿，一面暗暗地想着心事。自从丈夫死后，这一手创办的民智中小学托付谢凝远接办下去。幸而凝远这孩子少而多才，居然办得井井有条，成绩不错，我夫魂兮有知，亦含笑九泉了。正在想时，隔壁的张大妈含笑走进来，低低地叫道：

"钟夫人，你还没有睡觉吗？钟小姐呢？"

"你说雪影吗？她到学校里找凝远去闲谈了。张大妈，你来得正好，我也觉得很冷静，你还是伴我在旁边聊一会儿天吧。"

钟夫人抬头一见原来是张大妈，遂微笑着回答。张大妈的儿子张大毛是民智中小学校里做茶房的，所以张大妈时常来探望钟夫人，当然在她也无非表示一种奉迎之意。当时听了钟梨云的话，便在桌子旁先站住了，说道：

"钟夫人，时候不早，你也太勤俭了，还在做针线呢？我说你近年来已经苍老了不少，应该保重你的身子才好，况且你家开销很省，钟小姐又在学校里担任小学教员了，再说校长先生死后，学校里对于你们的生活费总应该有点儿津贴的，所以我劝你不要早赶晚做再辛劳着了。钟夫人，你口渴吗？我倒一杯茶给你喝。"

张大妈说到这里，又在桌子上倒了一杯茶，放在梨云的面前。梨云见了，倒不由呀了一声，笑道：

"张大妈，这可好，你到我家里来，你应该是客啦，我没有倒茶给你喝，你怎么反而给我倒茶，这不是叫我感到不好意思吗？张大妈，你快坐卜来，我给你倒杯茶喝吧。"

"钟夫人，你还说这些呢，难道把我当作贵客看待吗？"

张大妈连忙抢住了茶壶，自己倒了一杯，然后在旁边坐下了，接着笑道：

"钟夫人，我到你家里，要坐就坐，要喝茶就喝茶，你若对我客气，倒叫我老太婆担当不起。我大毛这孩子就有点儿憨头憨脑，万一有什么错处，一切还得要钟夫人多多地照顾呢！"

梨云笑道：

"大毛这孩子憨虽然憨一点儿，不过为人倒也很忠厚。我听凝远说，他倒很欢喜你的大毛，说不定下个月要加大毛的工资，所以你要对大毛安慰安慰，叫他无论做什么事情总要勤俭一点儿才好。一个人的好坏，其实别人家的眼睛里是很可以分别出来的。"

"真的吗？我想这是钟夫人的鼎力帮忙，所以老太婆的心中非常感激。不过说起现在的生活程度，自从战争开始之后，百物就一天一天地高涨。这几天又听说东洋鬼要打到村中来，所以市面是更混乱了。唉！我老太婆活了六十二岁以来，这种生活真是从来也没有过着过，从前一元洋钿不得了，兑换了三千文铜圆，买什么都有，现在一元洋钿买得一样什么呢？唉！这个年头儿，真是被东洋鬼子吵得人都做不了。"

张大妈说到后面却发了一篇很感慨的牢骚。

"张大妈，你真还不知道呢，其实我们这里还像天堂一样，听说鬼子兵打进了村，这就不得了，杀人放火，强奸妇女，那时候恐怕连这些苦日子都过不下去呢！"

梨云微微地叹了一口气，显然她是担心将来更大的遭劫。张大妈也有点儿忧愁地说道：

"像我这么老的老太婆，除了一死之外，心中倒也不去着急这些事情了。只是像你家钟小姐那么年轻而又貌美的姑娘，这时给他们见都见不得。哎，钟夫人，雪影小姐和谢先生不是很要好吗？我说趁这个时候，还是给他们早点儿先结了婚，那么你的心中也好早放了一头心事，我们街坊也可以有一杯喜酒喝了。"

张大妈在忧愁的脸上又添了一丝微微的笑意。

"雪影的爸在临终的时候，虽没有明显地说，不过他把学校叫凝远接办下去，其实就有看中他做女婿的意思，不过以他们两小口子的情感而说，确实也很情投意合。不过凝远自从接办学校以来，天天为着公务忙碌，对于婚姻两字，也就无暇顾及。况且雪影今年也不过十八岁，年事尚小，她也不愿早婚，因为她也一心欲继爸爸的志愿，为教育而服务。说句笑话，一结了婚之后，女子难免的是生育，假使身边一有了孩子之后，怎么还能到学校里去做教员呢？我想这话倒也有理，不过为了战事发生以后，兵荒马乱，往后变化无穷，所以难免夜长梦多，为了这样，我倒也有给他们早成姻缘的意思。但这几天，凝远领了学生到各处宣传，鼓吹爱国，看他样子真是忙得不得了，所以叫我也没有对他好说话的机会。"

梨云点了点头说出这一篇话，表示她心中也有为难的样子。两人正在谈着心事，忽然听得一阵急促的脚步声，由门外匆匆地奔进一个人来，正是张大毛。他脸色慌张急急地说道：

"钟夫人，咦！妈也在这里吗？不好了，校长和钟小姐都被鬼子兵捉去了！"

"什么？鬼子兵难道已打进村子里来了吗？怎的一点儿声响也没有？"

梨云一听了这个话，仿佛兜头浇了一盆冷水，她的面色已变成了灰白的样子。

"大毛，你快说得详细一点儿，难道鬼子兵先到学校里去捉他们的吗？这就奇怪了，他们和鬼子兵无冤无仇，为什么入了村后，先去捉他们两个人呢？"

张大妈也奇怪得站起身子来，向她儿子急急地追问。张大毛揩拭了一下额角上冒出来的汗点儿，口里有一点儿气喘的成分，显然他是奔慌得这一种的程度，然后方才恨恨地说道：

"他妈的！朱秉堂这不是人养的狗东西！他为了没有做校长，和谢先生竟结怨在心，听说是他到司令部里去报告的，所以日本兵才放了一卡车的鬼子进占到我们村中来。现在校长先生和钟小姐都被捉了，生死未卜，我没有办法，所以只好急急地来告诉你了。"

梨云听到了大毛的告诉之后，她想不到这一种悲惨的事情真的会发生到自己的头上来，心中一阵悲痛，她只觉两眼昏花，这就身子向后晕跌到地上去了。这一来，把张大妈母子两人更急得没有了主意，连忙把她从地上抱起，将她身子连连地摇撼，又叫着"钟夫人钟夫人"。正在慌乱之间，忽听院子外面有杂乱的皮靴声响进来，大毛奔到房门口一张望，急得更加没有人色地说道：

"妈，不好了，是鬼子兵！是鬼子兵！"

"大毛，你快负了钟夫人到我家里去吧，从这边窗口跳出去好了。我老了，没有关系，让我去对付他们。"

张大妈急中生智地说出了这两句话，她便先奔到客堂里去阻挡鬼子兵了。因为鬼子兵已经要冲进房中来了，张大妈预料大毛还未把钟夫人负出窗外，所以急得故意跌了一跤，拦住了鬼子兵的去路，使鬼子兵都倒退了两步，喝道：

"啥人？啥人？"

其中一个把张大妈从地上一把抓起，一见是个面现皱纹的老太婆，便很失望地推了她一下，问道：

"这里花姑娘有没有？"

"哦！东洋先生，你们交关好东西！这里没有花姑娘，只有我一个老太婆，你们快坐一坐，我到房中倒茶给你们喝好吗？"

张大妈要耽误时间，所以故意和他们敷衍着说。

"阿拉不相信，侬狄个老太婆坏东西！快点儿让开！"

东洋兵有点儿愤怒的神气，把张大妈用力一推，大家便都拥入房中去了。可怜张大妈跌在地上，痛得几乎爬不起来，竭力支撑起来，向门缝里望去，见大毛和钟夫人已经不在了，只听鬼子兵倒笼开箱的声音，大概在抢什么物件了，于是不再去管他们，悄悄地逃出院子门向自己家中走了。在张大妈的心中，以为大毛和钟夫人总比自己先到家中，谁知回家一看，却不见两个人的影子，一时倒又大惊起来，暗想：难道在半路上又发生了什么意外的不幸了吗？慌忙走出院子来看仔细，可是此刻天空中的月色已被浓黑的乌云遮蔽了。在几阵夜风吹过后，却洒洒地落起大雨来了。张大妈没有办法，只好回到屋子里，暗暗地焦急。但雨点儿越落越大，而大毛依然没有回家，所以她一个人在室中团团地打圈子，真有些像热锅上的蚂蚁一样。大概有了一个钟点儿之后，方才听院子有人叫着妈进来，张大妈急忙拿了油灯照出去，口里还埋怨着道：

"大毛，大毛，你怎么直到这时候才回来呢？哎呀！你的脸儿怎的全是烂污泥？钟夫人呢？她的人到什么地方去了？"

张大妈一见三分像人七分像鬼的儿子，不由吓得倒退了两步，她一颗苍老的心吃惊得像十五只吊水桶般地七上八下起来了。张大毛见到了他娘之后，便扑的一声跪了下来，未说话之前，先忍不住哭出声音来了，说道：

"妈，我实在太该死了，我真的太糊涂了，钟夫人被我害死了……"

"啊？钟夫人被你害死了，这话是打从哪里说起的呀？唉！大毛，你快点儿告诉我，我真有些丈二和尚摸不着头脑了。"

张大妈见了儿子像落汤鸡一般水淋淋的身体，又听了他哭丧着脸儿告诉，一时惊骇万分地问他，因为这实在是做梦也想不到的事情。

43

"妈，你千万饶了我吧，因为我并不是有心要害死她！"

张大毛还是呜呜咽咽地哭着说。

"大毛，你别的废话不要多说了，我问你，这到底是怎么的一回事情呢？"

张大妈是迫不及待的神气要他说出一个事故来。

"我负了钟夫人跳出窗子，向前急急地狂奔，因为心急慌忙的缘故，而且在黑夜，所以一个不小心，我竟一脚落空，跌到小河里去了。虽然我也有点儿识水性的，不过一条腿跌伤了，因此再也顾不得钟夫人了，我伸了两手拼命地找寻，可是钟夫人的身子已是摸不着了。因为水流甚急，恐怕她已经随波逐流，假使葬身河底，岂不是我害了她一条性命了吗？"

张大毛说到这里，忍不住又放声大哭起来，表示无限悲痛的意思。

张大妈听了这话，一时也急得目瞪口呆，虽然恨儿子太以鲁莽，不过眼瞧着儿子这一副满身稀湿而又沾着污泥的样子，心中也不忍再去痛责他，反而怨恨自己起来，流泪说道：

"唉！这是我太爱多事了，早知道如此，我何必要你负了她逃到我家来呢？因为钟夫人不过三十四岁的年纪，虽说徐娘半老，但到底风韵犹存，而且她生成是雪嫩的皮肤，我怕她遭了鬼子兵的侮辱，所以叫你负了她逃走，谁知道反而送了她一条性命呢！唉！这……叫我老太婆怎么能够对得住她呢？"

张大妈说到这里，忍不住又抽抽噎噎地哭泣起来了。母子两人哭了一会儿，可是哭不出一个办法来。张大妈又想到儿子浑身水淋淋的，若不把湿衣服换去了，恐怕要受寒生病，所以连忙把他扶起，说道：

"大毛，事到如此，哭也无用，你还是快把衣服换去了，不然生起病来，那可怎么好？说来说去，总是东洋鬼子害人精，假使他们不打到我们村子里，今夜又怎么会发生这一幕惨剧来呢？现在还有校长先生和钟小姐被鬼子兵捉去了，也不知是凶是吉，我真想不到鬼子兵一进了门，就会弄得我们家破人亡、鸡犬不宁呢！"

"妈，假使校长先生和钟小姐都被鬼子兵杀死了，那我一定当兵去，我要替他们报仇！"

张大毛站起身子，把手揩抹他满脸的污泥，无限痛愤地说。

"傻孩子，你给我说这些危险的话，就是有这一个意思，你也给我藏在肚子里，不要口里大嚷大叫，万一被东洋鬼知道了，那我们娘儿的性命不是立刻就没有了吗？"

张大妈急忙阻止他说，至少她是包含了一点儿埋怨的成分。张大毛口里不说什么，但他的表情上还是显出怒气冲冲的样子，走到房里洗澡去了。待他洗好了澡，雨方才小了一点儿。母子两人说起钟家屋子里没有人了，若不去上了锁，恐怕东西要被歹人偷光，所以撑了雨伞，母子一同走到钟雪影家中去。这当然是出人意料之外的事情，两人在一脚快近房门的时候，却见一个女子昏倒在卧房里，上前仔细一看，不是别人，谁知正是雪影。大毛咦了一声，说道：

"奇怪了，钟小姐难道偷偷地逃出来了吗？那么校长先生不知到什么地方去了，妈，你快把她叫醒了，问一问她吧！"

张大妈这才被他一语提醒了过来，遂扶她起身，给她坐在椅子上，连声地叫了两声钟小姐，可是雪影却像死过去了般地连牙关都紧了。张大妈心中一急，忙叫大毛倒开水，自己喝了一口，对准了雪影的嘴儿，灌了几口开水。约莫几分钟后，雪影方才悠悠地醒了过来，她微微地睁开明眸，向四周望了一眼。张大妈十分欢喜地说道：

"钟小姐，你醒来了？我被你急都急死了。你不是和校长先生一同被日本兵捉去的吗？不知道你是怎么地逃出来？还有校长先生他的人可有逃出来吗？"

"张大妈，这事情说起来话长，待我从头至尾来告诉你吧。"

雪影深深地叹了一口气，她方才絮絮地把自己经过的情形向他们告诉了一遍。大毛听到把山村队长一刀杀死的时候，不由得竖起了大拇指，连声赞叹道：

"钟小姐，你真不愧是一个女英雄！这一刀杀下去，真叫人感到痛快极了。不过校长先生既然身受重伤，他又到什么地方去安身好呢？也许回到学校里去了吗？是的，那也说不定，还是我此刻到学校里去看看他吧，我一会儿马上来告诉你们消息。"

大毛一面说，一面便匆匆地奔出去了。这里雪影又向张大妈问道：

"你是什么时候进来的？你可知道我母亲是到什么地方去的？"

张大妈被她问得面红耳赤，呆呆地半晌说不出一句话来。良久，方哽咽了喉咙，凄然说道：

"钟小姐，你不要太伤心，我告诉你，你妈是掉在河里死了。"

"啊！我妈死了？她怎么会掉到河里去的？张大妈，你快点儿告诉我吧！"

雪影听到了这个消息，她芳心好像一阵子刀割般地疼痛，眼泪忍不住又滚落了下来。

张大妈的老泪也纵横在脸颊上了，她用了歉疚的口吻，悲惨地叙述一幕惨事的起端和结束，她几乎失声地哭泣起来，说道：

"钟小姐，你妈惨遭灭顶之祸，这是我的过失，所以我心中是万分的抱歉和悲痛，我不敢隐瞒地告诉了你，请你总要饶赦我的罪恶才是。"

雪影听了张大妈这一番话，她的心中也说不出是悲痛还是愤怒，她握紧了拳头，在哭过一会儿之后，才咬牙切齿地说道：

"张大妈，这不是你的罪恶，这是敌人赐给我们的恩典，我们在平日只知道得过且过，好像听了外面说的鬼子兵残暴行为，也无非有些隔靴抓痒，因为没有身历其境，怎么能知道活地狱的痛苦？现在我方知道一个失了保障国家中人民的痛苦，是好像俎上肉、锅中鱼一般。唉！假使每一个同胞再不奋起而为祖国去效力，这恐怕比畜生都不如的了。"

张大妈听雪影并不责怪自己母子两人，一时更加感到惭愧不安，流泪说道：

"钟小姐，害你变成一个孤苦伶仃的女孩子了，这都是我的过失，所以除了悲痛之外，我却无法补报于你，这叫我有什么脸儿再在世界上做人呢？"

"张大妈，你可以不必说那些话，在这乱世的时代，我们的同胞的生命本来连鸡犬都不及的。他要你死，你就死，他要你跪

47

在地上做狗，你不得不做，假使谁敢反抗，他们的刺刀上就可以染了你的血渍！唉！这还有什么可说？这还有什么可说呢？"

雪影说这几句话的时候，神情是悲痛到了极点，她几乎要疯狂了的样子。张大妈见她脸儿涨得血一般通红，两眼好像要冒出火星来的神气，同时见到她的衣裳也是湿得水淋淋的，于是忙说道：

"钟小姐，别的话不必说了，你身上湿得这个样子，那么你快点儿换了衣裳再作道理，要不然受了寒，这就更糟糕的了。"

雪影一听这话倒也不错，遂请张大妈在外面坐一会儿，她在箱子里取了小衣衫裤并旗袍鞋袜，把全身统统都换上了，只觉头脑有些疼痛，全身好像也有一点儿发烧，一时芳心暗想：不要真的生起病来，这……倒是麻烦的了。就在这时，听张大妈在外面好像和人说话的声音，于是急急地奔了出去，原来大毛匆匆地回来了。雪影这就迫切地问道：

"大毛，你到学校里去过了没有？校长先生是不是在宿舍里躺着？"

"我……我……整个的学校里全都找寻过了，却不见校长先生的人影子，后来我问了门房，方知道校长先生并没有回来过。"

大毛用了急促的口吻，唾沫横飞地报告着。但雪影听了这话之后，她因为是太聪明的缘故，所以脑海里浮上了一个日本鬼子残酷的手段，不禁啊了一声，身子便跌昏在地上了。张大妈连忙把她扶起，大毛也是急得没有了主意。但雪影却竭力镇静了态度，摇了摇手，连说不要紧，她一面支撑着躺到床上去了。张大妈伸手在她额角上一摸，觉得十分炎热，知道她经不住一再的刺激和打击，所以真的病倒了，一时也不由暗暗地着急，倒了一杯开水，低低地问道：

"钟小姐，你要不要喝一点儿开水？"

"不，谢谢你，还是给我静静地躺一会儿吧。"

雪影低低地回答。张大妈暗想：也许给她睡过了一夜，那热度就会退去的。所以又对她安慰了两句，方才和人毛匆匆地回家了。雪影躺在床上，一时当然睡不着，她是一阵一阵地细想：我母亲掉落在河水里，不知有没有淹死？说不定吉人天相，被人家救起了，这也未可知。倘然能够对了我的猜想，这当然是叫我谢天谢地了。一会儿又想到凝远的生死，恐怕是凶多吉少。唉！我一定是上了东洋鬼子的大当，他们假意把受伤的凝远给我看一看，然后拖着出去，名义上是放走他，可是谁知道不把他害死了呢？否则这许多时候之后，凝远怎么还没有回到学校里去呢？莫非是伤重死在路上了吗？莫非是又被鬼子枪毙了吗？左思右想，觉得无一不是使自己感到伤心的资料，因此人到伤心已极，也只好诉诸于眼泪了，雪影抽抽噎噎地哭泣了一会儿，也不知经过了多少时候，她才沉沉地熟睡去了。第二天早晨，雪影被一阵子噼噼啪啪的机关枪声音惊醒过来，她连忙从床上坐起来，揉了揉眼皮，凝神细听，只觉枪声愈响愈近，一时芳心别别乱跳，暗想：莫非有中国军队和鬼子兵接触了吗？意欲跳下床来，谁知头重脚轻，几乎摇摇欲倒。正在这个时候，忽见张大妈母子两人慌慌张张地奔进来，说道：

"钟小姐，你起来了吗？好极了，好极了，快点儿跟我们一同逃命吧！"

"张大妈，且慢！我头痛发热，两脚软绵无力，恐怕不能行走。你且先告诉我外面到底是怎么一回事情呢?"

雪影两手扶着桌沿边，那条腿儿是瑟瑟地在发抖。张大毛见母亲也是吓得牙齿只会咯咯地相打，一时便抢着告诉道：

"钟小姐，都是为了你……你……你昨夜把他们山村队长杀死了，他们觉得这里村民太可恶了，所以实行他们的大屠杀，预备把这村子里房屋都烧光，把机关枪架在路上，见一个村民杀一个，要杀得鸡犬都不剩。你想我们难道束手待毙吗？所以我劝你还是和我们一同逃走吧。假使你走不动，我可以负着你走的，现在是白天里，我绝不会再闯祸水了。"

"我觉得逃出去也是要被他们用机关枪打死在路上，那么何不就在这屋子里给他们用火烧死了比较不抛头露面。张大妈，我是有病的人，跟你一同逃走，恐怕反而累害了你们，所以你们母子两人还是自己逃性命去吧。大难已到，谁还管得了谁呢?"

雪影想了一会儿之后，方才对他们挥了挥手，沉痛地说。张大妈忙道：

"钟小姐，你这话错了，等在家里，是必死无疑，逃了出去，到底还有一生的希望，所以你不要固执，我扶着你一同走好了。"

"唉，想你是个花甲之年，自己走路也有一点儿跌跌冲冲，怎么能够来扶着我走呢？想我母亲已死，留我一人也是无趣，所以我打定主意绝不逃出去了。"

雪影摇了摇头，她的眼角已涌上了晶莹莹的一颗泪珠。大家正在劝说之间，忽然一阵子墙倒的声音，接着浓黑的烟灰便纷纷地卷进房来。张大毛见事已急，也顾不得再去征求她的同意，就把她负在身上，和张大妈匆匆地逃出院子外来。只见路上一个一个倒着的都是尸身，血流遍地，但耳边嗒嗒的机关枪声音还是接连不断。三人急急地奔了一阵子路，忽然一颗流弹打中了大毛的胸部，于是雪影和大毛便同时跌到地下去了。张大妈蹲身去扶，一颗子弹又飞入了她的脑部，可怜他们母子两人便就死在敌人残酷的大屠杀之下了。雪影躺在地上，眼瞧大毛母子身上染了鲜红的血，又见半空里飞窜的子弹，她是吓得倒在地上，动也不敢动一动。直到这一村子里的房屋都化为焦土了，这一村子里的百姓都成炮灰了，于是鬼子兵才完了一件任务似的，心满意足地又开拔到另一个村子里去大屠杀了。

第四回

恨海渺茫春申江畔泣残红

　　当当! 当当! 火车站上的铜牌已在敲第二次了, 京沪车由下关而向上海驶行了。接着呜呜的一声长鸣, 那长蛇般的火车便在青青的草原上游去, 剩下了两条发着亮光的铁轨在车轮行驶过后, 好像还震动着一阵嗡嗡被压迫后发出来的呐喊。

　　战后的火车因为逃难者来来去去, 有的以为上海是乐土, 有的以为南京是乐土, 因此旅客的拥挤几乎没有了立足之地。只要买得着票子, 已经是上上大吉。所以火车站上做生意的人, 又有窜头来了。中国人别的脑筋虽然不大好, 但是舞弊、揩油这些, 脑筋比任何人都要灵活得多。因此战后的成绩无论在什么买卖的地方, 又闹出许多"黑市""白市"从前所没有的新名词来。

　　钟雪影在劫后余生之下, 她离开了已变成焦土的故乡, 只身乘火车到上海去谋出路。虽然在上海她也并没有什么亲戚朋友, 不过上海是全中国最热闹的都会, 而且也是最容易赚钱的地方, 只要他有新脑筋来一个新花样新噱头, 那么无论花多少代价, 大家也都会去尝试一下。雪影此刻站在三等车厢之中, 因为是病体

52

还只有刚好的缘故，所以她的两脚有点儿软绵绵酸汪汪的。从南京到上海，快车也得需六个钟头的时间，何况慢车呢？所以雪影心中是暗暗地感到焦急，假使在火车上要站过了一夜，恐怕自己会支撑不住昏倒在车子上的。不过这苦楚和谁去哭诉呢？因为人家坐在位子上的旅客，哪一个肯牺牲自己来让给我呢？一面想，一面被火车的震动使她的头脑子也有点儿昏晕起来。所以她把纤手儿按住了额角，两条翠眉锁得紧紧的，当然她表示十二分的难过。

坐在雪影面前的是一个身穿布长袍的男子，年纪大概三十左右，他的脸儿是显出一副很老实的样子。他的两眼不时地望到雪影的身上去，屡次似乎有些欲语还停的神气。偶然雪影向他望了一瞥，于是四目相对，就瞧了一个正着，那男子这才微微地一笑，好像十二分同情的意思，低低地说道：

"您这位小姐恐怕有点儿站不住了吧，要不我把这座位让给你坐了。"

雪影正在感到难以支撑的时候，想不到真有这样好心的人儿肯怜惜自己，那可说是求之不得的事情。当时把秋波水盈盈地逗给他一个感激的媚眼，用了温和的口吻轻声儿回答道：

"先生这样热心仗义，那叫我真是感激不尽了。此刻给我略坐片刻，回头我仍旧可以把座位让还给你的。"

"不必客气，我见你脸色不大好，恐怕你身上还有一点儿不舒服吧？"

那男子一面站起身子来，一面还注视了她一下面色，关怀地探问。雪影在位子上坐下，觉得这舒服是千言万语也不能形容出来的，此刻又听他这样问，因此不免感到一点儿知遇之恩，遂点点头说道：

"不错，我真的还有一点儿不舒服，因为我是病儿还只有刚好了不多几天。"

"既然你是病儿才好的人，怎么就要奔波风尘了呢？况且在旅途上只有孤零零的一个人，也没有什么家里人一同陪伴着，我觉得你似乎太不方便一点儿了。不知道小姐是到什么地方去的？"

那男子用了一种怜悯的口吻，向她低低地问。

"我是到上海去的……"

雪影轻声地回答了一句，她的芳心里被他那种同情的话儿说得也悲哀起来，不由得微红了眼皮儿，深长地叹了一口气。

"好在我也到上海去的，那么彼此在路上倒也有一点儿照顾了。"

那男子点了点头，随口地说。忽然他又问道：

"小姐到上海是找亲戚去的吗？"

"嗯，是的。"

雪影在一个陌生男子的面前，当然不愿意完全地说出真心话来，所以她点了点头，就这么简单地答应了一个"是的"。

两人在谈过了这几句话儿之后，彼此又沉默了下来。只有火车在轨道上驶行的时候，发出了轧隆轧隆的响声。在战前火车上还有小贩卖东西的声音，现在整个的车厢里全都挤满了旅客，不要说没有一条缝隙，假使要小便的话，也只好是撒在裤裆里的了。雪影因为是病儿才愈的人，所以头晕得十分厉害，而且心中还有点儿翻漾漾似乎要呕吐的样子。她把一方手帕儿捂住了嘴，

54

不住地咽着口沫，这种表情都暗示她十二分不舒服的神气。那男子在他肋下夹着的皮包内取出一包人丹来，伸手交到雪影的面前，低低地说道：

"小姐，我看你大概不大出远门的，所以难免要晕车了，要不要吃一包人丹？"

"哦，谢谢你，不知多少钱一包，我向你买了吧？"

雪影觉得不好意思无缘无故地受人恩典，低低地说。

"小姐，你这是什么话？我们大家都是逃难人，同病相怜，在旅途之中理应有个照应的义务，怎么我竟会卖钱呢？那你似乎太轻视我了。"

那男子这几句话显然有些不喜悦。

"对不起，那是我失言了，请不要见怪。"

雪影向他点了点头，逗了他一瞥歉意的目光，含笑说：

"我还没有请教先生贵姓呢？"

雪影见他那种诚恳老实的样子，到底因为感动而不得不对他问出了这一句话。

"哦，我姓陆名叫海风，这位小姐呢？我也还没有向你请教哩！"

海风对她笑嘻嘻地反问。

"我姓钟叫雪影。陆先生到上海也是找亲戚去吗？"

雪影为了自己到上海没有一个认识的人，所以她此刻倒很希望和海风结识成一个朋友，那么他对自己少不得有一种帮忙的地方，所以含了笑容，似乎很愿意和他有一种亲热的表示。

"是的，我姑妈是住在上海的，她家里非常有钱，所以这次

55

我到上海去，虽然是并没有多带着盘缠，不过我倒并不感到十分忧愁。因为我只要一到上海，就立刻有安身的地方，那还怕什么呢？钟小姐，那么你有个什么亲戚住在上海呢？"

海风一面向她告诉，一面又低低地刺探。

"我……我……我有一个舅舅住在上海，所以我到了上海之后，也不成什么问题的。"

雪影向他支吾了一会儿，因为是不善说谎的缘故，所以她的粉脸盖上了一层桃花的色彩。

"钟小姐，那么你家里难道没有别的什么人了吗？为何你一个人到上海去呢？"

海风对于她的表情似乎有些奇怪，遂继续地探问。

"唉！你哪里知道，我的家乡被毁了，我的家人被杀了，在故乡没有办法生活下去，不到上海去找一些出路，一个弱女子还有生存在社会上的能力了吗？"

雪影轻轻地叹了一口气，她所说的话中到底又慢慢地露出一点儿马脚来了。海风觉得在她这些话中猜想，可见她到了上海之后，对于生活两字还有一点儿问题，那么她说在上海有舅舅的一句话，这似乎有点儿靠不住，即使她没有说谎，那么她的舅舅一定也是很贫穷的，于是表示十分同情的神气，点头叹息着道：

"唉！这次遭着兵灾的同胞，也不知有多少呢，但是我们能够逃出性命，实在可说是不幸中之大幸哩！"

雪影这回并没有表示什么，她垂了粉脸，只有微微地叹气。火车一站一站地过去，天色也渐渐地黑下来。雪影已经坐了许多时候，因为海风站在面前，闭了眼睛，好像在打盹的样子，一时

56

心中有点儿过意不去，便把他手儿微微地一拉，海风惊觉，睁眸向她望了一眼。雪影微红了脸儿，低低地说道：

"陆先生，你已经站了不少时候，我就让给你坐吧。"

"不，我站到上海没有关系，因为你既然有些不舒服，你还是坐着吧。"

海风摇了摇头，表示十分多情的样子。

"陆先生，你这样热心的好人，真不知叫我如何地感谢你才好哩！"

雪影十分感动地回答。

"我们都是落难人，假使再要自私自利的话，还能算是有心肝的人吗？所以我认为这是应该的，你可以不用挂在心上。"

海风却说得非常大方，使雪影对他不免有点儿敬仰的意思。火车到了上海，时间在第二天早晨六点钟。雪影因为一夜未睡，并且也没有食物下肚，所以面色憔悴，两眼深凹，当她步出车站的时候，几乎有点儿摇摇欲倒的样子。海风瞧此情形，便扶了她的身子，低低地问道：

"钟小姐，你舅舅住在什么地方知道吗？我看你走是不能走了，还是坐了车子去吧，免得在路上发生什么意外。"

"我舅舅住在什么地方，一时之间却想不起来了……"

雪影在这个情形之下，她心中是痛苦到了极点，一面说，一面泪水已扑簌簌地滚落下来。

"什么？地址忘记了，那可怎么办？上海这地方不是乡下小村庄里，你看这样人烟稠密的地方，你初来上海，恐怕朝东朝西的方向都很难辨明哩，这……到哪里去寻找你的舅父呢？"

海风听了故意向她这么地焦急了一阵子说。雪影抬头望了他一瞥可怜的目光，低低地说道：

"陆先生，对不起，我此刻头晕脚软，你能不能陪我到一家小客栈里先去休息休息呢？"

"也好，事到如此，也只有这一个办法了。"

海风遂讨了人力车，和雪影一同坐到四马路一家春江小旅馆内，开了一个房间住下。雪影倒在床上，却是全身发烧起来。她竭力把身边一只钱袋取出来，交给海风，轻轻地道：

"陆先生，付房金的钱在这里。"

"钟小姐，你自管静静地养息吧，房金我给你付了，回头再算吧。"

海风付了房金，在旅客单上填了姓名。茶房泡上茶来，海风倒了一杯茶，走到床边低低说道：

"钟小姐，你要喝一口茶吗？我想你头晕也许是肚子饿了的缘故，让我叫茶房去买点儿面包来给你吃好不好？"

雪影被他一提，觉得这也不错，遂点头答应，叫他把钱拿去。海风道：

"我有着，你不要劳心。"

说着，便匆匆地走出房去。雪影见他这样为自己辛劳着，一时真有说不出的感激。因为自己初来上海，人地生疏，况且又患了病，假使没有他来照顾我的话，真不知叫我何以为情呢？一会儿又想到，我虽然是冒险到了上海，但往后的生活又将怎么样才好呢？这次自己到上海的盘缠，还是把自己的金戒指去兑了的，那么有限金钱万一花费完了，岂不是要沦落街头为乞丐了吗？想到这里，忧心煎煎，因此那热度便更上升起来了。

不多一会儿，海风把面包买来了，而且他还买了一听牛奶，冲了开水，把面包切片，亲自拿到床边去服侍雪影吃。雪影很不好意思地说道：

"陆先生，叫你这样服侍着我，我心中太对不起你了。"

"钟小姐，你的身世太可怜了，所以我非常地同情你，在我也无非是尽了一点儿人类互助的义务，所以你千万不要说这些感谢的话。"

海风微微地一笑，表示十二分诚恳的神气。

"那么一共花费了你多少钱，我觉得应该是还给你的，否则，叫我心中就更不安的了。"

雪影一面喝着牛奶吃着面包，一面温和地说。

"何必要算这些账呢？钟小姐，我觉得你的热度很盛，最好是请个大夫瞧瞧，吃一帖治发烧的药，明天热度一退，那么也就好起来了。不知你的意思怎么样？"

海风还是十二分关切的态度，向她低低地问。

"请医生吃药，要花费很多的钱，我想还是省了吧，看明天情形怎么样，再作道理。"

雪影吃毕牛奶，又倒在床上躺下了，忍不住深深地叹了一口气。海风说道：

"对于金钱这方面，那你是不用忧愁的，在这个乱世之中谁保得牢这是谁的钱？所以你不够花费的话，我当然可以帮助你的。"

"你已经为我花费了许多精神，假使再为我花费金钱，这叫我更说不过去了。陆先生，你不必为了我而耽搁你正经的事情，假使你要到姑妈家中去的话，我可不能累了你的。"

雪影也为海风而着想，对他低低地说。海风沉吟了一会儿，说道：

"钟小姐，我们虽然萍水相逢，不过也可说患难之交。既然一路同到了上海，而且你又生了病，所以我怎么能丢你一个人孤零零地在旅店之内就走了呢？这除非我是个铁石心肠的人了。所以你放心，我总要等你病体好起来，送你到了舅舅的家里，那么我才可以放心地和你分别。否则，我觉得自己似乎应该对你尽一点儿照顾的义务。"

海风是说得那么多情，可以看出他是一个十分忠实的男子。雪影因为是感激过分的缘故，所以一时倒反而说不出什么话来了。她的两眼脉脉含情地望着海风，不由得涌上了一颗晶莹莹的眼泪。海风却叫她不要胡思乱想，还是静静地躺一会儿。雪影人疲神倦，一时也沉沉地睡熟了。海风坐在沙发上，呆呆地想了一会儿心事，脸上挂了一丝得意的微笑，因为自己也整整地一夜没有合眼，歪在沙发上也睡着了。不知经过了多少时候，待海风一觉醒转，时已黄昏，揉了揉眼皮，只觉肚子里咕噜咕噜地响了一阵，遂把桌子上剩下的牛奶冲了一杯，又吃了两片面包，轻轻走到床边，向床里一望，见雪影也已醒转，这就微笑道：

"钟小姐，你什么时候醒转的？此刻感觉好一点儿了吗？"

"还只有刚睡醒，我已好得多了，早晨所以有热度，完全是一夜没有合眼的缘故。陆先生，你也够辛苦了吧！"

雪影似乎静静地沉思着，此刻才回眸过来，向他瞟了一眼，微笑着说。海风伸手在她额角上按了一按，点点头，表示一本正经的样子，说道：

"嗯，你确实已好得多了，热度已经退完了，早晨我真被你吓了一跳呢！钟小姐，你肚子饿吗？我再冲杯牛奶你吃吧。"

一面说，一面回身又到桌子旁冲牛奶去了。雪影的额角被他一按之后，虽然是万分羞涩，不过人家这样赤胆忠心来服侍自己，他之所以摸我额角，当然也是为了试探我热度的意思，这倒也不能怪他举动轻浮。雪影在这样转念之下，把一点儿男女的嫌疑问题也就抛置于脑后去了。

晚上，海风叫茶房开上两客咸泡饭，雪影因为人儿比早晨清爽了许多，所以吃了大半碗，剩下的小半碗，海风却代为吃去了。雪影笑道：

"陆先生，你没有吃饱，再叫一客好了。我生病人吃剩的东西，你还是不要吃吧。"

"你也不是生什么要传染的病，难道怕过给我不成？"

海风见她那种多情的语气，心里倒是荡漾了一下，遂笑嘻嘻地回答。雪影逗给他一个妩媚的娇嗔，却低了粉颊儿，默不作声。海风见了，心里更加奇痒难抓，两人默然了一会儿，海风方才低低地又问道：

"钟小姐，你的舅舅住在什么地方如何还忘记呢？那么当初你到上海来的时候，难道没有想到这一个问题吗？"

雪影听他又提起了这一个问题，一时无限愁恨不免又涌上心头来，微微地皱了眉尖儿，又不能把自己说谎的意思向他老实告诉，所以索性说谎到底，轻轻地叹了一口气，说道：

"我记得舅舅是住在上海闸北的，可是什么路却再也记不得了。"

海风听他这样说，倒忍不住扑哧的一声笑起来，说道：

"钟小姐，你这话更不对了，上海地方假使要找人，光说有路名还是没有用，有里名仍旧没有用，非要第几弄第几家才可以找得到人，否则，你去问什么人呢？这可比不得乡下，一村庄上大家都有点儿熟悉，就是没有地名，只说出了这个人的姓名，也许就有人会指点给你知道。况且你说住在闸北，那就更没有找寻的机会了，因为上海打仗，闸北本来划进战区之内，那么你舅父生命的存亡，恐怕也有点儿渺茫得很了吧。"

雪影听她这样说，故作失惊地叫起来，大有盈盈泪下的神气，说道：

"照你这么说来，我要找舅父的机会恐怕是没有希望了。唉！这……可怎么地办呢？"

说到这里，似乎急得要哭出来的样子。

"钟小姐，你不要着急呀，你是病才好的人，心中一急，倒又要急出病来了。我说就是找不到你舅父，无论如何总也有个办法。常言道，天无绝人之路，况且你这么年轻，有两只手可以工作，当然不会饿杀，那你倒尽可以放心的。"

海风见她急得这个样子，遂向她一本正经地安慰。雪影一听他这样劝说，觉得这话也说得有理，遂转了转眸珠，低低地说道：

"陆先生，你不是说你的姑妈家中很有钱吗？我想请你给我介绍介绍，最好我到她家中去做一个仆妇，那我心中就感激不尽的了。"

海风笑了一笑，摇头说道：

"钟小姐，像你这样人才，也不像是个做仆妇的人。说起我的姑妈，为人倒是十分慈祥，而且她专门喜欢收过房女儿，只要容貌好的、性情温柔的、人儿聪明的，她会马上把她留在家里，给她老人家做一个伴儿。所以等你病体痊愈之后，我就不妨带你一同到她家中去玩玩，不知心里赞成吗？"

"哎呀，你还问我哩！那我还有什么不赞成的道理吗？假使我真的能给你姑妈做过房女儿，这倒是我的福气了。"

雪影听他这样说，眼前倒不免又展现了新生的希望，遂扬了眉毛，笑盈盈地回答。

"我想姑妈知道你是我的朋友，她老人家一定会答应的。"
海风似乎很有把握地回答。

"那么我理应该向你先道谢。"
雪影秋波脉脉含情地向他瞟。

"其实你又何必向我道谢呢，你真的做了我姑妈的干女儿，那么我们岂不是变成了表兄妹了吗？"

海风坐在沙发上，把右腿搁在左膝上，摇摆了一下，表示那么得意的神气。雪影露齿微微地一笑，却没有回答。她垂了粉脸，却似乎有所深思的模样。

海风手托了下巴，微闭了眼睛，好像也在计划他应干的工作。

夜色已深沉了，室内的灯光已熄灭了。

雪影已起了微微的鼻息之声，显然她是睡得十二分的香甜。

当！当！时钟已经敲子夜十二点了。

海风躺在沙发上，却是翻来覆去合不上眼睛，他的思潮很复杂，脑海里涌现的是不可思议的一幕。一种色的引诱，使他构成了一幕肉感的幻象。他的血液是奔流得快速，因而刺激得全身每个细胞都起了异常的紧张。海风在不可抑制他情感奔流的时候，他终于悄悄地走到床边去，撩开了青纱细帐，跳到床上去了。

"是谁？是谁？"

睡熟的雪影被海风一种轻薄的举动吵醒了。她发觉自己小衣的纽扣都已松开了，而且她的胸部感觉上几乎有些透不过气来。因此她这一吃惊真是非同小可，一面竭力地挣扎，一面急促地喝问。

雪影虽然是用了很大的气力，可是没法使上面这一份重量推了开去，同时她的嘴唇皮子上立刻又有一股子热的电流接触上来。虽然室内的光线是黑魆魆的，但雪影却明白这当然除了海风是没有第二个人的。因为事实上自己的肉体已经完全暴露了，就是高声地叫喊起来，一个女孩子家当然是更感觉无限的羞耻，所以她不愿把事情闹开来，不过在可能避免之下，她还是竭力防守她这最后的一道防线，急促地说道：

"陆先生，陆先生，你……怎么能凭空地来欺侮我？你……不是失却了一片互助我的真意了吗？"

"钟小姐，你……应该可怜我为你这一片痴心，雪影，我亲爱的！你就答应了我吧！"

"可是你即使有真心的爱，你也不能未经合法的手段来侮辱我呀！"

"这不是侮辱，这完全是神圣之爱的表现，雪影，你在上海不是孤零零的一个人吗？那么你就嫁给我，我们配成一对美满的姻缘，大家不是都有照顾了吗？"

"我可以答应嫁给你，不过今天这一种可耻的事，我们绝对不能干……"

"……"

海风这次并不作答，他的动作是有些迫不及待的样子。

"陆先生，你不能这样野蛮呀！既然你是真心爱我，那么你应该顾全我是病才好的人。陆先生，你就可怜我吧！"

雪影在经过了一度挣扎之后，她到底是个病才初愈的身体，因此四肢软绵绵的竟没有挣扎的余地了。在这情形之下，好像是一块雪白的玉石上，遭了一点儿小小的污渍。雪影想起了谢凝远，她那颗芳心在隐隐地作痛，眼泪像雨点儿般地滚落下来。

"陆先生，我觉得你的心肠太狠了，因为你这不是爱，无非是一种欲罢了。"

雪影的话声是包含了颤抖的成分，显然她有些伤心。

"雪影，你怎么还叫我陆先生呢？现在我是你的丈夫了，你应该叫我一声哥哥。"

海风涎皮嬉脸的神气，他完全把女子当作一件泄欲的玩物看待。

"嗯！我不会叫这种肉麻的名字，现在我的身子已交给你了，可是你总要给我一点儿良心出来才好。"

雪影在撒了一会子娇后，她担心着将来的命运，所以包含了一点儿求人哀怜的口吻，她的眼泪又在颊上占据了。

"你放心，我在火车上和你毫不相识，尚且这样热心地帮助你，何况现在我俩的身子已合在一块儿了，那当然是更爱你了。"

　　海风竭力向她安慰，偎了她的娇躯，表示郎情如水的意思。但雪影却冷笑了一声，有些怨恨的样子，说道：

　　"你当初之所以帮助我，原是醉翁之意不在酒，现在给你目的已达，恐怕你们这班始乱终弃的男子，会把我抛置于脑后去了。"

　　"不会，不会，绝不会抛弃你，假使我要存心不良的话，那么我将来不会有好的结果。"

　　海风的脸上觉得有些湿润了，知道雪影又在流泪了，于是他很正经地发咒，表示绝不负心的意思。雪影听他念了重誓，方才收束了眼泪，但是想到自己的身子竟会落在一个陌生男子的手里，这真是做梦也想不到的一回事情。追究原因，总是为了战争之祸，所以才有这么悲惨的遭遇。假使敌人不入村的话，我如何会只身奔到上海来？既不到上海，那当然也不会碰到这个陆海风了。左思右想，忍不住又暗暗地泣了一夜。

　　从此以后，海风在旅馆内和雪影便住了一星期，把盘缠都用尽了。雪影几次三番地催他，要他陪了自己到他姑妈家中去，海风总有点儿依依不舍。直到床头金尽，才没有办法。这天上午，海风先到外面去了一次，下午一点光景，才带了雪影坐车到他所谓姑妈家中去了。

　　海风的姑妈家中是一个石库门房子，大门口顶上有一盏大门灯，气象倒很巍峨，里面是三间两厢房，客堂里全套红木家具，显得富丽堂皇。雪影暗想：他姑妈家中果然很有钱，这倒不是虚语。这时有个仆妇模样的人在客堂里收拾，一见海风便叫了一声"陆少爷，你好久不来了"。海风向她丢了一个眼色，悄悄问道：

"太太在家里吗？"

"在楼上，我去叫她，你们在前厢房坐一会儿吧。"

老妈子一见海风的表情，心中有点儿明白了，遂匆匆地奔到楼上去了。这里海风叫雪影一同步入厢房内，只见里面是一个卧房的陈设，金堂紫檀木的家生，十分古色古香。不多一会儿，外面步入一个年约四十左右的妇人来，打扮得头脸清洁，十分妖娆，满面显出一副能干的样子，对于慈祥这两个字却无从谈起。后面还跟了一个十七八岁的少女，打扮得花枝招展，非常婀娜。海风连忙口叫姑妈，一面把雪影给她们介绍，雪影方知那个姑娘也是海风姑妈的过房女儿，叫她作三媛的。海风姑妈一见雪影人才不错，心中十分欢喜，遂满面含笑地叫她坐下，并吩咐三媛好好招待雪影，说她们小姊妹应该亲热亲热。说着，一面和海风自管走到后厢房去了。大概半个钟点之后，雪影见海风的姑妈方才含笑走出来，说楼上预备好了点心，请雪影到楼上去吃点心。雪影还连叫"姑妈你真太客气了"，于是跟着匆匆上楼。这当然是出乎雪影意料之外的事情，当她一脚跨进房中的时候，只见四个粗手毛脚的江北娘姨，手里各执皮鞭，八只眼睛恶狠狠地望着雪影。雪影还弄得莫名其妙，呆若木鸡地愕住了。只听海风的姑妈冷笑道：

"雪影，我老实地告诉你，这里是一个妓院，你的丈夫已经把你卖给我了。假使你不答应，马上把你剥下衣服，抽打一顿！"

雪影再也想不到海风有这么狠毒的心肠，既然污了自己的身子，又把自己卖入妓院，我只知道他是古道热肠，谁知他是狼心狗肺。一时心痛已极，只觉两眼昏花，全身发抖，啊了一声，她的身子便向后昏跌倒去了。

第五回

管弦声中娇娃遇财神

一阵阵管弦呕哑之声，每一个房间里播送出来，在电灯光芒仗亮笼映之下，显现出每个人的脸上都浮了无限欣喜的笑意。夜光杯中盛了鲜丽可爱的葡萄酒，银台面上放着丰富美味的鱼翅席，耳听着婉转悦耳的清歌，眼望着花朵儿般的脸庞，手抱着蛇样般窈窕的身材，这里是天上人间令人销魂的艳窟，但也是令人耗金的魔洞。固然使人飘飘欲仙，但也能使人终身遗憾。

"雪影，为什么老是愁眉苦脸的样子？你看别人，谁不都在嘻嘻哈哈地十分高兴呢？"

一个戴金丝边眼镜、穿灰鼠袍子的男子，年纪三十左右，他生得一副白净的脸，一望而知是个有钱财的阔大爷。他的身边坐着一个妙龄女郎，年约二十许，生得一副鹅蛋似的脸，长长的眉毛，活活的秋波，高高而又挺直的鼻子，小小的嘴儿，总而言之，她的五官是太端整了，没有一处不是令人感到销魂的。虽然她是生得这样美丽，不过她的脸部上就很少有妩媚的笑容，颦蹙了两条翠眉毛，老是显出西子捧心的模样。这个女郎是谁？原来

69

就是被人拐骗到妓院的钟雪影。雪影自从落在火坑之后，虽然是经过数度的挣扎和反抗，但经不住鸨母的毒打和威逼，所以在淫威之下熬不住痛苦，也只好委屈地忍受下来。不过每当黄昏，独对一抹夕阳，想起谢凝远的生死未卜，而自己已失身于贼，且已沦为妓女，纵然有再能和凝远相见的一天，恐怕也是没有团圆的希望了。感时花溅泪，恨别鸟惊心，雪影是个有知识有学问的女学生，而且也曾做过一度女教员，今日置身在这样恶劣的环境之下，你想，怎么不要叫她作楚囚泣呢？但不多几时，就有一个客人赏识了她，时常给她来做花头，挥金如土，毫无吝惜。这客人是谁？就是坐在她身旁这个穿灰鼠袍子的男子。在当初雪影也不知道他是做什么生意的，不过际此国家多难之期，当然不外乎是发的国难财，后来一听到他的大名之后，这才恍然大悟。原来就是伪府的财政部长周汉堪，这是鼎鼎大名的，谁都知道他是一个财神爷爷，所以鸨母将他认为活财神。雪影虽然对财并无好感，不过自己这次失身被拐，都是为了缺少财的缘故，因此对金钱固然感到可恶，但是也实在感到它的可贵了。一个财政部长总是多钞票的，你看凡任过斯职的人，哪一个不是大腹硕硕地像一只猪猡一般地都养胖了呢？

周汉堪今夜又来给雪影做花头，那些来捧场的朋友，都是现代红极一时的大人物，日本人也有好多个，他们搂着中国姑娘，这和中国人去搂着日本娼妓是一样地感到格外兴奋和欢喜。所以他们的态度可以说是一条疯狂了的狗，毫无顾忌地恨不得当场表演起来。可怜这些被叫来的堂差，她们除了强颜欢笑之外，还有什么挣扎的余地呢？雪影目睹这种情形，她微蹙了眉尖，显然在她内心是感到无限的痛愤。但周汉堪心中感到奇怪，遂拍拍她的肩胛，问出了这两句话。

"你不知道，我真有些坐不住，因为我头痛得很厉害。"

雪影实在不愿见这一种含有侮辱女性的悲剧，她转了转乌圆眸珠，把眉毛一皱，顿生一计地回答。

"我见你面色原不大好，也许是疲乏的缘故，还是到隔壁空房去休息一会儿吧。"

周汉堪是用了温和的语气安慰，表示很能体贴女人家心理的意思。

"很好，可是怕众人不肯答应。"

雪影频频地点了一下头，向他嫣然有致地一笑，这笑在妩媚中至少还包含了无限可怜的成分。

"不要紧，我来给你代表说好了。"

周汉堪有着一种仗义的气概，遂站起身子来，向众人点点头。他还没有说话，就听有人笑着道：

"不要吵，不要吵，快静一点儿，我们周部长要发表谈话了。"

众人听了，果然都停止了嬉笑，大家用了沉静的态度，都全神注视到周汉堪的脸部上去了。周汉堪觉得说这个话的人真有些恶作剧，因为自己根本并无谈话发表，原是代雪影向众人表示早退的歉意，如今被他认乎其真地一说，倒弄得自己要开口也难以说出来了。因此红了两颊，微微地一笑，很快地回答道：

"并不是发表谈话，各位尽管尽情地欢笑好了，因为我的雪卿有些头痛，所以她失陪了，我陪她到隔壁房间去休息一会儿。

对不起，对不起！"

"这可不行，这可不行，今天你们两位是主人，怎么可以先退席？老周，你可也太性急了，看看表上时针，还只有十点半哩！难道这样早就要效鸳鸯交颈同去圆好梦了吗?"

周汉堪的同乡人陈天先也是市府的要人，他的脸已经是喝得像血喷猪头般通红，一手搂着他的相好白牡丹，一手向他指了指，笑嘻嘻地打趣。

"不错！不错！你们主人一走，我们客人不是也要走了吗?"

"不要假痴假呆地掉花枪，别人家头不痛，偏偏你的爱卿就头痛起来了。"

"你们等不及就只管公开表演吧，没有关系可以卖门票。"

"哈哈！我到外面去广播，保险把这些屋子都轧坍了。"

"这样财政部长就更加地有钞票了，哈哈！哈哈！"

众人在听了陈天先的话之后，大家便你一句我一句地胡言乱语起来，接着一阵子狂笑充溢着整个的房间，在这时候他们已忘记了自己的身份，仿佛是一群最下流的小抖乱了。

周汉堪被众人这样一取笑，他弄得面红耳赤，一时却说不出什么话来。等大家稍微静了一静之后，方才摇了摇手，急忙辩白道：

"诸位不要取笑，并不是我们两个一同退席，原是钟小姐一个人去休养一会儿，我不过陪着她去睡了，马上再要来奉陪诸君的呀！"

雪影对于他们这种胡言乱语的情形，当然有些不入眼，所以心中很有些生气，遂站起身子，不过表面上还是笑盈盈的样子，说道：

"众位大爷，很对不起！我因为实在有些头痛，所以坐不住了，要想退席去休息一会儿，周大爷当然是仍然陪着你们的，一切还得请大家千万原谅才好。"

"既然钟小姐贵体有点儿不舒服，理应早点儿退席，我们原是闹着玩笑的呀。"

陈天先也是个色中鬼，他对于雪影的美貌也是垂涎三尺，不过为了周汉堪和雪影交情在先，因此不好意思占比罢了。但此刻见雪影自己站起说话，他便故作多情的样子，对她眉目传情地回答。雪影却毫不注意地向大家说声谢谢，便匆匆走出房外去了。还有几个朋友见周汉堪呆呆地望着雪影后影出神，遂都拍他的马屁，笑道：

"周公，你还是快点儿跟了去吧，看钟小姐出去的样子，好像有点儿不大开心了。"

"我想她是头痛得厉害的缘故，真的也不知要紧不要紧。对不起，我去看看她，马上就来奉陪你们。"

周汉堪巴不得众人有这一句话，他故意显出一本正经的样子，表示很顾虑她身子的健康问题，一面说，一面便匆匆地追出去了。周汉堪走出房门，已不见雪影的人，齐巧鸨母走过，她好像已经知道了似的，向他招了招手，低低地笑道：

"周大爷，干什么这妮子又作乛了，她一个人回到房中去休息了。"

"哦，她倒不是作乛，因为有些头痛的缘故。妈妈，她在哪个房间休息？我去望望她。你随后给我买一包八卦丹来，万金油

73

也不要紧。"

周汉堪摇摇头，表示她并非生气的意思，鸨母一面向第三个房间一指，一面连连地答应，她便叫人买八卦丹去了。这里周汉堪悄悄地跨进卧房，只见雪影和衣歪在床上，也没有盖着被。因为她的面部是朝着床里，所以对于自己进来，她却并没有发觉。周汉堪轻轻地走到床边，似乎听见一阵微微的瑟瑟之声，好像是雪影在哭泣的样子，一时不解何故，遂在床边坐下，在她腰肢上轻轻一拍，柔和地叫道：

"雪影，雪影，你为什么好好儿伤心起来？你到底有什么不舒服呀？你快告诉我，该当吃点儿什么？该当请个西医来瞧瞧。"

雪影并不作答，从她的举动上看来，可以知道她拿了一方手帕在偷偷地拭泪，于是用力把她肩胛扳转来，两人这就瞧了一个正面。雪影泪眼盈盈地逗了他一瞥之后，却又像害羞的模样，把那方小帕掩住了脸。这种娇媚不胜情的意态，这叫周汉堪目光中看起来，更有一种说不出的可爱和可怜，因此他的心儿便像风吹水波般地荡漾起来，伸手把她掩遮的手帕去拉下去了，笑道：

"雪影，我瞧你这个姑娘，十足地还显出孩子的模样，我劝你身子千万保重一点儿，时常地伤心，这是很不好的。我想你心里到底有什么不如意，能否向我告诉一点儿听听吗？"

"没有什么心事，人家有些头痛。"

雪影颦蹙了两条细长的眉毛，有些小孩子撒娇般的神态回答。周汉堪连忙伸手在她额角上按了按，觉得并不十分烫手，知道她说的头痛一定是一种托词。但雪影转了转乌圆眸珠，向他反问道：

74

"你觉得吗？我的头上不是有些热度吗？"

"嗯，嗯，稍许有一点儿……"

周汉堪被她这样一问，也只好点点头，表示确实有一点儿的神气回答，接着说道：

"所以我叫他们去买八卦丹万金油，给你口里吃一点儿，额角上搽一点儿，就会舒服了。雪影，我看你这样睡着很不舒服，要睡爽爽快快脱了旗袍脱了鞋子，还得盖一点儿被，否则是很容易受凉的。"

他虽然是个财政部长的身份，不过在女人家的面前，他很喜欢做一个仆役或者是侍从，所以他说完了这两句话之后，两手捧过她的大腿，便老实不客气地给她脱脚上的绣花鞋子了。雪影要想挣脱，但却挣脱不得，一时又羞又急，涨红了粉脸，说道：

"周大爷，你怎么啦？被人家看见了，不是太失却了你的身份吗？再说，你是一个财政部长，你若只管不嫌脏地捧女人家的脚，恐怕你就要把鸿运都盖的了。"

"雪影，你这是什么话？我觉得你们女人家的脚是再干净也没有的了，尤其是你这一双脚，穿上了这一双绝薄的真丝袜，真是再美丽也没有的了。不要说捧了觉得高兴，就叫我放在鼻子上闻闻，我也挺欢喜呢！"

周汉堪一面说，一面他竟然真的要实行起来。急得雪影连忙把脚缩了回去，逗给他一个恨恨的娇嗔，说道：

"周大爷，你怎么越说越胡闹起来？我可不依你！"

"哦！雪影你不要生气，我和你原是开玩笑的呀！那么快把衣服脱了，我给你盖上了被吧。"

周汉堪在女人家面前的功夫可以说是炉火纯青的，他把手又去解她旗袍的纽襻。雪影连忙一骨碌翻身坐起，娇羞地白了他一眼，笑道：

"周大爷，谢谢你，我自己会脱的，不过请你到门外暂避两分钟。"

"为什么？难道你里面没有衬衫吗？雪影，我和你的交情，怎么连这一点点亲热都要避嫌疑？那你似乎对我太生疏一点儿了。"

周汉堪听她这样说，他的心中似乎有点儿失望的样子，沉静了脸色，显然有些不高兴。

雪影在这个环境之下，觉得又不能得罪于他。幸亏她是一个聪敏的姑娘，乌圆眸珠在长睫毛里一转，便向他微微地一笑，说道：

"周大爷，你这话似乎错了，人家有句话，叫床上夫妻，落床君子，假使我已经做了你的妻子，我也绝不肯在丈夫面前公然把衣服脱下来，何况我们还没有达到夫妻的地步呢？所以我认为这是我们女孩子家的自尊性，你千万不能见怪我才好。"

因为她有了这一个比方，倒把周汉堪又乐得高兴起来，笑道：

"你这话虽然说得有理，不过我和你的关系，本来就和夫妻没有什么两样。因为我第一次瞧到你的时候，我就要娶你做太太，不过我怕你还有别的恩客，所以我也不敢冒昧地跟你说。今天我要跟你求婚，你……能不能嫁给我呢？只要你肯嫁给我，你要什么就什么，绝不会给你打一个折扣的！"

雪影听他趁此机会向自己求起婚来，遂红晕了娇靥，那颗芳心不由得小鹿般地乱撞起来，低垂了头儿，似乎有个沉思的样子，默不作答。周汉堪见她好像在考虑的情景，于是又接下去说道：

　　"雪影，谁不知道一个财政部长就是一位财神爷爷，你给我做了妻子，你就是财神婆婆，那时候不要说吃用不愁，就是你要了金子打墙、银子造屋，也可以称你的心了。难道这么一个丈夫不嫁，还想再去嫁一个比我更有钱的好夫婿吗？这个……我觉得你恐怕是再也找不出第二个的了。"

　　"并不是我怕嫁给你了会吃苦……"

　　雪影微抬了粉脸，秋波盈盈地在他脸上掠了一瞥，低低地说。

　　"那么你是为了怕什么呢？"

　　周汉堪不等她说完，就迫不及待的神气，急急地问下去。

　　"我怕一个有钱的男子，把我们女人当作一件玩物看待。爱你的时候，百依百顺，不爱你的时候，就一脚踢开，早已置之于脑后了。为了有着一个忧愁，所以我见越是有钱的男子，我心里就越感到害怕，怕的是将来会丢掉了我。"

　　雪影两眼凝望着他的脸，絮絮地说出了这一篇话。周汉堪方才明白过来，忍不住扑哧一声笑了。正欲向她有所表白，只见鸨母亲自拿进八卦丹和万金油来，低低地问道：

　　"雪影，你怎么好好儿又会头痛起来？此刻可好点儿了没有？"

　　"妈，我好些了。"

雪影见了鸨母，不知怎么的，她心中就会有点儿吓丝丝的，遂低低地回答。周汉堪连忙把八卦丹万金油接过，说道：

　　"来，我给你在额角上搽点儿万金油，口里再吃点儿八卦丹，保险你的头就不会再痛了。"

　　雪影皱了眉尖，低低地说道：

　　"搽点儿万金油吧，八卦丹我不要吃，怪凉的，满嘴里辣麻麻的。"

　　"看你真像是个小孩子，就是吃下去凉快了那么才感到舒服呀！"

　　周汉堪笑嘻嘻地说。鸨母倒了一杯茶，交到雪影手里。雪影没有办法，只好咬了一口，拿开水吞了下去，她还皱了皱眉头，伸了伸脖子，表示很难下咽的神气。鸨母笑道：

　　"就是吞毒药吧，也不会像你那么感到万难的。"

　　她一面说，一面自管地走到房外去了。周汉堪把手在她额角上揉摸了一下，低低地问道：

　　"雪影，你此刻感到好一点儿吗？"

　　"这也不是灵丹妙药，哪里有好得这么快吗？不过比较刚才稍微舒服一点儿罢了。"

　　雪影秋波斜乜了他一眼，微笑着回答。

　　"你已经觉得舒服一些，这也可见那药的灵验了。"

　　周汉堪一面说，一面扶她身子躺下去，又说道：

　　"雪影，你就这样躺一会儿吧，我给你盖一角被好不好？"

　　"周大爷，你真的把我当作病人看待了，那倒叫我有点儿不好意思。"

雪影见他真的撩过被儿，给自己轻轻地盖上了，遂笑嘻嘻地说。周汉堪十分得意的样子，笑道：

　　"你看我服侍你那种样子，觉得像不像是一个心爱的丈夫？雪影，我觉得你嫁给我之后，保险你是十二分快乐，因为我这人的脾气，就是不爱女人服侍男子，我觉得一切都应该男人来服侍女人才对的。比方说，你早晨起来，你尽可以伸了两条大腿，我会给你穿袜子。比方说，晚上睡觉的时候……"

　　"好了好了，周大爷，你快不要说下去了。幸亏卧房没有第三个人，否则，你自己不害羞，连我的台都被你坍光了。哪里有男人服侍女人的，就是女人服侍男子吧，也没有服侍到穿袜子的地步。我说你这种甜言蜜语的话，还是留一些向三岁小孩子去多说几句，我的年纪大了，绝不会来相信你这些话了。"

　　雪影连连摇手，一面她又扪住了两耳，表示不愿听的意思。周汉堪急道：

　　"雪影，你假使不相信的话，我可以念誓给你听，假使我有骗你的存心，那我就绝没有好……"

　　"不要你发咒念誓……"

　　雪影不许他说下去，伸手在他嘴上一按，恨恨地又逗给他一个妩媚的白眼。这举动多少包含了一点儿爱惜他的成分，所以周汉堪的心里是甜蜜得仿佛涂上了一层糖衣，笑眯眯地说道：

　　"不发咒也可以，但我可以拿事实来证明，雪影，我就给你脱袜子好不好？"

　　周汉堪伸手按到她的大腿上去，他的表情是贼秃嘻嘻的样子。

"不敢，不敢，周大爷，现在我相信你了，大概你在家里是很怕女人的，因为世界上都是怕老婆多钱财的，我以为你所以能够做财政部长，当然还是全靠了怕老婆的缘故吧？你说我这话对不对？"

雪影一面缩了脚，一面连说不敢，她那种忍不住哧哧笑的神情，至少是包含了一点儿讽刺的成分。周汉堪这时候的心中已压制不住热情的爆发，他把身子整个地伏到雪影的身上去，两手捧了她的粉脸，笑道：

"家里的女人我倒并不怕她，但是你这个女人我实在怕你到了极点。你说头痛了，我怕你会生了病；你流眼泪了，我会怕你心中生气；除非你脸上老是笑盈盈的，好像是一朵娇艳的海棠，那么我的心里也会跟着你一同高兴起来。"

雪影被他这么地压着，倒也并不去推他下来，因为自己已经是一个妓女的身份，那么在这种环境之下当然也算不得一回什么稀奇的事情了。不过她把纤手还遮掩着自己的嘴儿，这是怕他有接吻的意思。因为听他这么地说，自己芳心里不免有些感触，这就忍不住深长地叹了一口气。

"为什么好好儿又叹气了？"

周汉堪把嘴就去吻她的手，大概手心里有层香粉的缘故，所以他感觉芬芳扑鼻，几乎有点儿陶醉起来了。

"周大爷，你说叫我脸上最好老是笑盈盈的不要忧愁，不过你也得想想我的身世、我的环境，你叫我怎么能够高兴起来呢？"

雪影说完了这两句话，大有盈盈泪下的样子。周汉堪微微地把眉毛一皱，很表同情的神气，说道：

"雪影，就是因为你身世太可怜的缘故，所以我要娶你做太太，你若嫁给了我，你就是财政部长的夫人，那时候我问你还有什么苦，还有什么可怜呢？恐怕人家都会把你羡慕哩！"

"你不要纯粹地说太太，因为在这太太的上面至少还得加上一个字，不，也许要加上两个字。"

雪影摇摇头，表示她心中也并不感到特别欢喜。加上一个字，周汉堪心中当然明白，那是一个"姨"字，不过她又说加上两个字，这到底是什么字呢？因此倒望着她愕住了一会儿，低低地问道：

"哎哎，你说加上哪两个字呢?"

"咦！这还用问吗？第一个是数目字，第二个是'姨'字，就是人家口里说起来，这是周部长的五姨太、六姨太，所以你的爱我，我认为这是你家中多添了一盆花，等花的颜色稍有点儿谢了的时候，恐怕你就另外再去添新鲜的花了。"

雪影说这两句话的时候，她是包含了凄凉的成分，同时她的眼角旁涌上了晶莹的一颗。周汉堪连忙温情蜜意地安慰她说道：

"钟小姐，不，不，你这些话都猜错了，我生平就没有娶过姨太太，对于你，老实地说，我还是作为处女的尝试，所以对于数目字的这个问题绝对是没有的。至于太太和姨太太的分别，那也根本是一种形式而已。其实两性的爱完全是不受任何约束的，只要彼此有真心的爱，大家生生死死地守在一起，这妻妾两个字还有什么两样呢？所以我认为这完全是你多考虑的事情。雪影，假使你不信任我，怕我将来会丢掉你，那我可以给你许多保障，譬如说小洋房一幢、汽车一辆，至于金刚钻、金锁片这类女人用的装饰品，那是更可以不必说的了。所以我说一句笑话，就是我死了的话，你要吃上一辈子，真可以毫不忧愁的。"

雪影听他絮絮地说到这里，一时倒又心软起来，这就恨恨地白了他一眼，娇嗔地说道：

"你这人就是这一点不好，我情愿你另爱别人，也不情愿叫你比方一个死。"

"哈哈！说死也不会真的死，那你为什么又着急呢？不过我知道你这个姑娘，虽然是生意浪的人，不过却无时下习气。第一不吸烟，第二不喝酒，说话又很斯文，有大家闺秀的风度。所以我爱你完全是一片真心的爱。不过你不肯给我比方一个死，也可见你对我确实亦有一番真心的爱，以真心对真心，我觉得将来一定会十二分美满的。"

周汉堪一面说，一面把她手拿下了。他向雪影柔情蜜意地凝望了一会儿，终于把她的小嘴吻住了。雪影这次是柔顺得好像一只驯服的羔羊，她是一点儿没有反抗的勇气，尽管给他默默地温存。不料正在无限甜蜜的时候，忽然听到一阵哄然的笑声，周汉堪急忙翻身跳下床来，只见众人早已都站在卧房里了，于是杂乱糟糟的声音又充满了整个的房间。

"哈哈！周部长躲在房中不出来，果然在做人上人了！"

"嘴对嘴儿，脚碰脚儿，哈哈！这是一幕活把戏，周部长，再来一套吧！"

"你们不识相，假使不撞进来，他们至少还有一点儿精彩的节目表演出来，可惜！可惜！"

雪影被众人这么一说，羞得真是无地自容，好在她原睡在床上，这就把被儿在头上一蒙，故作睡着了。周汉堪也红了两颊，弄得十二分不好意思，只得笑嘻嘻地说道：

"诸位，你们不要弄错了，钟小姐因为头痛，所以我在给她敲头哩！"

"啊！这样说来，周部长还是一个医学博士，钟小姐的毛病被你治好了，哈哈！"

陈天先也笑嘻嘻地说，于是众人又哄堂起来。大家嘻嘻哈哈地闹了一会儿，鸨母又请大家用茶去。这时已经子夜十二时了，所以众人也就兴尽而散。待周汉堪送客回进卧房，雪影便靠在床上，逗给他一个白眼，恨恨地说道：

"都是你，害得人家多难为情的！"

"有什么难为情？早晚我总要娶你回去，那时候看谁还敢来笑我们？"

周汉堪却依旧贼秃嘻嘻地回答，一面又在床边坐下，一面拉了她的手儿，他眯了一双色眼，又笑着说道：

"今天晚上我要睡在你的卧房里了。"

雪影红了脸，却垂了眼皮，并不作答。一会儿，她才抬头瞟了他一眼，低低地说道：

"周大爷，你既然真心预备讨我，那么你先去和我妈说好了，我想见你财神爷爷要娶我，一定要狮子大开口的，所以我教你一个门槛，非要用一点儿武力去压制她不可的。"

"嗯，我知道了，那么我此刻就跟她去说吧。"

周汉堪点点头，一面说，一面便走出房外去了。这里雪影暗暗地想了一会儿心事，觉得人生的变幻，真是不可捉摸，我在故

83

乡的时候，怎么会料到自己有这样可怜的遭遇呢？唉！在当初我是个多么高傲的女子，但现在只落得被人娶去做妾。不过我若不趁此跳出火坑，在这活地狱里受苦又岂是终身的结局呢？左思右想，觉得无一不是伤心的资料，因此她的眼泪忍不住又扑簌簌地滚落下来。

"雪影，雪影，好了，你现在是可以恢复自由了。"

就在雪影暗自伤心的时候，只见周汉堪笑嘻嘻地走进房来说。他忽然见到雪影满颊是泪的娇容，倒是吃了一惊，遂目瞪口呆地问道：

"雪影，你听了这欢喜的消息，怎么反而伤心起来了？"

"不，我并不是伤心，我因为是太欢喜了的缘故。"

雪影知道他是误会了自己的意思，于是索性缠到这一个问题上去。她把纤手拭了拭泪水，粉颊上还浮现了妩媚的笑意。

"不错，欢喜过了度，也会流泪的。雪影，从此你是我的了，我将永远地珍爱你到底，直到我们头发白、牙齿脱落的时候，不知道你也有这个希望吗？"

周汉堪倒在她的身旁，把手帕给她擦泪，一面低低地说。

"当然，我也和你有同样的希望，周大爷，你出了多少代价，才给我赎出火炕呢？"

雪影倒在他的怀里，又低低地探问。周汉堪一面理着她蓬松的头发，一面很高兴的样子，说道：

"刚才我和你妈提起了这个问题，她却很直爽地说，雪影虽然是她最疼爱的一个女儿，不过已经被周部长看中了，那当然也没有什么办法了。不过她的心中也很欢喜，她希望她的女儿个个都挑选着像周部长这么的好夫婿，这不但是女儿们的终身幸福，就是她也沾到了不少风光。我听她这张嘴很灵活，于是爽爽快快地叫她说一句身价钿来。这当然是意想不到的事情，她回答道，周部长要娶我女儿做姨太太，只要周部长肯把我承认一下的话，我就一个钱都不要。我听她这样说，暗暗佩服她的好角色，后来我对她说，别的闲话少说，你们吃这碗饭的人无非要的是钱，所以爽爽快快说一句，我周部长可以依得到，总不会给你失望。不过你要有了过分的欲望，那么我周部长也不是好惹的。你娘听我这样说，她益发不肯开口了，说周部长赏给多少就多少，假使不给也没有关系，反正我将来手头拮据的时候，到财政部来借点儿钱用，大概部长也不会拒绝我吧。我听她这样说，反而数目少说不出来，于是爽爽快快给她十条金子，你娘听了，纳头便拜，连喊恩公。我倒吃了一惊，连忙把她扶起，心中想想，倒觉好笑，因为这十条金子，在我眼中看来，好像十根油条，那算得了什么稀奇呢？谁知她竟欢喜得这个模样，想起来阿要有趣？"

雪影听他这样口气，一时也不胜感触，遂笑了一笑，说道：

"那么你到底有多少家产呢？"

周汉堪说道：

"我的家产算都算不清楚，你问我，连我自己也不知道。雪影，时候不早了，良宵一刻值千金，现在该是我大乐的时候了。我的好宝贝儿，睡吧。"

随了这两句话，那卧房里的灯光也就熄灭了。次日醒来，雪影想起昨夜的欢情，自不免有点儿赧赧然。临别的时候，周汉堪说大概三天以后，便来接她到公馆去住。雪影点点头，遂和他再三叮嘱而别。

　　在第二天的一个下午，雪影正在卧房里看书消遣，忽见陈天先匆匆地到来。他对雪影告诉说周汉堪的老婆是个雌老虎，凶辣得好像一个恶魔王，凡是给他娶去做姨太太的女子，没有一个不把性命丧在他老婆的手里，所以劝雪影千万不要答应，并且陈述自己爱她的意思，劝她还是嫁给自己为妾，将来保险幸福无穷。雪影起初有点儿相信，后来听他也要娶自己做妾，方才知道他是存心夺爱，遂一笑置之。陈天先见她不为所动，遂也感叹自去。到了第三天，周汉堪先来了一个电话，说我马上来陪你进新公馆去居住，大约十五分钟时间，就匆匆地坐着汽车到来了。可是一进卧房，谁知雪影躺在床上却暗暗地哭泣。这把周汉堪吃了一惊，倒不禁怔怔地愕住了。

第六回

狮吼河东金屋留泪痕

周汉堪满以为雪影今天见了他，必定是笑靥生春，喜不自胜，可是事实往往出乎意料之外，谁知道她躺在床上竟呜呜咽咽地哭泣着。因为有些莫名其妙，所以倒望着她不免怔怔地愣住了一会儿，过了良久，方才挨近到床边坐下，拍了拍她的腰肢，低低地说道：

"雪影，我真有些弄不明白了，今天可以说是你新生命诞生的日子，照理应该是多么高兴，怎么反而又哭起来了？难道你还依依不舍这个活地狱吗？"

雪影听他这样问，一时倒也哑口无言，遂停止了抽噎。可是她躺在床上，并不坐起身子，默默地依然不说话。周汉堪把她身子抱了起来，哦了一声，忽然想到了什么似的笑起来道：

"对了对了，我这人糊涂得很，你一定又在流着欢喜泪是不是？雪影，快快洗个脸，我们马上可以离开这个罪恶的地方了。"

这时阿妈奉了鸨母的命令倒面水进来，雪影一面梳洗，一面从镜子里向汉堪望了一眼，说道：

"周大爷，你要接我到什么地方去？是不是和你那个大的住到一块儿去？"

雪影问的时候，颦锁了翠眉，显然是担着无限的心事。

"不，不，我不是对你说住到新公馆里去吗？你放心，和她井水不犯河水，绝不会叫你受到一点儿委屈的。"

周汉堪连说了两声不字，向她竭力地安慰。雪影听各人管各人住，方才定下了心，遂匆匆地梳洗完毕。这时鸨母也走进来，一面招呼，一面又假意装作依恋不舍的神气，和雪影亲热了一会儿。雪影想起被她毒打的时候，心中尚有余恨，所以并不和她多说，遂跟了周汉堪去做金丝笼里的芙蓉小鸟去了。

汽车到了静安别墅，周汉堪带了雪影步到 A 字十八号的门口，揿了电铃就有一个小丫头模样的人前来开门。见了他们，好像已经训练好了般地向两人深深地鞠了一个躬，并且含笑叫道：

"老爷和太太回来了。"

"这是丫头阿梅，给你随时使唤的。"

周汉堪向雪影低低地告诉。雪影点了点头，因为一进门就有人呼自己为太太，可见自己在身份上并不受到一点儿委屈，所以她把刚才一切的忧愁都忘记了，脸上含了很得意的笑容。抬头见这房屋是二楼二底的，一个客堂，陈设得相当考究，一律都是红木椅，而且两旁挂着红木框子的名人字画，古色古香，完全是贵族人家的气派。靠左厢房，前厢房是个书房陈设，真所谓窗明几净，微尘不染，而且壁上还悬有几样乐器，更显得室内幽静清雅，包含了书卷的气味。后厢房是个仆妇睡的地方，但也收拾得很清洁。到了楼上，先入客堂楼，朝南的房子，此刻太阳光暖烘烘地照映着整个卧房，只见四壁辉煌，似入仙境，一切布置得无不含有艺术的风味。周汉堪微笑道：

"雪影，不，以后我也得呼你太太了。太太，这就是你的卧房了，你瞧这一间卧房的布置，你还觉得满意吗?"

雪影向四面打量了一会儿，因为室内没有第三个人，她乐得跳了两脚，情不自禁地偎到他的怀内去，红晕了粉脸，这意态一半是羞涩，而一半当然还是包含了无限喜悦的成分，秋波斜乜了他一眼，低低地说道：

"大爷，我太满意了，可是我觉得很奇怪，在这短短三天之内，怎么就把新屋收拾得这样舒齐了呢?"

"太太，你不要奇怪，我可以告诉你知道，在这短短三天之内，当然没有这么快的。不过我和你认识的日子也有四十多天了，在第一天遇见你之后，我就立刻在这里租了房子，着手装修起来，因为我是早已存心与你做夫妻了，不过在当初我并不能宣布罢了。太太，只要你心里感到满意，我这一番心血总算是花费得很有价值的了。来，来，我们再参观楼上这两个厢房吧。"

周汉堪喜欢得眉飞色舞的，把她手握来，放在嘴上连连地吻香，一面又和她一同走到厢房里去看。原来前厢房是个烟铺子，周汉堪预备自己抽大烟的地方，后厢房却作为浴室。房子虽然只有两楼底，但给雪影一个人居住，若没有了丫头、老妈子来做伴，平日实在还很感到冷静。这时阿梅含笑过来报告，说牛奶已放在客堂楼，请老爷太太可以用点心去了。周汉堪点点头，遂和雪影回进客堂楼，两人坐在百灵台旁边，遂吃点心了。

吃毕点心，阿梅收拾出去。周汉堪含笑把梳妆台抽屉打开来，里面有一只小小的百宝箱，用钥匙打开，拿到雪影面前，笑道：

"太太，你来看看，这些宝贵的饰物都给你的，你心里欢喜吗？"

当这百宝箱呈现在雪影眼前的时候，顿时使她两眼不禁为之睁不开来。原来在太阳光芒之下，那些钻石金子都发射出强烈的光芒，真是使人目眩神迷。雪影乐得不知如何是好，扬着眉毛，把这只八宝箱抱在怀内，笑道：

"大爷，你这些全都给我的吗？"

"当然全都给你的，难道我还给旁人去吗？太太，我的好宝贝！假使你安分守己地不去另爱别人，那么我还有许多珍贵的东西要给你哩！"

周汉堪见她抱着百宝箱，于是自己却去抱住了她，挽了她脖子，亲亲热热地吻香。但雪影听他这样说，却又显现了不高兴的样子，把百宝箱在桌子上一放，噘了小嘴儿，说道：

"大爷，你这话太叫人生气了。难道你怕我不安于室，会给你卷逃一空吗？既然你不放心于我，那么还是请你拿回去自己藏着吧，免得你提心吊胆地日夜不安。"

雪影说完了这两句话，她恨恨地把他身子一推，就倒在床上呜呜咽咽地哭泣起来了。周汉堪见她这个样子，一时深悔自己不该说这些话，因此捧了百宝箱，又只好赔了笑脸，走到床边，连声地赔错求饶，说道：

"我的好太太，你千万不要生气，我并不是有心这么说的，我完全是和你开玩笑的，我怎么会不信任你呢？假使我不信任你

90

的话，我也绝不会拿出了十条金子的代价来将你赎身呀，你说我这话是不是？"

雪影并不回答什么话，只管雪雪瑟瑟地抽噎。周汉堪觉得女人家总喜欢故意放刁，遂也在床上横倒了，搂着她身子，一面给她拭泪，一面又去吻她的嘴。两人一个撒娇，一个温存，缠七缠八地缠了一会儿，不知不觉地已经中午时分了。阿梅开上饭菜来，雪影方才把百宝箱藏入抽屉内，和周汉堪坐到桌边，只见桌上放了四菜一汤，一只是清炖童子鸡，一只是奶油菜心，一只是火腿丝炒蛋，一只是红烧鲫鱼，还有一只蘑菇鸡爪汤，都是厨房里自己烧的。雪影这时内心的欢悦是很难形容的，她希望永远有这样的生活过下去，她更希望和周汉堪白首偕老。但她已忘记了过去在故乡时候那种伟大的抱负，因为她已经是一副不清白的身子，被社会磨折改变得成为一个最普通的女子了。

午后，周汉堪又和雪影一同到外面去看电影，电影看毕出来，在国际咖啡室吃了点心。周汉堪兴趣很浓，向雪影笑嘻嘻地说道：

"今天是我们组织新家庭开始的日子，所以我们非玩一个痛快不可。这时茶舞上市，我们到百乐门舞厅去跳舞好吗？"

雪影当然是含笑答应了，于是两人又坐汽车到灯红酒绿爵士音乐的环境里狂欢了。从百乐门里兴尽出来，已经是七点三刻，于是坐车到金国饭店晚餐。因为多喝了几杯白兰地的缘故，使周汉堪的脑海里又充满了神秘的一幕。他望着雪影白里透红的娇容，心里是不住地荡漾，脸上是含了无限欣喜的笑容。雪影被他看得不好意思，便白了他一眼，说道：

"为什么老是盯住了我？难道不认识我了吗？"

"并不是不认识你，我觉得你实在太美丽了。雪影，我的好太太，你是我的灵魂，你是我的心。我没有了你，我简直不能活下去。"

周汉堪当然是因为微醉的缘故，所以情不自禁地会说出这两句话来。雪影逗给他一个娇嗔，有些埋怨他的意思，低低地说道：

"我看你这人真是喝醉了酒，这种话只有在房间里说说的，怎么在外面也胡乱地说起来？被人家听见了，像什么样子呢？"

"哦！好太太，下次不敢，下次不敢，下次不敢，你就饶我这一遭吧！"

周汉堪还是显出一副小丑的脸，向她连连地求饶。雪影知道他真有些醉了，遂不敢在外面多耽搁，匆匆地吃完了饭，付了账单，便坐汽车匆匆地回家了。回家之后，周汉堪倒在床上，装作完全吃醉的样子，雪影遂小心地给他脱了衣服，脱了皮鞋，服侍他睡进被窝里去，自己坐在梳妆台旁，却是呆呆地想了一会儿心事。周汉堪满以为雪影也会睡到被窝里来，谁知她却呆呆地出神，于是哎了一声，糊糊涂涂地叫道：

"我的好太太，你……怎么不见了？你……难道不爱我了吗？"

雪影听他这样一说，觉得他醉中说真了，莫非对我果然有一番痴心吗？一时芳心倒也为之怦然跳动起来，遂宽衣安睡，低低地叫道：

"大爷，你今夜酒吃得太多了，不要胡思乱想，你瞧我不是好好地陪伴在你身边吗?"

周汉堪乐得什么似的,把她搂在怀里,吻着她的小嘴好像疯狂的样子。雪影急道:

"啊!你不是喝醉了酒吗?怎么还有这样大的气力呢?大爷,我看你安静一些吧,身子保重一点儿,我们做了夫妻,往后的日子长哩!"

"不!我把你一吻之后,我就一点儿也没有醉了,我的宝贝,我的心肝!今天可说是新婚第一夜,我们应该留一个纪念。"

周汉堪不肯依她,嗯了一声,这时候他哪里还像是个什么财政部长,却早已变成一个三岁的小孩子,还未断乳一般离不开慈娘一样地顽皮了。

"那么熄了电灯吧。哎,你这个孩子,我真被你缠绕得没有办法了。"

雪影绯红了两颊,又羞又喜地逗给他一个娇嗔,这是已经到了他的手里,也只好任他摆布的意思。但周汉堪却把她手又拉住了,不许她去熄灭床头开关,笑嘻嘻地说道:

"为什么要熄了电灯?怪暗的,人家心中吓丝丝的,开了灯光不是也一样吗?"

"嗯!谁像你这么脸厚,难道不怕难为情吗?我不要,我不要。"

雪影的脸益发娇艳了,她那一颗心好像小鹿般地乱撞起来。因为被他一阵子顽皮之后,使她全身的细胞都感到异样的紧张,她觉得自己内心的热情也已被他拨动得沸点以上了。

"你不要,我一定要,这儿没有第三个人,你怕什么难为情呢？难道你还怕着我不成？嘻嘻！雪影，你的名字和你的身体一样，整个是白得像雪一样啊！谢谢上帝，我真不知几世修来的福气，才娶到像你这么一个美丽的好姑娘。"

周汉堪好像是一条疯狂的狗，又好像是一只饿久的猫，他说话的声音由重而慢慢地变轻，甚至于到他极度疲乏的时候，几乎有点儿气喘的成分。雪影不知怎么的会想起了凝远，她的眼泪忍不住又扑簌簌地滚落下来了。俗语说得好，新买夜壶三日香。一个有钞票的男子，对于女人也是一样，在想到了手之后，也会慢慢地感到生厌起来。周汉堪第一个月是夜夜都回来睡的，而且对雪影百依百顺，恩爱得了不得。第二个月就每隔一夜来一次，雪影问他，他说这几天公事忙。到第三个月的时候，一月之中只来了近十次，而且未必在夜里回来。雪影明知他是对自己冷淡的意思，想起三个月前被他宠爱的时候，什么白头偕老、什么海枯石烂，一切都已成了泡影。方知自己年轻无知，一味地真心待人，回首前尘，第觉人海茫茫，知音杳然，而且自己身世堪怜，以后不知如何结局，因此背人搵泪，倒忍不住又时常地伤心。

这已经是鸟语花香、草长莺飞、大地回春的时候了，这天下午，雪影躺在沙发上，暗暗地细想：周汉堪虽然对我已经有生厌的样子，不过幸亏我还有只百宝箱在手里，假使他把我抛弃了的话，我苦吃苦用大概也可以过一辈子的了。正在垂泪思忖的时候，忽然听到一阵步履声从楼梯下响上来，雪影以为周汉堪回来了，遂收束了泪痕，连忙起身相迎。可是进来的不是周汉堪，却是汉堪的朋友陈天先。他前两次也到这里来望过汉堪的，所以下面仆妇也并不通报，就给他直达楼上。当下雪影见了陈天先，便微微地一笑，强装没有伤心的神气，低低地说道：

"陈先生，你找汉堪来的吗？他没有在家哩。"

"啊！是他自己约我到此地来望他的，怎么他出去了？"

陈天先啊了一声，表示很奇怪的样子，搓了搓手心，那态度至少感到有些失望的成分。雪影暗想，汉堪昨晚就根本没有住在这里，意欲和他说明，但为了自己面子关系，所以微微地点了一下头，说道：

"既然他和你约好的，那么他一定会回来的，陈先生，你到这里来坐一会儿吧。"

雪影一面说，一面引他到前厢房坐下。这时阿梅送上两杯香茗，雪影是个主妇的地位，遂亲自递过一支香烟，陈天先受宠若惊的神气，欠了身子，连说不敢不敢。阿梅给他划了火柴，便自管走到楼下去了。这里两人静静地坐了一会儿，陈天先喷去了一口烟，低低地搭讪道：

"周太太，你一个人在这里住着倒也很冷静吧，平日拿些什么来做消遣呢？"

雪影一撩眼皮，微微地一笑，说道：

"不出去，就在家里看看小说书解个闷。出去的时候，或者看一场电影，或者茶室里吃一点儿点心。其实这年头，像我们这种人寄生在社会上好像是一个废物，不但无益于国家，而且无益于社会，所以我真觉得惭愧。"

陈天先听她谈的问题比较扩大了一点儿，因为自己和汉堪都是伪府里的人物，在平日最怕提起的就是国家问题，所以他竭力扯拉开去，说道：

"周太太，你和周公结婚到现在差不多也有三个多月了吧？哎，这日子就过得真快，过去的事情，好像还在眼前般地叫人感到有趣。"

　　雪影觉得他后面这一句话至少是包含了一点儿神秘的成分，所以两颊不免盖了一层娇艳的红晕，微微地一笑，却默不作答。陈天先却毫不介意地仍旧说下去道：

　　"在过去周公的生活的确太自由一点儿，后来他闹的桃色事情太多了，所以他的大太太就开始用一种最厉害的手段对付起来，这几天周公在他大太太监视行动之下，好像在吃官司一样，心中苦闷得不得了。"

　　"这样说来，汉堪难道是一个怕老婆的人吗？"

　　雪影听陈天先这样说，心中倒反而原谅他起来。因为他被太太监视了行动，当然我这里是不能明目张胆地到来了。换句话说，他倒并不是为了生厌自己而不来的。这就微蹙了眉尖，低低地问，在她芳心中至少有点儿凄凉的意思。

　　"咦！我记得在三个月以前，我就曾经对你关照过，周公的大太太是一个恶魔王，手段辣，心思毒，周公的姨太太，没有一个不被她用最厉害手段弄死的。可是你当初并不信任我，还以为我是从中破坏你们的感情，所以我也爱莫能助，只好由你去了。"

　　陈天先表示十二分认真的态度，诚实地回答。雪影的粉脸由红而转变到灰沉的颜色，她呆呆地并不说什么，眼角旁已涌上了一颗晶莹的眼泪来了。陈天先觉得今天似乎已达到了这次来的目的了，所以心中十分欢喜，不过他表面上还显露出同情的样子，低低地安慰她说道：

"周太太，事已如此，不过徒然伤心，也是无益，所以我劝你千万不要自伤身子，好在良禽择木而栖，回头是岸，当然还很可以来得及哩。"

"我虽然是个妓女从良，不过出身也是好人家的女儿，都是为了战争的祸害，家乡被毁，父母被害，以致流离失所，飘零他乡，为了人地生疏，遭人愚弄，拐骗入坑。现在既然嫁给汉堪为妾，我当然只有抱着从一而终的宗旨，就是汉堪的妻子害死了我，我也只好自怨命苦了。"

雪影听他的口吻，至少又是怂恿自己和汉堪快点儿脱离的意思，所以叹了一口气，把自己身世向他表白了一番，一面也是叫他快点儿死了这条心的意思。

"唉！你真是一个又多情又有义气的好姑娘！可惜我和你相见恨晚，否则，你也绝不会落得做个小星的地步。"

陈天先也不由得叹了一口气，表示无限感伤的样子。雪影觉得这个人真有点儿自说自话、自作多情的样子，倒忍不住暗暗好笑，遂收束了泪痕，有些猜疑地说道：

"陈先生，汉堪和你约好在几点钟？我想他和你既然约好了，是不会失你信的。"

"约好下午三点钟，此刻两点三刻，我想他既然不会失信，大概过一会儿就会到了。"

陈天先故意先看了一下子手表，然后微笑着回答。

"那么陈先生，你请坐着看一会儿报，我少陪了。"

雪影站起身子来，她预备走开的意思。陈天先连忙也跟着站起，竟大胆地把她手拉住了，说道：

“周太太，我有两句要紧话对你说，你快慢些再走吧！”

“陈先生，你有话只管说。不过你千万要顾全你自己的地位和人格，因为你和汉堪也是好朋友，当然你对于他的家属是不应该有一种野心的企图。况且……况且……我不是一个水性杨花的女子，所以你把眼睛睁得大一点儿，看清楚我是怎么样的一个人。”

雪影回头见到他这一副贼秃嘻嘻的样子，已经知道他说的绝没有一句正经的话，所以她不等天先说出来，就用严肃的态度，秋波白了他一眼，冷冷地说。

这不啻是兜头向天先浇了一盆冷水，因此倒把自己弄得没有了落场势。陈天先在横竖的情形之下，他向雪影却跪了下来，拉住她的旗袍角，似乎是一条狗向主人需要爱怜的样子，说道：

“雪影，你是我的灵魂，你是我的生命之火。我在三个月之前，我也同样地爱上了你，我爱你是快爱得疯狂了，我吃饭睡眠的时候也都想着你，所以你千万要可怜我，救救我，至少是要给我一点儿最低限度的安慰，不过我也绝不是无情无义的人，你给我的好处，我到死都不会忘记你的恩情。他虽然是个财政部长，不过我的来路也是不小，国府主席是我的妹丈，我就是堂堂的国舅，将来的希望，绝不会在周汉堪之下的。雪影，我的心肝！我的脑袋！你……就千万地答应我吧！”

雪影觉得他这一连串的话，倒好像是一个忠实的教徒在天主耶稣面前虔诚地做祷告的样子，一时又好气又好笑，遂恨恨地把脚一顿，高声地叫道：

“阿梅，阿梅，你快点儿上来！”

这一喊不打紧，陈天先到底在别人家跟前也是一个要面子的人，这就急得连忙站起身子，皱了眉头，长长地叹了一口气。就在这个当儿，阿梅匆匆地走上来，向雪影小心地问道：

　　"太太，您叫我有什么吩咐吗？"

　　"我有些头痛，你在这里招待陈先生吧。"

　　雪影板起了脸孔，很不高兴地回答，一面她已步入了客堂楼去，把门都砰的一声关上了。阿梅见这个情形有点儿蹊跷，遂回头向陈天先呆望了一会儿。陈天先恐怕自己秘密被阿梅发觉，泄露到周汉堪的耳朵里，那么在朋友面上究竟有点儿说不过去，所以他取了茶几上的呢帽，向阿梅说声再见，便匆匆地步下楼去了。

　　陈天先坐在汽车里，一路想着雪影这个姑娘，既可爱，又可恨，想我对她这么地哀求，她竟一点儿都不动感情，难道她是铁石心肠不成？因为心中十分气闷，遂叫车夫开到百乐门舞厅停下，他便匆匆入内，到灯红酒绿中去欢乐了。这是做梦也想不到的事情，在舞厅里竟会遇见周汉堪的太太。她虽然是个四十左右的人了，但是还打扮得妖形怪状的，十分摩登。当时周太太一见陈天先，便老实不客气地把他拉住了冷笑道：

　　"陈先生，今天碰得正巧，我要和你说几句话。"

　　陈天先见周太太的神色不大好，而且这一把抓的力量也不小，所以他觉得今天的事情恐怕有点儿不妙，遂连忙含笑道：

　　"周太太，对不起！我有公务在身，下次谈吧，下次谈吧！"

　　"什么？你在放什么臭屁？既然有公务在身上，你到舞厅里做什么来的？我真不明白你们这班所谓国家要人，一天到晚不知在忙些什么事情？还不快跟我走！"

周太太说到后面，睁了那双三角眼，完全是一种命令式的口吻。说也奇怪，陈天先见了周太太这副凶相，真的心中也会感到害怕起来，没有一点儿违抗的勇气，默默地跟她走到一个座桌旁坐下。见桌子上只泡了一杯茶，陈天先于是微微地笑道：

"周太太，你的兴趣真不错，一个人也会到舞厅里来游玩吗？"

"哼！兴趣好？你也不必假惺惺了，我老实对你说，我是特地来捉拿的！"

周太太冷笑不停地还是怒气冲冲的样子，恨恨地说。

"啊！捉拿的主犯当然是周汉堪，不过像你至少脱不掉是个同党关系。陈先生，我对你说，周汉堪整整地有三个多月不曾回家来了，我听人家说，他在外面组织了小公馆，而且还是你拉的皮条，所以今天我碰到了你是再好也没有的事了，因为我已经有了保证人，我知道你一定会把周汉堪的人交给我的。"

周太太一面吩咐侍者泡茶，一面斜睨了他一眼，很笃定的神气回答。陈天先听她这样说，方才急了起来，竭力地声辩道：

"不对不对，周太太，你不要冤枉我，我怎么会给他拉皮条？他组织小公馆，我也许有点儿风声，不过你要我把他人交出来，这……这……叫我到什么地方去寻找他好呢？"

"只要你告诉我他在什么地方组织小公馆，那么他的人不是也很容易找的吗？"

周太太见他急糊涂了的样子，一时倒忍不住暗暗好笑，遂在一旁提醒了他说。陈天先这才想到了，不过他的心中立刻又有一个考虑，我若把地址向她告诉了，那么雪影一定要遭她的毒手，但是我若不说出来，在这只雌老虎的面前也逃不过门的。果然周太太又把脸一板，瞪了他一眼问道：

"陈先生，我把你当作自己叔叔看待，你难道就不把我当作嫂嫂看待吗？假使你要瞒着我的话，那你们分明是串通一气，怂恿汉堪纳妾，你完全要拆散我俩这一对美满的姻缘。那么我就把你当作仇人看待，也绝不会和你罢休的。"

周太太说到这里，一把拉住陈天先的衣服，表示大有武力解决的样子。

"周太太，你快放手，我当然要详详细细地告诉你，不过你千万别冤枉我，周公和别人家组织小公馆，说句老实话，我还十二分地妒忌，因为这个姑娘也是我所心爱的，她的美丽真好像是月里嫦娥一样。现在我把地址告诉了你，不过你也要答应我一个要求，就是不要把那个姑娘太毒打了，稍许给她一点儿教训，然后把她赶走了也就算了。因为我很可怜她，我想把她娶做小妾，不知周太太能不能手下留点儿情吗？"

陈天先说到这里，遂把真心的意思都向她告诉出来。周太太最恨的是男人讨小老婆，所以听陈天先这样请求，她也一样地表示十分生气。不过为了要哄他告诉出地址来，所以也就将计就计地表示许可点了点头，说道：

"可以，可以，我一定给她一点儿小教训，绝不会把她毒打以致损伤一点儿肌肤，那你倒尽管可以放心的。"

"周太太，你肯这样地玉成美事，我实在太感激你了。那么我给你写一张地址，省得你忘记。"

陈天先一面笑嘻嘻地说，一面撕下一页日记簿，写了"静安别墅 A 字十八号门牌"几个字样。交给周太太的时候，又向她低低问道：

"周太太，你得告诉我，那么你预备什么时候去把她赶走呢？"

"今天来不及，明天一早，我就前去办事，你也随后跟来好了。"

周太太转了转眼珠，计上心来地回答。陈天先高兴得什么似的，连说"好的好的"，遂给她付了茶资，又低低地问道：

"周太太，你有兴趣不妨再玩一会儿，我还有别的事情，那么再见了。"

一面说，一面急匆匆地走出舞厅去了。这里周太太暗暗地盘算了一会儿，她便起身走到隔壁一家咖啡馆，摇了一个电话给十姊妹，说有要紧事情商量，叫大家立刻到皇家咖啡馆来一次，那边一听大姊有命令，立刻答应了一声晓得，遂把电话搁断了。周太太叫侍者并了一张长长的玻璃台，先叫了十客咖啡、四盘西点，不多一会儿，只见大门外早有二辆汽车停下来，莺莺燕燕地推进九个摩登女子来。周太太一见，便即站起身子，向她们一招手，于是众人团团地坐了下来。原来这九个女子和周太太是结拜十姊妹，假使有什么事情，她们个个都是打手，手段比男人家还要凶恶，当时大家都向周太太问道：

"大姊，你叫我们到来，可有什么受人家欺负的事情吗？快点儿告诉我们，我们可以商量报仇的办法。"

"唉！诸位妹妹，说起来真是叫愚姊气破了肚子，我这个不争气的杀千刀，他居然有三个月的日子不回到家里来。我没有办法，只好天天在外面寻找，果然今天在百乐门舞厅里给我遇到了他的好友陈天先。我向他一吓，他就给我吓出秘密来了。原来我这个杀千刀，真的在静安别墅十八号里组织了小公馆。我现在要请众位妹妹帮忙，把这个烂腐货打她一个半死半活，方才出了我心中一口怨气。不知众位妹妹肯不肯给我出力吗？"

周太太一面絮絮地告诉，一面向大家低低地请求。

"大姊，你这是什么话？大姊的事情就是我们的事情，既然这只烂腐货抢了大姊的饭碗，我们非把她痛打一顿不可。"

老四第一个先柳眉倒竖地回答，表示她无限愤怒的神气。

"大姊，你放心，有事情都有我们九个妹妹会担当的。一不做，二不休，我们就把她勒死了拉倒。"

老六的性情更凶悍，咬牙切齿的样子，恨恨地说。

"那么事不宜迟，要动手快点儿实行，假使走漏了风声，他们倒一走了事，这不是糟了吗？"

老九年纪虽小，肚子里最有打算，遂也急急地回答。

"那么大家且用了咖啡西点再说，吃饱了气力大一点儿，打起来也可以结实点儿。这次若能旗开得胜，我明天晚上梅龙镇请你们吃夜饭。"

周太太见众人都很兴奋地肯效劳去做打手，一时十分欢喜，遂握了咖啡杯子，向大家高高地一举，笑盈盈地说。众人连连道谢，于是一齐喝咖啡吃西点，看她们人倒很漂亮，但吃起东西来却是狼吞虎咽，不多一会儿，早已杯盘狼藉。侍者拿上面巾，大家把嘴一抿，说了一声，便都站起身子来。周太太付了账单，跟着大家出来，跳上两辆汽车，便浩浩荡荡地开驶到静安别墅去了。

大家走进静安别墅的弄堂，找到了Ａ字十八号门牌，七手八脚地一阵子敲门。不多一会儿，里面问了一声是谁，开门出来的正是阿梅。周太太板住了面孔，问说："这是不是周公馆？"

"不错！这位太太是找什么人来的？"

阿梅见众人来势汹汹的样子，心里不免暗暗地吃惊，遂向她低低地反问。不料周太太一听是的，遂撩起手来，向阿梅劈面就是一记耳光，大骂道：

"你这小丫头是瞎了眼睛，老祖宗来了，还不知道吗？众姊妹，我们打进去吧！"

随了这一道命令下来，众人早已一冲而入，奔进客堂，先把上面搁几上放着的一只古董花瓶拿来就向地上掷得粉碎，接着她们好像训练好了似的分成了散兵线，大家杀奔楼上。那时雪影歪在床上想起茫茫的前途，正在暗暗地伤心，万不料大队人马杀进房来，正欲起身诘问，众人早已一拥上前，把雪影像猛虎扑羊似的一把抓起，你一拳我一脚，有的拉头发，有的拧胸部，还有最毒辣的去踢她下部，十个人把雪影吞吃下去的样子。雪影怎么经得住她们似狼似虎的一阵子痛打，便早已大喊救命。阿梅在楼下听见太太大叫救命，遂急急奔到马路，齐巧一队日本宪兵走过，于是大喊捉强盗。宪兵们听了，便急急跟阿梅到了静安别墅十八号楼上，宪兵一出盒子炮，一班娘子军才都举起手来，可怜雪影倒在地上，已经是遍体鳞伤，不能动弹。幸亏阿梅呼救得快，否则真的是被她们打死在房中了。

第七回

舞罢归来夜深险遭劫

　　这一队日本兵见并不是盗抢，却是一群娘子军在大发雌威，把另外一个女子打倒在地，几乎奄奄一息，一时倒弄得莫名其妙，举起枪来，喝令众人住手。队长用了不纯粹的中国话问道：

　　"你们是强盗抢东西吗？"

　　"不是，不是，这里是我丈夫的公馆，我丈夫的名字叫周汉堪，这儿有名片，你们不相信，可以拿去看。"

　　周太太仗了财政部长的势力，所以并不感到一点儿害怕的样子，在皮包内取出一张名片交到日本宪兵的手里。那队长也认识几个中国字，把名片看了一会儿，点点头，又问阿梅道：

　　"你是什么人？她们这班女人你都认识吗？"

　　"这个被打的是我太太，我是丫头阿梅，这班女人我一个都不认识，她们无缘无故地打进来，她们是抢东西来的。"

　　阿梅因为被她一进门就量了一个耳刮子，所以心中和她们十分难过，咬着她们是预备抢东西来的，向日本宪兵回答。

　　"放屁！放屁！你这该死的小丫头！难道性命都不要了吗？"

105

周太太忘其所以然的，她把平日财政部长太太的脾气大发起来。那队长在她暴跳如雷的当儿，冷不防撩上手去，在她颊上啪的一声，也结结实实地量了一记耳光。在平日周太太只有打别人，今天想不到自己也会挨着了这一下耳光，因为这是友邦人士，和他讲理是讲不通的，因此哎哟了一声，把手按着了面颊，不禁怔怔地愕住了。

"你们这班女人统统不是好东西！快跟我们到司令部去！"

队长最后又很生气地说，于是其余的宪兵早已押着十姊妹匆匆地走下去了。说起来也是周太太大触霉头，阿梅叫来的齐巧是这班日本宪兵，假使是警察局里的人，那么上至局长，下到警员，倘若一见了周汉堪这三个字的名片，至少也要卖三分交情。因为凭周太太的经验所得，在过去她带了十姊妹在外面闯祸，就是没有理由也会变成有理的，可以说是无往而不利。但现在偏偏碰到了这一群不懂言语的野兽，因此她们真弄得哑巴吃黄连了。

日本人本来诡计多端，心思最刻毒，所以他们把十姊妹的手臂都用麻绳系起来，就是这样子在马路上押着步行到司令部去，在他们也无非是故意出周太太丑的意思。但这样一来，马路上就有两队兵，一队是日本宪兵，一队是周部长太太的娘子军，徐步而行，相映成趣，这就轰动了马路上的行人，大家都停止了步，看看这到底是什么新鲜玩意儿。可怜一班娘子军在平日是何等威风，何等阔绰，然而今天变成了一串蟹，抛头露面地给人家观赏，这是多么可耻可羞呢！因此垂了粉脸，大家恨不得都钻入地洞里去呢！

再说阿梅待众人走后，遂把雪影抱了起来，只见她满面血泪斑斑，遍体是伤，一时又急又伤心，遂流泪哭道：

"太太，太太，你和她们到底结下了什么冤仇，为什么她们竟下这样辣手打你呀？"

雪影这时候虽然浑身骨脊都感到疼痛，但她心里却十分清楚，她明白这是汉堪的妻子得了风声，所以才派了大队娘子军来痛打她的。眼前虽然被捉到司令部去，不过明天当然会被周汉堪保释出来的。假使她们一出司令部之后，把我这个人不是又要痛恨入骨了吗？那么我在这里总是不能安居了，况且汉堪根本没有真心的爱，我又何必留恋在此呢？于是她向阿梅道：

"阿梅，你快去叫一辆车子来，送我到医院里去吧。我是被她们打伤了，假使不医治的话，恐怕我的性命就完了。"

阿梅听了，连忙答应，遂急急地走下楼去了。这里雪影勉强挣扎起身，最要紧的是去取了那只百宝箱，因为这一点儿首饰也可以说是自己以后的生命线了。阿梅把车子叫来，雪影又向她说道：

"阿梅，我这次走出这里大门，当然是不预备再回进来了，所以你趁她们没有强占这儿之前，你把这里喜欢的东西尽管拿去，不拿也是白白地留给人家。所以你送我到医院后，快点儿讨车子来装好了，因为我预料明天这个时候，这里就要被这个泼辣货强占了。"

阿梅倒是很忠心于主人的，遂急急地说道：

"这些你且别管了，你自己身子伤得不轻，第一要紧先去医治好了身子吧。太太，车子等在门外，我扶你下去吧。"

雪影点点头称是，阿梅遂送她到克华医院里去了，经医生视察之后，幸亏没有伤及要害，所以无生命之虞，但在院中至少也得休养十天八天，方可痊愈。照医院章程先付入院费三千元，始可准病人移至病房休养。雪影没有这许多现钞，当下在百宝箱内取出手镯一副，叫阿梅到银楼兑掉，付足住院费后，雪影方才能够安安稳稳地在医院里住下来。

这时已经黄昏将近，雪影催阿梅快去搬什物。阿梅答应便急匆匆地去了。当天阿梅没有再上医院来，雪影倒不免暗暗地猜疑了一会儿。第二天早晨，阿梅方才匆匆地来了，向雪影告诉道：

"太太，我把细软什物以及被褥被儿等东西，实实足足装了一辆老虎车，车到我姑妈家中去暂时寄一寄。我想过几天去找房子，最好有什么客堂楼租一间，然后把这些东西都去搬回来，那时候太太出院，不是可以安身居住了吗？"

雪影听她这样说，不由感激得淌下眼泪来了，紧紧地握住了她的手，低低地说道：

"阿梅，你这样热心地对待我，我实在难以忘记你的大恩，所以我要认你做了妹妹，将来房子租好后，我们姊妹俩就住在一处，大家找点儿工作做做，我想我们有的是两只手，大概总不至于饿死的吧。妹妹，不知道你也愿意有我这么一个苦命的姊姊吗？"

"太太，你这话是真的吗？我有福气做你的妹妹？"

阿梅听了雪影的话，她喜欢得眉飞色舞的神气，展现了惊喜的笑容，显然她有些不相信的意思。

"阿梅，请你再不要呼我为太太了，我绝不会欺骗你，你就叫我姊姊吧，我需要有你这么一个妹妹来照顾我、来同情我。妹妹，昨天要不是你去救我，我的性命恐怕也没有了，所以说句不知轻重的话，你也真可说是我的重生父母一样了。"

雪影握着她的手，说到这里的时候，她忍不住又淌下眼泪来了。

"姊姊，我真感谢你，承蒙你认我做了妹妹，我心里真有说不出的感激和喜悦。但是你不要伤心，自己身子千万保重一点儿。"

阿梅含了笑容，一面温和地说，一面把手指去抹她颊上的泪水。正在这时，看护小姐来给她换伤药了。

雪影的猜测是很不错，周太太在司令部里受了一夜的苦，第二天被周汉堪保释出来。周太太当然是十二分愤怒，遂约同十姊妹第二次再去大闹香巢。不料里面却没有了雪影的人，问了厨下的仆妇，她们都回答不知道。周太太见一切细软什物都已不翼而飞，一时大为懊伤，遂逼着汉堪登报声明与逃妾脱离关系。周汉堪因为面子关系，没有答应，情愿受罚，以后不许外出。再说陈天先在第二天一早也到雪影那里预备做好人，谁知在昨天下午已经吵得落花流水，意欲埋怨周太太不该太以性急，但口里又不敢说出来，因此只好怏怏自回去了。

光阴匆匆，不知不觉地过了十天，在这十天之中，雪影的伤势也已完全地好了。阿梅虽然是一个十七岁的小姑娘，倒也生得十分能干，她在十天里已另外租好了一间前厢房，地点在白克路安乐坊十五号，把姑妈那里寄存的东西全部搬进新屋。她又另外添买了一张床、一张桌子，并四把椅子，等雪影出院，就可以到新屋里去安身。当下雪影向四周望了一望，觉得收拾清清洁洁，虽然并不及静安别墅内那么华贵，但也自有一种朴实的面目，所以心中真有无限的欢喜，握了阿梅的手，笑道：

"妹妹，你真能干，从此以后，我真的可以享受自由自在不受任何一切约束的生活了。"

"姊姊，你这话不错，常言道，地上做个小，不及天上一只鸟，现在是好了，我们可以在社会上重新做一个人了。"

阿梅点点头，也很高兴地回答。雪影听她这样说，忍不住又感叹了一会儿。姊妹两人慢慢地又谈到以后的生活问题上去，阿梅说道：

"我就吃亏在不识字上面，所以除了给人家帮佣之外，却没有什么事情可做。姊姊不是很有学问吗？那么何不在报纸上翻翻，也许有哪家公司要招考女职员，你不是可以去尝试尝试吗？"

这句话倒是把雪影提醒了，遂立刻去买了一份新闻报，在招考栏内翻阅了一会儿，果然有好几家公司招考女职员。雪影拣了两份和自己程度相合的招考剪下来，看应考时间，是上午十时至下午四时，雪影性急，要想急切解决生活问题，所以当时就别了阿梅应考去了。

阿梅待雪影走后，便匆匆地去买了小菜，然后淘米煮饭。住在后厢房的是母女两个人，女儿睡到中午吃午饭的时候方才起身，她的母亲好像老娘姨似的忙着烧饭煮菜的工作，因为大家做了邻居，阿梅和她们谈起话来，方知道她们姓陆只有母女两个人，全靠女儿做舞女维持生活的。阿梅听了，心中倒是一动，遂低低问道：

"陆太太，做舞女不是到舞厅里去给人家跳舞吗？不知道生意好不好？每个月有多少钱进账？"

"现在别项上生意很难做，只有跳舞这一项生意好得不得了，不过也要看各人的运道，碰着好的客人倒也罢了，假使不好的客人，跳白舞不算，还要叫小姑娘上当，所以也是很难的。钟小姐，你们姊妹两人在什么地方办事呢？家里还有别的人没有？"

陆太太一面回答，一面也向她低低地问。阿梅道：

"我姊姊从前在银行里做的，现在也失了业，所以我们也很需要找一个事情做做。假使跳舞并不十分困难的话，我倒也想尝试一下呢。"

陆太太笑道：

"这有什么困难？凭你这副脸庞，假使好好地一打扮，准可以红得起来，不过你平日会不会跳舞的？"

"就是为了不会跳舞，所以我就觉得有些困难。"

阿梅皱了皱眉头，低低地回答。就在这时，陆太太的女儿陆美芬从房里走出来，笑道：

"现在外面都开着跳舞学校，半个月就可以毕业，这是很便当的事情。"

阿梅向她望了一眼，遂点了点头说道：

"这位就是陆小姐吗？"

美芬含笑回答道：

"不敢，你这位是前厢房新搬进来的吗？贵姓？"

"美芬，这位是钟小姐，她们只有姊妹两个人哩。"

陆太太不及阿梅回答，便先笑嘻嘻地告诉。阿梅于是向她讨教跳舞的门槛，美芬倒是一个很热心的姑娘，她把跳舞厅的规矩向阿梅告诉了一点儿，并且说道："钟小姐，你若真的要跳舞去，那么你先去学会了，我一定可以给你介绍到舞厅里去的。"

阿梅听了，连连道谢。不多一会儿，饭都烧好了，遂各自搬进房中去了。因为做完了厨下工作，那一双手当然是脏得很，阿梅想到将来说不定要去做舞女，于是连忙拿了一盆面水来洗手，就在这个当儿，只见雪影懒洋洋地回家来了。她在椅子上坐下的时候，精神是分外颓唐，忍不住深长地叹了一口气，阿梅连忙惊奇地问道：

"姊姊，怎么啦？事情没有成功吗？"

"唉！不要说起了，我真想不到上海社会竟黑暗到这般地步，他们哪里是招考什么女职员？根本是……"

雪影说到这里，满面显出激愤的神气，忍不住又叹了一声。

"不是招考女职员？奇怪了，那么招考什么呢？"

阿梅不懂得葫芦里卖的什么药，向她奇怪地追问。

"说起来是很痛心的，他们有一家是按摩院里招考按摩女子，还有一家是向导社里招考向导员，更有一家是招考模特儿，供给艺术家的资料。妹妹，你想我跑了三家，却碰了三鼻子灰，上海这个万恶的社会叫我失望不失望呢？"

雪影一面向她告诉，一面是只有连声叹气的份儿，接着又恨恨地说道：

"我真不相信女子的出路，除了牺牲色相之外，难道就再也找不出第二条了吗？唉！什么解放女子，提高女权，我觉得女子在社会上所占的地位实在是太狭窄了！"

阿梅听了也很感叹，因为时候已经近午，遂把饭菜端出，向她低低地安慰道：

"姊姊，你也不要难过了，时候不早，我们还是吃中饭了。"

"我也不想吃，你肚子饿了就先吃吧。"

雪影摇了摇头，坐在椅子上，垂了粉脸，兀是在想什么心事的样子。

"多少吃一点儿，不吃也不好的。姊姊，你身体才复原一些，切勿作无谓的烦恼，千万自己宽怀一点儿，天无绝人之路，总有一个办法会给我们想出来的。"

阿梅盛了两碗饭，拉着雪影的身子，一同坐到桌子旁去。雪影不忍拂她的情意，遂只好吃了半碗饭。在吃饭的时候，阿梅又低低地说道：

"我们后厢房住着姓陆的母女两个人，女儿在做舞女，听说每月的进益倒也不少。"

"舞女？唉！这和向导女子、妓女也没有什么分别，一个半斤一个八两罢了。所以我觉得以色去换取的酬劳，这总不是女子正当的职业。"

雪影摇摇头，在她是曾经沧桑的女子，所以心中是分外感叹。

"姊姊，我觉得舞女比妓女、向导女稍许高一等，妓女好像是专门卖淫的，至于向导女，无论在什么地方都要去应酬客人的，只有舞女是在舞厅里供人跳舞而已。只要自己主意拿得稳，就绝不会去上人家的当。姊姊，你说我这话是不是？"

阿梅因为她要去尝试做舞女的工作，所以她是竭力地替舞女辩清白。雪影并不回答什么，良久方才低低地说道：

"话虽这么地说，就恐怕一个女子的意志总是薄弱得多，而人心又总是险恶的多，只怕为了情感作用，而容易遭到社会的磨折罢了。"

　　"我想也许不会的吧。姊姊，你假使怕被人愚弄的话，那么你就慢慢地再找好的机会。像我一无所长的弱女子，要想找好的职业，当然难于登天，所以我的意思，预备去试一试，不知道姊姊肯不肯允许我？"

　　阿梅用了委婉的口吻，向她轻轻地要求。

　　"那么你预备做舞女去吗？"

　　雪影望着她沉吟地问。

　　"是的，我想只要用两只脚去赚来的钱，那也算不得什么低贱。姊姊，你说对不？"

　　阿梅用了严肃的语气，一本正经地回答。

　　"可是你平日又不会跳舞……"

　　雪影微蹙了眉尖，有些无可奈何的神气。

　　"不要紧，现在跳舞学校很多，听她们说，半个月后就可以毕业的。"

　　阿梅却表示一点儿也不困难的样子说。

　　"也好，既然你已打定了这个主意，我也不能十分地阻拦你。不过你把眼光看得准一点儿，切勿为了一点点儿情感作用，以致铸成终身大错。"

　　雪影使用了肺腑之言向她诚恳地忠告。阿梅点了点头，目光之中充满了无限感激的意思。于是两人又沉默下来，室中空气是显露着有些凄凉的成分。从此以后，阿梅天天上跳舞学校里去学习舞艺，雪影也天天到外面去找职业。半个月后，阿梅已从舞校里毕业出来了，但雪影的职业还没有找到。阿梅于是向她劝道：

"姊姊，看起来女子是没有第二条出路的，这不是女子自暴自弃，乃是封建社会余毒太深，所以这不是我们的罪恶，乃是社会的罪恶。姊姊，我劝你还是跟我一同去试试吧，反正姊姊的舞本来会跳的，那就用不到再去学习的了。"

雪影在这半个月的日子中到处碰壁，心里在万分痛苦之余，更觉得无限心灰，此刻被阿梅这么地一劝，一时觉得无法可想，她没有回答什么话，两行热泪已忍不住扑簌簌地直滚落下来了。可怜雪影到底抵抗不住万恶的社会，她含了一颗血淋淋的心，终于又屈服了。

由陆美芬介绍，雪影和阿梅一同到新光舞厅里去做舞女。阿梅本姓张，但她做了雪影的妹妹，也就姓了钟，并且改名为梅影。梅影虽然是个目不识丁的姑娘，不过她的人是相当聪敏，况且经过一番人工的修饰之后，只觉亭亭玉立，倒也长得令人可爱。而且她又善于说笑，一班舞客见她天真无邪，因此也都喜欢跟她跳舞了。

雪影和她的性情齐巧相反，她在舞厅里却是沉默寡言，而且很少见她脸上浮现笑容。只不过她本来长着一副倾国倾城的容貌，近来因为稍见清瘦之后，愈显秀丽脱俗。舞厅里既然以色为主，那么雪影的生意自然鼎盛。只不过艳若桃李，冷若冰霜，对于这一点，使许多舞客心中都很感到遗憾罢了。

春去秋来，壁上的日历一页一页地撕去，不知不觉地已到了红了樱桃、绿了芭蕉的长夏季节了。天气是非常炎热，住在家里，挥汗如雨，舞厅里大都有冷气设备，所以形成孤岛似的上海舞业最好，因此有些人都在眼痒人家女儿的好，生女儿如要脸蛋漂亮，目不识丁也不要紧，一做了舞女，就有花花绿绿的钞票进来。生了儿子，费了许多心血，辛辛苦苦下了本钿，给他由小学而栽培到大学，毕业出来，得到一张不到一两重的文凭，还是换不到一碗苦饭吃，有的还在感叹着毕业即是失业的新鲜名词。因此有些贫苦人家的女儿，还只有十三四岁的年纪，就等不到她长大起来，立刻先叫她学习舞艺，学会了即送到小型舞厅里去伴舞，在她们家长的意思，这好比是才四五岁的小孩子送进幼稚园里去关关蛮一般，可以给她多得一点儿经验和知识，那么在两三年之后，不难可以赚金元宝。但不知道社会是多么黑暗，人心是多么险恶，再加以这班小姑娘根本人事不懂，终日在灯红酒绿中熏陶，虚荣心倒油然而生，看人家穿得好戴得好，自己心中眼热得不得了，因此外界稍有一引诱，便可立刻上了圈套，以致小小的年纪而失身的姑娘不知几许。单凭这一点，也可说是战争时期中的一个怪现状了。

这天晚上，新光舞厅里的生意真是好得了不得。雪影穿着一件绯色派力司的旗袍，一会儿转那张台子，一会儿转这张台子，也显得十分忙碌。最后转到一个姓王客人的台子旁，他是一个三十左右的男子，名叫王时杰，和雪影跳舞已有两个月的历史了，因此彼此是熟悉的。所以雪影在他身旁笑盈盈地坐了下来，见他脸儿喝得红红的，桌子上还放了一瓶啤酒，这就逗给他一个娇嗔，说道：

"大热的天气，为什么总喜欢喝酒？喝杯清茶，纳纳凉，听听音乐，不是很乐惠吗?"

"雪影，人家心里很难过，你还要来吃我的排头呢!"

王时杰皱了眉头，表示得不到同情而感觉十分痛苦的样子。

"奇怪，你既然心里很难过，为什么还要到舞厅里来呢? 睡在家里叫家主婆服侍服侍，多么舒服!"

雪影斜乜了他一眼，却笑嘻嘻地带了一点儿神秘的成分。不料王时杰却叹了一口气，摇摇头，说道:

"你不晓得，就是因为和家里吵了嘴才出来散散心的，所以非喝些酒不可，谁知你还一点儿不同情我，那叫我心头更感到痛苦了。"

说到这里，大有无限失望的样子。

"你和家里什么人吵了嘴呀?"

雪影故作不明白的神气，却又显出很关怀的样子，望着他低低地问。

"哼! 除了她这个死人还有谁呢?"

王时杰兀是怒气冲冲的样子回答。

"她……她是什么人? 单说一个她叫人怎么知道呢?"

雪影笑了一笑，却一味地吊他胃口。

"钟小姐，你何必假痴假呆呢? 难道一定要我明明白白说出来吗? 她还有谁呢? 当然是我这个断命的黄脸婆子了。"

王时杰恨恨地说。雪影却有些生气的样子，说道:

"你们男子最没有良心，就是夫妻两人多几句嘴也常有的事，你怎么就恨得要她断命呢? 可见你这个人是不懂情义的!"

"不，不，雪影，请你倒不要误会，我这个人是最有情义的，平日对家主婆再好也没有，她要什么，就依她什么，可是这个女人太不知足了，还要和我时常地吵闹。我被她吵得心思也不定，家里也住不下去，因此我就不得不到外面来散心解闷。像你钟小姐的性情，多么温和可爱，不是我说一句冒昧的话，像你这样的姑娘才是我理想中的伴侣。"

王时杰说到末了，满面显出微笑，好像是特别羡慕的神气。雪影却不以为然的样子，冷笑了一声，说道：

"我对你说，俗语道，癞痢头儿子是自己的好，但妻子总是别人家的好，总而言之一句话，这是男人家喜新厌旧的病症。我平日就最恨这一种男子，因为你此刻以为我是你理想中伴侣，说不定在经过一个时期之后，又会感到另一个女子是你理想中的伴侣了。"

"不会，不会，假使你肯答应我做我终身伴侣，我情愿给你做牛做马一般地为你辛苦着。"

王时杰趁此机会地向她低低地求爱。

"可是你忘记了你是个有妇之夫，重婚是法律不允许的。"

雪影很淡漠的表情，予以迎头打击。

"不过你答应了我，我可以和妻子去离婚。"

王时杰在无可奈何之下，向她说出了这一句话，表示他情愿不顾一切地牺牲，这是为了伟大的爱情。

"谢谢你，不过我绝不忍心为了自己，而拆散人家一对美满的婚姻，况且……况且……你们不是还有小孩子吗？"

雪影摇了摇头，她脸上又显出冷若冰霜的样子。

"美满？这两字根本连一点儿气息都没有，我们可说是冤孽。

假使我们多一日在一处，那么我们的寿命就会少活一天，至于孩子，既然是她养的，应该归她去养，因为我们结婚之后，不是又可以生下来的吗？"

王时杰滔滔地理由十足地回答。雪影觉得一个丈夫变了心，其手段之毒辣、其思想之卑劣，有甚于蛇蝎，一时颇为感到痛心，遂怒气冲冲地说道：

"我觉得你这种行为太不义了，孩子是你养的，怎么可以归她呢？那么你做丈夫的难道可以一点儿也不负责任吗？我想这是你神经有点儿麻木的缘故，恐怕法律绝不容许你这样做的！"

"当然，事情绝不是这么简单，我应该给她一笔离婚费的，她有了这笔离婚费，再去嫁人也好，或把孩子抚养成人也好，我可以说是尽了责任了。"

王时杰表示自己也绝不会亏她的意思，低低地说。

"王先生，我劝你还是打消了这个念头吧，否则，你将来一定会悔之不及。"

雪影却对他正式地劝告。正在这时，舞女大班又来请雪影转台子。雪影一面点头，一面拉了时杰的手，微笑道：

"我要转台子了，此刻我给你跳一次舞吧。"

王时杰觉得雪影这举动对自己显然是亲热的表示，所以很兴奋地站起，和她同到舞池里去了。时杰在跳舞的时候，又向她低低地说道：

"钟小姐，回头我和你去吃一杯咖啡好不好？因为我还有许多话要对你说。"

"好的，那么你就等着我吧。"

雪影因为他是一心要和妻子去离婚，而且要娶自己，她想决绝地拒绝他，所以当下便答应了。待音乐停止，两人遂分手匆匆走开。舞厅在十一点钟打烊了，舞客都已兴尽而散。王时杰等着雪影一同去吃咖啡，并且解决他们两人的婚姻问题。两人正欲走出去的时候，梅影匆匆地走过来，说道：

"姊姊，我们可以回去了。"

"妹妹，你先回去吧，王先生还要请我吃咖啡，我吃好了马上就回家。"

雪影向阿梅低低地回答。阿梅微微地一笑，便自管匆匆地走了。因为是晚上十一时了，所以虽然在夏的季节，马路上凉风拂拂，倒也十分凉快。王时杰和雪影从咖啡室吃了冷饮出来，已经十一时半了。王时杰这时的内心充满了热情，一种色欲的成分散布在他每一个细胞里，于是打动着雪影的心弦，说道：

"钟小姐，昨天我在国际钻戒公司看见一枚钻戒真好，完全是火油钻，光头闪闪烁烁耀人眼目，价钿也便宜，我想明天陪你一同去看看，假使你认为中意的话，我就给你买下来好不好？"

"谢谢你，我觉得你还是买给你的家主婆吧，这样在你们的家庭里一定可以增加一点儿幸福。"

雪影笑了一笑，摇摇头，向他低低地拒绝。

王时杰见她不为虚荣所动，一时要想开口，觉得难以启齿，遂忙说道：

"买给家主婆那是另外一件事情，我和你虽然不是夫妻之情，但友爱也是很可贵的。我觉得应该送给你留一个纪念。"

雪影觉得这种人太瘟一点儿，遂不高兴再去理他。过了一会儿，她忽然说道：

"时候不早，快要戒严了，我们再见吧。"

王时杰心中这才急了起来，连忙把她手拉住了，说道：

"既然时候不早，我们两人也不要回去了，还是到大东旅馆去住一夜吧。"

雪影听他说出这个话来，一颗芳心顿时极度地紧张起来，连说两个不字。她见人行道旁边有一辆人力车，遂用力挣脱了他的手，急急跳上车子，便叫车夫向前拉了。王时杰追了几步，可是没有法去拉住她，因此也只好叹息了一会儿，眼望着人力车在眼帘下消失了影子，他心头开始才觉得有些怨恨。

雪影坐在车上，回头向后望了一望，见王时杰没有追上来，方才轻轻地松了一口气。此刻离开戒严时间只有二十分钟了，所以马路上行人十分稀少。雪影叫车夫快拉，说情愿多加点儿钱。不料就在这当儿，突然横马路里窜出两个喝得酩酊大醉的日本兵来，他们见车子上一个美丽的姑娘，这就跌跌冲冲迎头奔上来，喝令车夫停下，笑嘻嘻地拖下雪影身子，满口胡言乱语，说"好姑娘呱呱叫，我们马路上性交性交"。车夫一见，知道无可理喻，遂逃之夭夭而去。这里剩下雪影一个人，吓得魂不附体，脸似死灰，要想挣扎，但哪里是他们豺狼一般的对手？要喊救命，但另外一个日兵已拔出亮闪闪的刺刀来，威胁雪影，叫她自动地躺在人行道上，给他们轮流地做一个泄欲器具。雪影在这一个时候，她是痛苦到了极点，心中暗想：我情愿死，也不愿给敌人来侮辱我的身体。于是便竭声地大叫救命。两个日兵见她叫喊，便光起火来，拿了刺刀，正欲向她腿上猛刺的时候，忽见前面有个黑影子奔上来，他还说了几句日本话，雪影当然是听不懂这几句是什么话，但说也奇怪，这两个日本兵却放下了刺刀，向后去望，就在这时，雪影的救星匆匆地已奔到了面前来了。

第八回

落花有主相逢今已迟

那远远地奔过了一个男子，年约三十以上，虽然人中上留了一小撮胡须，但头发却留着西式，兼之穿了一身西服，有点儿像电影明星的样子。他一面向雪影望了一眼，一面便叫道：

"女儿，你今天怎么一个人深夜归去呀？"

雪影本是一个很聪明的姑娘，一听那男子冒充自己的父亲，可见其中一定有缘故，她奔向他的怀里，便哭叫爸爸起来。那男子心中暗暗佩服姑娘的玲珑，遂拍拍她的背脊，是安慰她别怕的意思。一面用了很流利的日本话，向那两个日本兵说了一会儿，同时他又在袋内取出派司来给他们看。两个日本兵见派司上注明的是日本宪兵队的翻译官，职位相当高，假使不卖交情的话，他明天一定要去告发，那时候自己难免要军法从事，所以只好自认晦气，被他冲散好事，放了雪影，两人跌跌冲冲地怏怏不乐自管去了。雪影见他用了妙计救了自己，心中真有无限感激，遂连连地向他道谢。那男子却毫不放在心上地向她挥了挥手，向她很怜悯的神气说道：

"不要客气，你看时候快十二点了，戒严就在眼前了，你若不回家得快，恐怕又要到巡捕房里去立一夜了。"

雪影听了，因为离家尚远，所以她反倒不急，遂说道：

"此刻十一点五十五分了，还有五分钟的时间，谅来也赶不到家，还是捕房里去坐一夜，比较安全一点儿。"

那男子听她这样回答，这两句话中至少是包含了一点儿可怜的成分，遂沉吟了一会儿，说道：

"那么我送你一程路吧。"

"先生，你这样热心仗义，我实在太感激你了，不知您先生贵姓大名，也好叫我记在心里。"

雪影秋波脉脉含情地斜乜了他一眼，态度是分外娇媚。

"我姓汤，名叫贤成，原在日本宪兵队里做翻译官，不过我到底是中国人，所以我凭良心说，我只有庇护同胞，我没有狐假虎威地残害一个同胞。"

汤贤成一面自我介绍地说，一面声明他的行为并没有对不起自己的国家。雪影点了点头，表示很相信的样子，说道：

"我知道，凭你刚才那种热心仗义的举动，我就相信你是一个好人。"

贤成听她这样肯定地回答，一时倒忍不住微微地笑起来。他在袋内摸出一包香烟，抽出一支，用打火机燃着了，吸了一口烟，向雪影身上打量了一会儿，低低地问道：

"你这位小姐为什么一个人这样晚地在马路上走？你难道不晓得在这样兵荒马乱的时代中，一个年轻的女子在夜半三更一个人路上行走是件多么危险的事情？"

雪影听他这样问，不由得深长地叹了一口气，感慨地说道：

"为了生活，为了生命的挣扎，所以不得不找一点儿事情做，但女子的出路，除了牺牲色相之外，还有什么第二条路呢？所以我不瞒汤先生说，我是新光舞厅一个舞女，本来舞厅在十一点打烊，回到家里还不成什么问题，可是今天有一个舞客要请我吃咖啡，我为了应酬，没法拒绝，因此迟了一点儿，万不料在路上会碰到这两个鬼。若不是汤先生来救我，我恐怕是一切都已经完了。"

"这也难怪你了，不过下次你千万不要答应人家在夜里吃咖啡，假使有舞客要请你，你可以叫他们在白天里请的，因为晚场散后，时间实在太局促了。"

汤贤成很忠心地向她叮嘱，当然完全是一番热诚的好意。

"是的，下次我还敢吗？情愿和舞客们决绝的。"

雪影点了点头，她伸手掠着被风吹乱的鬓发，这神情是令人有点儿楚楚可怜的成分。两人且谈且行，只见前面有不少人被巡捕房拦阻在一处，是等行里车子开到，都押到捕房里去。雪影停步不前，急道：

"汤先生，对面不能走了。"

"没有关系，我有特别派司。"

汤贤成低低地安慰她说，一面把派司拿在手里，一面和雪影走过去。巡捕在检视之下，一见是宪兵队的，他们感到最头痛，所以问都不敢问一声，就放他们两人过去了。汤贤成眼看自己的裕和坊快要到了，遂向她忍不住又问道：

"我的家里是在裕和坊，过去几间门面就到了。你府上在什么地方呢?"

"我在白克路安乐坊,离此也不多远了。"

雪影点点头,向他轻声告诉。贤成沉吟了一会儿,说道:

"但此去还有两道关口,恐怕不容易过去,那么还是我送你到府上吧。"

"不,这叫我心中太过意不去了。汤先生,你还是自管地回府吧,我想说不定巡捕会讲一点儿人道,放我过去的。"

雪影在裕和坊弄口停下来,表示不好意思再叫他送的样子。汤贤成搓了搓手,遂又说道:

"那么你假使不避嫌疑的话,不妨到我家里去坐一会儿,两点敲过,就放松得多了。"

雪影虽然是个单身女子,不过对于贤成这一个陌生男子却很信任他,遂点了点头,微笑道:

"不过半夜三更惊吵了府上,不是很感到不好意思吗?"

"这倒没有关系。"

汤贤成单这么地回答了一句,便走入裕和坊,在四号后门停下,拿钥匙开了司必令锁,两人走进后门。汤贤成并不开电灯,用他的手电筒一路照到楼上,方才亮了电灯。雪影见里面是个西式书房的阵式,里面好像还有个套房,用紫红呢的门幔垂放着。贤成脱了西服上褂,然后开了风扇,又给她倒了一杯冷开水,微笑道:

"小姐,你请坐一会儿吧。"

雪影点点头,遂在沙发上坐下,心里却在暗暗地思忖,这房间倒也收拾得很清洁的,于是低低地问道:

"汤先生，你夫人已睡了吧？不知府上共有多少人？"

这倒是出乎雪影的意料之外，汤贤成却摇摇头，微微地一笑，说道：

"不瞒你说，我的妻子是早已死了，只有一个儿子，当初是留给我姊姊养的，后来我到日本去留学，彼此便一向失散着。中日战事发生，我从日本回国，可是我姊姊的家已不在上海了。现在我孤零零的一个人，就住在这里，此外是没有别的人了。"

雪影听他这样说，不知怎么一颗芳心立刻又会别别地乱跳起来。她不禁微红了脸，哦了一声，却怔怔地愕住了一会儿。汤贤成此刻才想到了似的，望了她一眼，方才低低地问道：

"我还没有请教过小姐贵姓。"

"我姓钟，名叫雪影。"

"钟小姐府上还有什么人？"

"还有爸爸妈妈、弟弟妹妹。"

"那么你们家里倒也很闹猛的，但是这一份家庭，难道就是你一个人负担吗？"

雪影究竟胆子还小，她心中暗想：知人知面不知心，谁知道他对我有没有一种野心的发展？所以她不愿说真心话，故意骗着他回答。因为家中有了这许多人，至少使人也会有点儿顾忌的意思。但汤贤成却信以为真，微蹙了眉尖，代替她感到负担重的忧愁。雪影听了，也只好说谎说到底的，回答道：

"爸爸也在一家公司里做小职员，不过他收入的薪水不够开销，所以我没有办法，只好抛头露面地到外面来，也好给爸爸分一半负担。"

"嗯，你真是一个好女儿。"

汤贤成点了一下头，好像做长辈的口吻，向她表示十分的赞美。两人谈了一会儿，时候已经子夜一点钟了。雪影把纤手按在小嘴上打了一个呵欠，大有倦意的样子。汤贤成道：

"钟小姐，你假使要睡了，就到我里面房中去睡吧。反正是夏天的季节，没有关系，我在这里沙发上躺到天明好了。"

雪影见他并没有一种奸诈的态度，也许是一种心理作用的缘故，所以此次胆子倒大了不少，遂很不好意思地说道：

"不过累汤先生自己睡得太不舒服了，这叫我心中很过不去。"

"没有关系，钟小姐，你不妨到里面来看看，这张床倒还收拾得不算肮脏。"

汤贤成站起身子来，撩起门幔，伸手在里面开亮了电灯，是叫她到里面来望望的意思。雪影遂走进里面一间卧房，只见倒也十分宽敞，陈设也很清洁美观，便点头笑道：

"汤先生，你今夜真的预备让给我睡吗？"

"那还有假的吗？钟小姐，我不来打扰你了，明天会吧。哎呀！此刻已经子夜一点钟，其实本来是明天的事了。哈哈，再见再见！"

汤贤成在笑过了一阵之后，方才改了两声再见，便放下门幔，自管退到外面去了。雪影很快地关上了房门，把插子插上。她坐在床沿边，似乎心安定了不少。这时她觉得外面那间灯光也已熄去了，于是也脱了旗袍，灭灯安寝。这晚雪影当然是很不容易入睡，左思右想地忖了一会儿心事，觉得自己今夜睡在这个陌生人的房间，那真是做梦也意想不到的一回事情。一会儿又想，我若没有汤先生相救的话，那么我在人行道上就像狗一般地被他们侮辱了，在两个人轮奸之下，这一幕悲惨的结局恐怕是不堪设想的了。一会儿又想，汤先生想不到上海竟也是孤零零的一个人，他说只有一个儿子，不知他儿子是生是亡呢？不过凭他这一份儿好良心，但愿他儿子是平安无事，将来给他们父子团圆。一会儿又想，汤先生不知有多大年纪了？其实他生得也不算十分苍老，看上去大约在三十四五岁左右吧。雪影一会儿想那样，一会儿想这样，直到钟鸣两下，方才沉沉地熟睡去了。

第二天早晨，雪影醒来的时候，已经日上三竿。撩起手腕来看手表，不禁呀了一声，原来快近十点钟了，于是匆匆地起身，穿了衣服，开门出来。外面的沙发上早已没有了汤先生的人，一时暗想：他到什么地方去了？因为自己一个女孩儿家，在一个陌生的男子家里睡得这样香甜，此刻连主人也不见了，因此想想很有点儿难为情。偶然瞥眼望到桌子上去，见桌子上放着一罐牛奶并一只面包，还有一张字条。雪影急忙取出来细阅，见上面写道：

钟小姐，很对不起，刚才来了电话，我有公务去了。照理家中有了客人，我需要尽招待的责任，现在只好请你原谅。点心放在桌子上，请你自己动手，抱歉得很！

汤贤成留字

129

雪影瞧到了这张字条，不知怎么的，她心里自然而然地会起了一种感情作用，想不到他对我有这样信用，因为我和他到底是萍水相逢，他让我一个人睡在他的家里，就这样地走了，难道不怕我把他家中的东西偷拿逃走吗？一时觉得汤先生倒不愧是我的知音。想到这里，芳心怦然一动，全身一阵子热燥，她的两颊会不期而然地像玫瑰花朵般地娇红起来。于是匆匆地漱洗完毕吃了点心，在原底子的纸上空白里，找了一支铅笔，也写着道：

　　　　汤先生，你待我这样好，我心中实在很感激你，因
　　为我们是素昧平生，承蒙热心仗义，可谓不能再得。现
　　在我吃点心走了，你若有空，不妨到新光舞厅来玩玩，
　　我是很愿意和你交一个朋友的。

　　　　　　　　　　　　　　　钟雪影留条

　　雪影写毕，遂给他关上了司必令的门锁，她便匆匆地坐车回家中来。雪影到了家里，梅影正在急得走投无路，一见雪影，猛可拉了她的手，眼泪会夺眶流了下来，说道：
　　"姊姊，你到底在什么地方呀？我为你急得一夜没有好好地睡，唉！我几乎为你要报告捕房去了。"
　　雪影听她这样说，一时倒不由得感到好笑。但是见了她满面沾了泪痕，心中倒又觉得十分感动，遂拉了她的手，低低地说道：
　　"妹妹，你不要急呀，这件事情说起来话长，我可以详详细细向你告诉一遍的。"

一面说，一面遂把昨夜的经过向她老实地告诉出来。梅影听了表示非常庆幸而又尚有余惊的神情，叹了一口气，不禁说道：

"真是阿弥陀佛，老天保佑，老天保佑的！这个汤先生真是一个侠义心肠的好人，假使没有他热心相助的话，姊姊还不遭他们的侮辱了吗？我想姊姊当然不肯甘心受辱，一定要挣扎叫喊，他们一定也恼羞成怒，说不定姊姊的性命也活不成呢！所以汤先生这个大恩，姊姊倒是不能忘记才好。"

"可不是吗，所以我的心中也十分地感激他。"

雪影说到这里，又把他早晨留字、自己也留张字条的话向她告诉，梅影点头道：

"这样他一定会到舞厅里来找你的。"

姊妹两人说了一会儿，大家便开始烧饭煮菜了。

光阴匆匆地过去，不觉又过了一星期。在这一星期之中，雪影在新光舞厅里早也等汤贤成来，晚也等汤贤成来，可是望穿了秋水，他却并没有来。一时心中颇觉闷闷不乐，暗自想道：莫非这张字条他没有看见吗？但这是绝不会的，那么他一定不愿跟我做朋友了。他越是没有意思跟雪影交朋友，在雪影的心中对他越有更深的印象。因为他在当初帮助我，除了激起一点儿人类的同情心之外，显然并没有一点儿意外的作用了，觉得这样好人是很不容易找的，因此在她芳心里自然而然地会有了爱他的成分。因为雪影在歌榭舞台里也有了三四个月的日子，凭她每天所接触的客人对待情形中猜想，知道十个舞客倒有十一个是抱着肉欲的野心，他们花了金钱，根本就想在舞女的身上得一点儿好处。即使有真心的爱，也只有给人家做一个小的资格。老实说，自己在财

131

政部长的身上也做过了小，还有什么人再能配得上来娶我做小？况且我今生今世当然也不情愿再做小了。假使永远地不嫁人吧，那么眼前的虽然是不怕有冻饿的痛苦，但只怕人老珠黄不值钱的时候，那时候膝下无儿女，又无子侄，恐怕就要苦得像黄连了。于是她想到一个女子免不了是要找一个归宿，一时又想到了这个汤先生，他的妻子早已死了，嫁给他就不会再做小。虽然年纪大一点儿，不过人却很英俊，男人家年纪大一点儿，倒也不成问题。雪影想到这里，一时又觉得暗暗好笑，自己真有点儿自说自话的，你要想嫁给他，可是人家要不要自己，实在还是一个问题。假使他是一个很贪女色的人，那么他也不会迟迟不来望我了。雪影在这样感觉之下，她是十分心灰意冷。但仔细想来，原是自己太不懂人情，太不知礼貌，因为他这么地施恩于我，我是应该买些东西去谢谢他的，怎么把自说自话的一张字条给人家，叫人家有空到舞厅里来玩，这就怪不得人家要生气了。

男女本来是一样的，男的要看中这个女子的时候，他会千方百计地用尽脑筋去追求她，那么反转来说，女的要看中了这个男子，她也会温情体贴地去奉承男子。雪影就是这个样子，她在打定了这个主意之后，便在永安公司商场里买了许多礼物，在第二天下午亲自坐车送到裕和坊。未到裕和坊之前，她心里是担着十二分的忧愁，恐怕汤先生没有在家里，这是多么失望。但事情总算是凑巧的，贤成坐在写字台上，不知在写什么东西，雪影推门进去，一面先笑盈盈地叫道：

"汤先生，你没有出去吗？"

汤贤成抬起头来向前一望，这似乎出在他的意料之外的，不由站起身子来表示招待的意思，笑道：

"钟小姐，好久不见了，你买了这许多东西来干什么？不是白白地多花费吗？"

一面说，一面亲自地给她倒上了一杯开水。雪影秋波水盈盈地逗给他一个妩媚的娇嗔，真有些怨恨的神气，笑道：

"汤先生，是不是像我这种女子够不到资格跟你做朋友吗？所以我留给你一张字条，你就看也不看地丢了是不是？"

"哪里哪里？字条我是看见的，但这几天我忙得很，简直没有闲工夫去东逛西荡，所以你倒不要误会我，钟小姐，你快请坐吧！"

汤贤成见她薄怒娇嗔的意态，这时更增了她一份儿妩媚可爱，一时心里倒也微微地荡漾了一下，遂用了抱歉的口吻，向她低低地回答。

"嗯，这倒怨不得你，我以为你是生了气哩，所以我今天特地向你来赔礼的。"

雪影说时，走到写字台旁的转椅上坐下。见桌子上放着一瓶阿司匹林，还有一杯开水，接着又道：

"汤先生，你在吃这个吗？"

"是的，这几天晚上贪了凉，所以有点儿伤风，头脑子涨涨的，所以吞了两片阿司匹林。"

汤贤成低低地回答。雪影眉尖一皱，低低地说道：

"莫非那天为了我躺在沙发上所以受了凉吗？那叫我倒是很不安了。"

"不是，不是，钟小姐，你这人倒会多心的。"

汤贤成却向她急急地辩解。正在说时，电话铃响了，贤成忙去接听，嗯嗯地应了两声，遂搁上听筒，向雪影说道：

"钟小姐，对不起，我有公事要出去了。"

"没有关系，我和你一块儿走出去吧。"

雪影虽然对没有坐上一会儿就走未免感到失望，但她身子是不得不站了起来。汤贤成一面披上西服上衣，一面指了指许多礼物，便说道：

"钟小姐，这些礼物请你带回去，我就心领谢谢吧。"

"为什么？是不是嫌太少？"

雪影鼓着小嘴，表示很生气的样子。

"不，你又多心了，因为我只有一个人，而且家里也不长住的，所以你这许多东西根本就没有人去吃它用它，还是你拿回去吧，算我送给你弟弟妹妹吃的，也是一样。"

汤贤成很正经地回答。

"不，已经送了来，我就不愿意再带回去，宁可你不愿用、不愿吃，等我走后，给你丢到垃圾桶里去的！"

雪影沉着脸色，十足表现赌气的神气。汤贤成这就弄得无话可说了，笑了一笑，说道：

"钟小姐，你不要生气，那么我就照数全收吧。"

雪影这才回过笑脸来，说道：

"对了，你收下了，才算是看得起我，大概没有把我当作舞女看待吧。"

"哪里话呢？舞女也是人，我以为自食其力，绝没有什么丢脸的。"

汤贤成一面说，一面和她已走出裕和坊来。

"真的吗?"

雪影似乎感到无限欣喜的样子，掀着酒窝，秋波脉脉含情地瞟了他一眼，低低地问。汤贤成点了点头，却并不作答。在裕和坊门口，贤成站住了，说道：

"你上哪儿去? 我给你讨车子。"

"不用，你有事情自管地走吧。"

雪影向他挥挥手回答。

"那么我不和你客气了，过几天说不定我到舞厅里来望你。"

汤贤成最后又向她低低地关照。

"你不要来望我，我有空会来望你的。"

雪影似乎明白他所以要到舞厅里来望自己的缘故，不愿他为自己而作无谓的花费，遂摇摇头，向他委婉地推却。

"为什么? 你不愿我跟你来跳舞吗?"

汤贤成有点儿依恋起来，他站在弄门口，大有不愿分离的样子。

"嗯，是的，从前我希望你来跳舞，但现在……我不希望你在这种销金窟里来耗费了。汤先生，你家里不是有电话，我可以和你通电话，你的电话号码是……"

雪影说到这里，又想到了电话，遂轻轻地问。汤贤成在她这几句话中是很可以了解她的多情，一时心中也起了一层爱的波纹，便笑道：

"六四五七八，你在早晨九点之前打来，我大多数是在家里的。"

雪影点头答应，方才匆匆地分手，各自走开。汤贤成觉得这是意外的收获，想不到救人救出好处来了。因为她今天送礼物来的情形猜想，她确实已经爱上自己。想到这里，心里也不由得感到一层甜蜜。但转念一想，觉得我和她根本是不相配的，第一，年龄相差太远，第二，她的家庭负担很重，倘然她嫁给了我，当然不能再去伴舞，那么她一家数口的生活又将怎么地办呢？想到这里，一团高兴立刻又化为乌有，他忍不住又轻轻地叹了一口气。

　　过了两天，雪影在家里打了一个电话给贤成，谁知等了好久的时候，却没有人来接听。雪影心中很奇怪，暗想：难道这样早就出去了吗？正欲把听筒搁下的时候，忽听那边有人接听，问道：

　　"是谁？"

　　"是我，钟雪影，你是汤先生吗？对不起，惊吵了你的好梦。"

　　"不，我原早已醒来了。"

　　"那么你为什么不早接听呀？哦，是不是知道我打来的，所以有点儿不高兴，对不？"

　　"不，不，你又多心了，因为我生了病，用了很大的气力，才挣扎起来听电话的。"

　　"啊！真吗？对不起，我没有知道，你快去躺下了，我马上来望你。"

　　雪影听他说话的声音，果然带有颤抖的成分，可见他确实是病得这一份的厉害了，于是急急地搁下了听筒，回到自己的房中，匆匆地梳洗。梅影见她这个样子，倒有点儿奇怪了，问道：

"姊姊，你干什么急得这个样子？预备到哪里去？"

"妹妹，我刚才打电话给汤先生，谁知他生着病。因为他在上海只有孤零零的一个人，所以我是不能不给他尽一些看护的责任，所以我在舞厅里要请假，说不定也要好几天不回家来。妹妹，你假使有什么事情，可以到静安寺路裕和坊四号来找我，那边就是汤先生的家。"

雪影一面换上了一件香雪纱旗袍，匆匆地要走的样子。梅影在雪影前天的谈话中已明白姊姊有爱上姓汤的意思，此刻听她要好几天不回家，遂也忙说道：

"姊姊，你既然预备在那边住几天，那么你把短衫裤应该拿两套去换换身，现在是夏天里，洗了浴后难道不换衣服吗？"

这两句话才把雪影提醒了，遂连忙又整理几套替换的衣服，方才匆匆地别了梅影，坐车到裕和坊去了。

汤贤成睡在床上，两颊红红地发烧，显然是热度很盛。但他见到雪影翩然降临，似乎在他孤寂的心灵中也会感到一点儿暖意的安慰，向她点点头，嘴角旁挂了一丝笑意，表示招呼的意思。雪影放下了手中的衣包，早已毫不避嫌疑地在他床边坐下了，第一步先把手去按住了他的额角，皱了眉毛，低低地说道：

"汤先生，你的热度很盛呀！好好儿的怎么会病起来？医生瞧过了没有？"

"昨天晚上还好好的，今天早晨醒来的时候，就感到头痛发热了。我已经打电话给一个朋友，名叫林德生，他是德国医学博士，回头马上就来了。"

137

汤贤成被她手按在额角上，好像觉得舒服得多，一时含了微笑，向她低低地告诉。

"那么你此刻饿了没有？可要吃点儿什么东西？"

雪影才放下心来，她缩回了手，又十分关怀地问。

"不，我此刻一点儿也不想吃什么。钟小姐，你这一包又是什么东西呀？"

汤贤成摇了一下头，他的视线接触到那一包衣服上去，遂忍不住猜疑地问。

"哦，这是我随身穿的衣服，我想你生了病，总得有个人在床边服侍服侍才好，所以我预备在这里住两天。"

雪影很坦白地向他告诉出来。汤贤成似乎感到意外惊喜似的，啊了一声，说道：

"钟小姐，你这话可是真的吗？那么你跳舞时间……"

"我在舞厅里已请了假……"

雪影微微地一笑，表示已没有什么问题的样子回答。

"那么你家里……"

汤贤成怕她父母会不许她这样地做，所以心里又很顾全她的环境。但雪影不等他说下去，便接着笑道：

"你不要为我担心，我是绝对可以自由，没有谁会来管束我的。"

"可是你请了几天假，损失未免太大一点儿，所以我心中觉得实在很过不去。"

汤贤成又很关切地说。但雪影听了有点儿生气的意思，秋波逗给他一个娇嗔，说道：

"汤先生，你这是什么话？想你乃是我救命恩人，常言道，士为知己者死，我既受恩于你，理应有所报答，所以对于这一点点儿的损失，根本是算不得一回事，被你这么一说，倒叫我听了心里反觉得难过。"

"钟小姐，你待我这样好，我觉得亲生的女儿也没有这样热诚的关怀吧！"

汤贤成很感动，他情不自禁地说出了这两句话。

"咏！汤先生，你讨我的便宜，我可不依！"

雪影听他这样说，噘了小嘴儿，似乎撒娇般地逗给他一个妩媚的娇嗔。就在这个当儿，门外匆匆地推进一个西服男子来，汤贤成连忙招呼道：

"林博士，快请坐。"

雪影知道是医生了，遂给他倒了一杯茶，在香烟罐子里又递上一支烟。林德生很客气地道了谢，一面向贤成问道：

"这位是新夫人吗？"

"不，不，林博士，你不要弄错了。"

汤贤成见他误会了，一时急忙向他解释。

"哦，对不起，对不起！"

林德生也觉得有些不好意思，遂连忙向她抱歉。被他一抱歉，这叫雪影更觉得难为情，这就绯红了两颊，退避到外面一间室去了。直待林德生诊视完毕，开好了药方，雪影方才又走进房中来。林德生把药方放在桌子上，说道：

"受一点儿感冒，没有什么问题，吃了这张方子，明天就好了。"

一面说，一面便起身走了。汤贤成道：

"明天好了，我亲自来谢你吧。"

雪影本来要送他，因为他这一句误会的话，所以一时倒反而不好意思送他了。林医生走后，雪影和贤成互相望了一眼，贤成忍不住微微地一笑。雪影觉得他这一笑，至少是包含了一点儿神秘的成分，因此粉颊不由得一圆圈一圆圈地娇红起来。她很灵敏地拿了桌子上的药方，便匆匆地到外面配药去了。

约莫半个钟点之后，雪影把药水配来，照着瓶上划着的数量，服侍贤成服下药水。贤成见时候快近中午，遂向雪影道：

"钟小姐，我想你的午饭问题还是打电话到对面康乐小吃部叫一客虾仁火腿蛋饭来吧。"

雪影也觉得这样简单一点儿，遂点头说好，拨了电话，去叫客饭。康乐小吃部大概知道四号楼上是老主顾，当下答应马上送来。送来的时候，贤成关照他们每日两餐，按时送来，当然是为了可以避免时常去叫的麻烦。雪影在贤成家里住了两天，这是第三天黄昏的时候，贤成的病体也差不多痊愈了，雪影坐在他的床边，有一搭没一搭地闲谈着。贤成说道：

"今天我已好了，明天就可以起床了，钟小姐今天晚上可以到舞厅去了，为了我，你这两夜睡得太不舒服了，还是回家舒舒服服去休息吧。"

"汤先生，你是不是有点儿讨厌我？"

贤成一番真心的好意，雪影倒起了误会，遂微蹙了眉尖，向他低低地问。贤成啊了一声，笑起来道：

"钟小姐，你这人实在太会多心了，叫我真是太受一点儿冤枉了。老实地说，你瞧我这一个家里，是不是正需要你这么一个能干的女子来管理家务吗？所以我不但没有讨厌你，而且还希望你最好永远地住在我的家里。不过我总不能为了自己而不顾人家，所以我绝不能这样自私，因为你家中不是还有许多人要靠你来养活吗？我怎么能忍心老是叫你损失下去呢？"

雪影听他这样说，方知道他并不是为了讨厌自己，这就向他盈盈地一笑，说道：

"汤先生，我老实地告诉你吧，我家里是没有什么人了。"

"啊！你……也只有孤零零一个人吗？那么你当初为什么骗我？"

贤成感到意外惊喜似的，猛可地从床上靠起来，握了她的纤手，满脸含了兴奋的笑容。

"在当初……因为我和你还很陌生，我怕你对我有了不良的存心，所以我故意这么地回答，是叫你不敢对我有非礼的举动。可是我太多疑了，因为你确实是一个好人！"

雪影有些赧赧然的样子，向他低低地告诉。贤成这才明白了，他忍不住笑起来，说道：

"那么你真的只有一个人吗？我想不到你的身世也会这么可怜。"

雪影被他这么地一说，她又勾起无限的伤心，垂了头，眼泪一点儿一点儿地落了下来。贤成把枕边的手帕塞到她的手里，低低地说道：

"钟小姐，你不要伤心，我是一个孤零零的人，你也是一个孤零零的人，我们可说是同病相怜。只要你不讨厌我的年龄大，我很需要你这么一个女子来给我做一个内助……"

贤成说到这里，他已感觉有点儿难为情，话声是放得特别低沉。

"你的年龄也并不大，假使你果然很苍老的话，前天林医生也不会把我当作你的……"

雪影芳心中是滋长了甜蜜的滋味，她俏眼斜乜了他一下，说到这里，一阵子羞涩，到底也说不下去了。

"这是因为林医生在高度近视眼光之下的缘故，同时因为我和他素来相识，不过又久违两地，所以今日相逢，才有这一种冒昧的猜测。换了别人，谁也不会这样鲁莽。"

贤成想不到雪影真会有嫁给自己的意思，一时乐得心花都朵朵地开了。不过他还镇静了态度，表示不能太委屈了雪影的意思回答。

"汤先生，我问你几岁了？"

雪影这才微抬了粉脸，含了七分羞意而又三分喜悦的媚眼，盈盈地斜乜了他一眼，低低地问。

"我四十二岁了，你今年青春多少？"

贤成在回答了后，也向她轻声反问。

"我十八岁，和你相差二十四年……"

雪影屈着指算着说。

"哎呀！相差了一大半，这可不对，我觉得这不是一头美满的姻缘，我不能为了自私而误了你终身的幸福。"

汤贤成一算之下，他不由哎呀一声叫起来，摇了摇头，表示不相配地回答。

"奇怪，我没有嫌你老，要你大惊小怪地急什么？"

雪影却毫不介意的神气，用了一种很轻松的口吻，笑盈盈地说。

"你虽然不嫌我老，但是在我自己良心问题上想起来，觉得很不安。假使是二十四岁，那么相差十八年，这已经是很悬殊了，现在要差了二十四年，说句不知轻重的话，我的儿子也比你大哩，我怎么好意思跟你结婚？钟小姐，你的情分我很感激，但是为了你的终身幸福着想，我觉得你还是另找对象的好。我们的情分就永远做一个朋友吧，因为友爱的伟大，也可以超过夫妇的。我以为夫妇的爱，也无非是多上了一层肉欲罢了。比方说，我生了病，你肯牺牲自己的利益来服侍我，这种伟大的爱，又何尝不是胜过了夫妻之爱呢？所以我们就这样地在友爱的地步止步了吧！"

贤成并没有一点儿虚伪的作用，他是显出无限诚恳的态度，向她低低地劝告。

雪影听他这样说，一时更感到他的忠实可爱，遂一撩眼皮，微微地一笑，说道：

"承蒙你为我这样地着想，我心里真有说不出的感激，不过我以为爱情这件东西，绝不是受任何一切约束和阻碍就可以消灭的，只要我觉得你是可爱的，不要说你还只有四十二岁了，我也会赤心地要嫁给你。不过我是一个舞女，是一个被人视作玩物的女子，或许我的身份是不够资格来配上你，或许汤先生要想娶一个名门淑女为妻，那么我当然是只好永远抱着一颗失望的心了。"

雪影说到这里，她想到自己已非完璧，心中这就感到一阵子心酸，因此眼泪就像断线珍珠般地扑簌簌地直滚落下来了。贤成被她感动得也有一点儿凄凉的意味，遂紧紧地握着她的手，低低说道：

"钟小姐，你这是什么话呢？我真觉得太幸福了，想不到像你这么一个年轻美貌的姑娘，会爱上我这一个上了年纪的人，这种艳福，真是我前世把木鱼都敲穿来的了。"

"汤先生，不，我该叫你贤成，因为夫妻是平等的，我应该叫你一声名字，你说对不？"

雪影听了，这才破涕为笑，她挑着眉毛，表示这一份样的兴奋。

"不错，不错，那么我也该叫你一声雪影了。"

汤贤成心里像春风吹着微波一样地动荡，满脸也显出了得意的笑容。

"不过，你应该再叫我一声亲热些。"

雪影扭怩了一下腰肢，那种意态是令人有些陶醉。

"再叫你亲热些？那么叫什么呢？"

汤贤成见她娇媚得可爱，他的脑海里又浮现起二十年前的一幕来，但想不到二十年后的今天，也会重演一下粉红恋爱的事实，所以他的脸部上也恢复了青春的颜色，笑嘻嘻地问。

"嗯！那还用问吗？我不要！"

雪影一味地撒着女孩儿家的娇态，虽然她是鼓着红红的脸腮子好像有些生气，但她的嘴角旁终究掩不住地露出一丝引人可爱的甜笑来。

"好妹妹，你不要生气，我……想一想叫你好不好？"

汤贤成表示很焦急的神气，向她连连地赔不是。但雪影听了，却哧哧地笑了起来，说道：

"你不是已经向我叫了吗？那还用得了再想什么吗？"

贤成倒是怔住了，但仔细想了一会儿，方才理会了。把她手温和抚摸了一会儿，赫然他想到了什么似的，一时却又轻轻地叹了一口气。

"奇怪，你好好儿的又为什么叹气呢？"

雪影似乎也发觉他脸上有一层淡淡的忧愁，于是低低地问。

"我想你的年纪这样轻，再过十年，也只有二十八岁，可是我……已经五十二岁了，说不定短命地死了，那么剩下你一个孤苦无依的弱女子，那又叫我怎么能放心得下呢？"

贤成方才又低低地说出这一层缘故来。雪影见他眼角旁有些润湿，于是含了娇媚的笑，说道：

"这些又是你在自寻烦恼，何必去顾虑到这一种将来的事情呢？或许我比你短命也说不定，一个人哪里能算得到呢？贤成，我不许你说这些话，否则，我可要不高兴！"

雪影说到这里，她的身子在床边伏下来，捧着他的脸，温柔地说。贤成没有回答什么，他在喜悦之中又感到悲哀的意味，望着她粉脸却呆呆地出神。雪影把粉脸渐渐地靠近了他，贤成这就闻到了一阵幽兰似的细香，他再也忍熬不住了，遂挽住她的脖子，在她小嘴上紧紧地吮了一个长吻。

不料就在这个时候，忽听外面一间有人进来。雪影连忙站起身子，一面问是谁，一面走出房外去瞧。原来是妹妹梅影，她后面还跟了一个年轻的男子。雪影见那少年不是别人，正是自己在

145

故乡的同学谢凝远，一时她芳心里也不知是悲是喜，啊了一声，却呆呆地说不出一句话来。凝远却含笑上前，似乎要和她有握手的样子，雪影别转身子，倒向沙发上，却是闷声哭出来了。

第九回

不堪回首前尘等一梦

雪影对凝远冷不防有这一种态度，这不但使凝远感到无限惊骇，就是旁边的梅影也感到不胜奇怪起来，遂走到沙发旁边，拍拍她的肩胛，低低地问道：

"姊姊，这位谢先生你到底认识不认识呢？为什么不说话就哭起来了？"

雪影被妹妹这么一问，使她猛可想到里面还有贤成睡着，于是她连忙收束了眼泪，站起身子，点头说道：

"我认识的，他是我的同学。凝远，你等一等，我去回禀一声，马上跟你到外面去谈谈。"

雪影一面说，一面走进里面。只见贤成已经坐在床边了，他用了猜疑的目光，向她望了一眼，低低地问道：

"雪影，外面是谁来了？"

"哦，贤成，你别起来呀！我有个结义妹妹，她带着我一个多年未见的表哥来找我，我想请他们到外面去坐一会儿，你在家里好生静养，我一会儿就回来的。"

雪影见他坐起身子来了，也不知什么缘故，她那一颗芳心更加跳跃得厉害起来了，这就扶着他身子，是叫他睡下来的意思。

贤成听她这几句令人可疑的话，一时更加猜摸不定起来，遂不肯躺下，一定要出外来看个仔细，说道：

"你的结义妹妹，你的表哥，这和我的亲戚是一样的。他们既然到了我的家里，那么我站在主人的立场上说，不是理应要去招待的吗？"

雪影拦阻不住他，也只好和他一同走出来。凝远见了贤成，倒不免有些局促不安。雪影为了避免贤成猜疑起见，遂坦白地说道：

"我来给大家介绍，这是我的未婚夫汤贤成先生，这是我的结义妹妹张梅影小姐，这是我的表哥谢凝远先生。"

"哦，张小姐、谢先生，你们快请坐一会儿，恕我抱病在身，以致招待不周，还请原谅才好。"

汤贤成一面抱拳向他们客气着说，一面他在沙发上自己先坐了下来。凝远听她介绍说是未婚夫，这三字太刺耳了，因此他的心中便像刀在割一般地疼痛。照他的意思，便欲愤愤地离开了这个闷人的地方，不过他原谅雪影一定有不得已的苦衷，所以他还竭力镇压着愤怒的发展，在沙发上也坐了下来。雪影倒上了两杯茶，凝远却视若无睹地呆呆地出神，大家都觉得有许多的话要问，但是大家都又问不出口来，因此室内的空气是显得特别沉闷。贤成见他们欲语还停的神气，分明是碍着自己一个人，于是他就很识趣地站起身子来，说道：

"我真还有一些坐不住，对不起，我失陪了。"

"汤先生既然身子不适意，那么我们也不好意思惊吵，改天再行奉访吧。"

凝远当然也不愿意在这种刺人心弦的地方再坐下去，遂也站起身子来说。雪影这就急道：

"凝远，你别忙，我陪你们到对面康乐饭店去吃点点心吧。"

一面说，一面她再也顾不得汤贤成了，遂拿了皮包和凝远、梅影匆匆地走出了裕和坊。三人在康乐酒家小吃部坐下后，凝远淡漠了脸儿，兀是很生气的样子，说道：

"我没有饿，我不想吃什么东西，就是这样坐一会儿，我马上就要走的。"

雪影听他这样说，眼泪先夺眶流了下来，说道：

"凝远，你不要生气，你应该谅解我的苦衷，我是一个苦命的弱女子，我被环境已逼迫得像四面楚歌一样了。我相信你在听到我报告经过一切的事情之后，你一定不会再怨恨我，你一定会可怜我，你一定会给我也流起眼泪来了。"

凝远听她说出这一番话，又见她泪眼盈盈的一番可怜的情景，他把愤怒之火好像遇到冰雪一般地熄了下来，一时反而激起了同情的悲哀，他呆呆地坐在桌子旁，却木然无知地愕住了。雪影遂又接下去说道：

"你总还记得我两个人被朱秉堂陷害而捉到日本司令部里去的一回事吧？那时候队长要看中我，我在这山穷水尽的环境之下，我是抱了决死之心。但我在临死之前，不得不利用我的色相来相救你的性命。虽然你被他们已残害得血淋斑斑，但到底是获得了生命的安全。那时我又要为我自己报仇，所以在未死之前，又把朱秉堂这个狼心狗肺的贼子借日本鬼的枪弹把他杀了。到了这最后的一个关头，我又用尽了方法，把队长也结果了。我还记得是一个暴风雨的夜里，我跌跌冲冲地奔回了家里，但我家也已遭了日本鬼的洗击，我的妈落在小河中生死不知，可怜我经不住种种的摧折，我终于奄奄地病倒了。但不多几天，鬼子兵因捉不到杀死队长的我，他们预备实行最残暴的行为，来一个大屠杀，于是我们这个村子遭到了血的洗礼，遍地尸骸，白骨堆山，我在枪林弹雨中总算是劫后余生，逃出了虎口，流浪到这恶魔遍地的上海，以后的遭遇，是更加使人心碎肠断悲痛到绝顶的了。"

雪影说到这里，泪水更加像雨点儿一般滚落下来。她伏在桌子上，已经是抽噎有声，假使不是为了外界注意的话，她恨不得痛痛快快地哭一场，来出了她心中一口郁勃的怨气。凝远对于过去在故乡这一番事情，他都是很知道的。确实我的生命是她救出的，假使没有她用了一下美人计，我怎么还有今天的日子在上海和她见面呢？一时觉得雪影又是自己的大恩人，不管她是否负了我，我总不能忘记她对我这一番救命之恩，于是深悔自己对她有这一种怨恨的意思，这就伸手轻轻拍了她一下肩胛，低低地说道：

"雪影，你不要哭泣了，这原是我一时气糊涂了的缘故。仔细想来，我很同情你的遭遇，同时我更可怜你的身世。唉！你是一个女子，尚且有这样大胆的作风、勇敢的精神，你真是一个伟大的女性。我错怪了你，我……很对不起你！"

"伟大的女性？哈哈！"

雪影的芳心是刺激得过了分，她哭不出，忍不住挂着眼泪哈哈地笑了起来，接下去说道：

"凝远，你切莫再说这些话来赞美我，这是使我更感到无限痛苦。我抱了病，孤零零地流浪到上海，一路上想着母亲和你，生死不知，我一个人留在世界上还有什么滋味，几次三番我想死，但我觉得已经从虎口中逃出了性命，我就不应该不明不白地死去，我以为一个人只要不贪懒，天下是没有饿死的人。但到了上海之后，我的病竟沉重起来，我在这人地生疏的上海，呼爹不应，呼娘不理，有什么办法呢？我心里想我一定要病死在马路上了。但和我同车有个男子，他很热诚地照顾我，陪我到小旅馆，请医诊治，我以为他是好人，所以感激涕零。谁知在一个深夜里，我还只有病儿新愈之际，他竟把我污辱了，结果他真是狼心狗肺的，污了我不算，还花言巧语地给我卖到妓院里。唉！以后的生活更不必说了，我做了妓女，但不久，我又做了人家的姨太太，可是不久，我又被他的大太太行凶痛打，若不是我现在这个妹子早去通报宪兵来相救，我早已被她们打得伤重而死了。凝远，在这短短一年不到的日子中，我的清白已经完了，我过去的思想因恶劣环境的摧残也消灭了，我变成了一个最无出息最普通的低级女子了。从医院伤好出来，为了维持生计，我曾经立志改变我的环境，于是我找那高尚的职业，因为凭我这些学问，做个小职员，也许还能胜任吧。但上海的社会不允许女子步入正当的途径，它没有女子立足之地，四周伸长的是像魔鬼般的手，它需要一班女子投入苦海里去永远地沉沦。可怜我在到处碰壁之后，为了吃饭，为了图生命的挣扎，我和阿梅又不得不接近这黑暗的环境来毁自己的身体……"

雪影说一句，梅影眼皮便红了红，她的心中也悲酸极了。因为雪影过去的遭遇，梅影也还只有今天才知道，当她听到这里的时候，她的眼泪也像泉水般地涌上来。因为雪影说得涨红了脸，有点儿气喘的样子，她把一杯茶交到雪影的手里，忍不住要哭出来的神气，说道：

"姊姊，你喝口茶润润喉咙再说吧。"

凝远的心中也仿佛镇压着一块铅质那么笨重的东西，使他几乎有些透不过气来。他觉得一个弱女子在这样万恶的社会里飘零，除了随俗浮沉之外，哪还有什么办法呢？因此他的眼角旁也展现了晶莹莹的一颗眼泪。

雪影喝了一口茶，她把手帕拭了一下眼泪，接下去又说道：

"这是一个舞场打烊的夜里，有个舞客约我吃咖啡，他在我身上确实花了不少的钱，不过我知道他醉翁之意是不在酒的，他有了占我身子的念头，我心里很明白，不过为了生活，我不得不戴了假面具向他应酬。果然在吃好咖啡之后，他约我开旅馆去住夜，我急得没有说话，就坐了一辆人力车急急地逃了。但这时已近子夜，路上行人稀少，我正在担心会不会半路上窜出几个强徒来，万不料果然有两个日本兵喝醉了酒，把我拖下车子，欲实行非礼。正在千钧一发之间，来了一个救星，他是日本司令部里的翻译官，他把我冒认是他的女儿，就此救了我的被辱，这个人就是汤贤成了。我想着自己的身世是这样苦，四周的环境又这样黑暗可恶，他们把我都预备摧残到灭亡的道路。我觉得一个女子将来少不得要找一个归宿，所以我自动地爱上了他。他是一个四十二岁的长者了，他的为人很笃实，他为我的终身幸福着想，他曾经一再地拒绝我，他说我和他年龄相差太远，不是一头美满的姻缘，我说爱情绝不是受任何的约束，假使你已经八十二岁了，我认为你是可爱的，我也情愿嫁给你，因为我在这万分孤独之余，我是已经把他认作唯一的知心了。凝远，我万万也想不到今天和你还有见面的日子，不过即使见面了，我也早存了一个心，因为我不忍以自己不清白的身子，再来玷辱你志高气傲的身子。凝远，你是一个明亮的青年，你听了我这一番告诉之后，你大概也肯原谅我的苦衷吧？至于你的情义，我只好待来生再报答你了。好在你是一个有作为有才学的青年，前程远大，将来事业成功，更不难娶一个贤德的夫人吧。我要说的话已尽说于此，我们过去种种，也只好当它是一个梦吧。唉！浮生若梦，做人本来就是一个梦呀！"

凝远听她这样说，虽然很不以为然，因为自己爱她的是纯洁的灵魂和思想，对于身子的不清白，只要不是自己甘心下贱，这是情有可原的。但是雪影已真心地爱上贤成了，我总不能为了自私，再去硬拆人家的姻缘吧。心中是这样地想，但口里还茫然地说道：

"雪影，你的身子虽然是遭到了一再的被辱，但你的灵魂是永远地圣洁光辉的。我很原谅你，而且很同情你，虽然你不愿再和我有结合的希望，不过在我的心中至少是受到一重致命的打击。"

雪影从他这几句话中细细地回味，觉得他不管我身子的清白不清白，他仍旧和过去一样地爱我。但是我若再把贤成抛弃的话，我不是成个罪恶的欺骗者了吗？那我的良心问题怎么能够安呢？于是流泪说道：

"凝远，我很感激你，你依然肯爱我，不过你就把我当作死了吧！你的爱我，就永远刻画在你的心坎上吧！这和我的爱你一样，你以为我变心不爱你了吗？不！我到死都爱你，我爱你在心里，我不会忘记'谢凝远'这三个字……"

雪影一面说，一面已哭出声音来了。凝远觉得雪影的根本是表皮上的一种空虚，自己内心的现实，还是感到这一份样的痛苦，遂低低地又说道：

"雪影，我并不自私，不过我为你在打算，你还是一个十八岁的姑娘，难道你只管眼前，就不图一个将来吗？"

"凝远，我被人家已经一再地欺骗，当我被人家欺骗的时候，我是多么地痛恨！所以我自己怎么忍心去骗人家呢？凝远，请你千万地原谅我，像我这种不齿的女子，还顾得了什么将来这两个字呢？"

雪影是痛苦到了极点，她忍不住又暗暗地流起泪来了。

"雪影，你这句话很对，我明白了，这是战争的罪恶，是鬼子兵硬生生地拆散了我们这一头好姻缘。匈奴未灭，何以家为？我是被鬼子兵害得够孤苦了，在当初若没有你设法相救，我哪儿还有今天逃到上海的一日，我不能再醉生梦死留恋在这已成孤岛似的上海，当然我应该有一番最后的挣扎不可，这样才得保住我们的祖国！"

凝远说到这里，便站起身子来，他好像预备走的样子。雪影也跟着站起，拉住了他手，说道：

"凝远，你走了吗？你假使可怜我同情我的话，那么就让我在这里请你吃一顿饭。"

"不！我什么都吃不下，除非是日本鬼的肉、日本鬼的血！雪影，希望你永远地幸福，我们将来再见吧！"

凝远挣脱了她的手，便疯狂地向外奔了。雪影没有办法，她怕凝远在马路上会闯什么大祸，遂叫梅影急急地追上去，说回头把他的情形来告诉自己。梅影听了，遂跟着凝远追上去了。

这里雪影付了茶资，踏着沉重的脚步，黯然神伤地回到裕和坊四号。只见汤贤成坐在外面一间沙发上，呆呆地吸着烟卷想心事。雪影装出毫无悲伤的样子，很温和地走上去，低低地说道：

"咦！你说坐不住吗？为什么又起来了？"

"嗯，我此刻坐起来透透空气，雪影，你怎么回来了？没有陪他们一同吃晚饭吗？"

汤贤成似乎想不到她这时候回来，遂回头望了她一眼，低低地问。

"因为我表哥和妹妹大家都没有别的事情，所以在茶室里坐了一会儿就走了。你饿了没有？我在电炉上弄点儿麦片给你吃好吗？"

雪影一面亮了室中的电灯，一面又关怀地问。

"不，我一点儿也不饿。雪影，你过来，坐下，我很想和你谈谈。"

汤贤成摇了摇头，一面又向她招招手，是叫她在沙发上一同坐下的意思。

"贤成，你有什么话要和我说呢？"

雪影在他身旁柔顺地坐下来，秋波脉脉含情地斜乜了他一眼，又低低地笑道：

"是不是拣个日子我们预备结婚了呢？"

"不，雪影，我觉得我和你不是一对圆满的配偶……"

贤成微微地一摇头，他的脸色很沉寂，语气是特别沉而重。

"什么？贤成！你这话打从哪里说起？难道你不爱我了吗？"

雪影自然是十分吃惊，脸上的笑容收起了，她几乎有些盈盈泪下的样子。贤成轻轻地抚摸着她的纤手，他苦笑了一下，忍不住又微微地叹了一口气，说道：

"我为什么不爱你？我爱你，雪影，你是一个年轻而漂亮的女子，我是一个苍老的人，我能够娶你做妻子，我早对你说道，这是我前世木鱼敲碎了才修来的。不过，我就是为了真心爱你的缘故，所以我又不忍心爱你。雪影，你了解我这一句话的意思吗？"

雪影听他这样说，她觉得贤成真是一个多情的好人，他的爱我，确实已超过男女间的爱了，他完全有一种做长辈的慈爱了。这爱是伟大的，这爱是难得的，她觉得贤成实在是自己的知心人，因为是感动到了极点的缘故，她忍不住倒在贤成的怀内，呜呜咽咽地哭了起来。

雪影这一哭，把贤成也引逗得泪如雨下，轻轻抚摸她的头发，低低地说道：

"雪影，你不要哭，你不要伤心，我知道你的苦楚。不过我绝不是一个自私的人，我当然愿意成全你……"

雪影不等他再说下去，她猛可地从沙发上坐起来，泪眼盈盈地瞅住了他，至少有点儿怨恨的意思，说道：

"贤成，你说成全我什么？我不懂你这是什么意思。难道你疑惑我会向你有变心的行动吗？"

"不，不，我绝对没有这个意思，但是我不忍为了爱你而害了你。我知道你嫁给了我，将来你一定会感到十分痛苦！"

贤成一面辩白，一面劝告，他不好明白地说，显然是言在意外，叫雪影自己去理会。雪影带哭带泣地说道：

"我既然答应了你，纵然我将来吃了苦，我也绝不会感到一点儿怨恨，所以你不要管我，这是我自己喜欢的事。假使你再要说这些话，那你分明是不信任我的意思。"

贤成听她这样说，倒是呆呆地愣住了一会子，良久方才低低地说道：

"雪影，我这个人说话很坦白，并不要装一些虚伪。承蒙你这样爱我，我在万分感愧之下，又觉得万分喜欢。不过刚才你的表哥来了，我在房里听到你好像有饮泣的声音，所以我十分地猜疑。后来我见你们大家都又欲语还停的神气，好像有什么隐情的样子，所以我又躲避到里面来睡了。但你表哥显出愤怒的神情，急急地告别要走，你又慌慌张张地劝他，并且一定要到外面去谈话，我虽然不知道其中的曲折，但是我已经可以知道一点儿大概的情形了。雪影，你表哥很年轻，而且很英俊，我知道他是一个前途有希望的青年，你和他才是的的确确美满的一对，所以我已经打定了主意，决心成全你们一对。我以为爱的范围很广，你我尽管可以相爱，比方说，你在我病中这么关切地看顾，这也完全是为了爱我，那么这爱我认为是够伟大了。雪影，我并没有一点儿别的作用，我是赤胆忠心为了爱你，所以才不顾鲁莽地向你说出了这几句话，一切还得请你原谅才好。"

雪影觉得他很聪敏，而且又够爽快，一时感动心头，铭入肺腑，流泪说道：

"贤成，你这一番好意，我很感激你！不过你是我的救命恩人，假使那天晚上我因被辱不从而给日本兵杀死了，那么我试问你，表哥是否还能和我结合吗？所以刚才我已把一切苦痛向他剖解明白，表哥很同情我，他觉得在这一个年头也不愿意醉生梦死地浮沉在这万恶的上海，他也要到自由空气中去吐一口气。我很欢喜，因为这样一来，无形之中倒可以使国家多了一个效死的人才了。"

"雪影，我太感激你了，我真不知将如何地来报答你才好。但是我也很惭愧，因为我不应该给日本人去工作。不过我还自觉安慰的是并没有伤天害理地去摧残一个我亲爱的同胞。"

贤成抱着雪影的身子，他也忍不住默默地流泪了。

"只要你良心没有对不住国家的地方，我想你将来有机会可以慢慢地另找出路。贤成，你不要伤心了，我永远是你的了。"

雪影偎过粉脸去，轻轻地说，她同时又甜蜜地一笑，这一笑是包含了羞涩的成分，当然是更令人有些感到销魂。贤成在这样的情形之下，他内心的疑窦涣然冰释，一时吻着她海棠花般的娇靥，也忍不住破涕笑起来了。

晚上九点钟的时候，贤成是睡在床上了，雪影还在呆呆地想着心事，不料梅影匆匆地来了。雪影见了连忙站起相迎，问道：

"妹妹，你和凝远在什么地方分手的？"

梅影道：

"他跑进仙乐斯去跳茶舞，我跟着他进去，他喝了两瓶啤酒，我陪在他身旁，和他跳了几次舞，他醉了，是我送他回家的。"

"妹妹，你和他怎么样认识的？你又怎么知道他家住在什么地方？他家里还有什么人呢？"

雪影有点儿不明白的样子，向她低低地问。梅影有些很难过的样子，说道：

"凝远是半个月前来和我跳舞的，我见他年少老成，所以对他当然有一种好感，他对我似乎也有点儿感情作用，所以我们在无形之中有了一种朋友的认识。我当时所以没有告诉你，是怕姊姊会取笑我。我是今天茶舞的时候，他又来游玩，我和他无意之中谈起了你，他听了钟雪影三个字便呆住了，问我是不是亲姊妹，我说不是的，是结义姊妹，他叫我介绍介绍，所以我就带领到这儿来了。唉！我哪里想得到谢凝远就是你当时的情人呢？记得他对我说起过从故乡逃到上海的一回事情，可怜他是受尽了千辛万苦、万苦千难，才流落到上海，现在他是住在吕班路圣德里五号的一个亭子间，除了他一个人之外，当然是不会再有什么人了。"

雪影听她告诉到这里，眼泪又扑簌簌地落下来，意欲说句对不起凝远的话，又怕贤成在里面听见了多心，所以不由得呆呆地愕住了一会儿。梅影红了眼皮，她也不知道为什么要伤心，只觉得无限悲酸。姊妹两人呆坐了一会儿，梅影方才凄凉地站起身子来，说道：

"姊姊，我走了。"

雪影没有留住她，默默无语地送她走出了大门，在里门口站住了，方才握住了梅影的手，垂泪说道：

"妹妹，希望你能够多给他一点儿安慰，这是使我十分感激你了。"

梅影说不出什么话来才好，泪眼盈盈地凝望了她一会儿，方才分手作别。匆匆地过了几天，这日梅影在舞厅里碰到凝远，他对梅影说道：

"梅影，我和你将永远地分别了。"

"什么？你预备到哪儿去呢？"

梅影吃了一惊，急急地问。

"我要到自由区里去做一点儿为国效劳的工作，所以今天是我特地和你来告别的。"

凝远很正经地向她告诉。

"那么你几时动身呢？"

梅影颤抖了喉音，哀怨地问。

"我们决定是后天，但说不定在明天。"

凝远低低地说：

"你遇见雪影的时候，代为给我转告一声，我不去通知了。"

梅影点点头，她的眼泪像珍珠似的在眼角旁涌上来。凝远见了，心中也很难过，遂低低地安慰她说道：

"梅影，不要儿女情长，你应该为我离开了这万恶之上海而高兴呀！"

"是的，你踏上光明的大道，我固然是为你而高兴并庆幸，但想到我自己的身世，不知何年何月才能离开这黑暗的苦海，所以我当然也有些伤心。等你凯歌而回的时候，只怕我已经不在这个世界上了吧。"

梅影在万分依恋不舍之下，她流着沉痛的眼泪，喉间是有些哽咽的成分。

"不！梅影，你为什么要说这一种令人伤心的话呢？我希望你用了正确的目光，可以物色一个终身伴侣，来安定你后半世的生活。"

凝远对她一味地安慰。

"唉！我也不想有这么的一天。凝远，你是为了我姊姊，所以才刺激得有这个举动吧？"

梅影微微地叹了一口气，她秋波脉脉地斜乜了他一眼，在这表情上至少是包含了一点儿怨恨的成分。

凝远听她这样问，他内心感到无限惶恐，红了脸儿，在沉吟了一会子后，忽然说道：

"梅影，你不要怨我，我现在有一个两全其美的办法，不知道你有没有这个勇气？"

"你说是个什么好法子？难道可以使我们两人不分离吗？"

梅影感到相当惊喜的神气，扬着眉毛，急急地问。

"这次我离开上海，不是单独行动，原是有组织的，里面女的也很多，所以你若不怕吃苦的话，可以跟我一块儿去。"

凝远附了她耳朵，低低地说。

"这当然是好极了，我情愿吃苦，也不情愿在这里偷生。但有一件困难，就是我不识字，恐怕没有什么工作可做。"

梅影说到末了，皱了眉尖，表示有点儿忧愁的神气。

"那倒不要紧，你在战地可以担任看护的工作，只要你有任劳任怨的责任心，不识字也没有多大的关系。"

凝远表示这倒不在乎的事情，遂低低地说。

"既然这么地说，我就决定跟你走。"

梅影鼓足了勇气回答。

"可是你吃苦的时候，可不要后悔。"

凝远又叮嘱她说。

"我死也不怕，只要死得有价值，吃苦更不必放在心上了。"

梅影很自然地说。

"好！梅影，你真是我的同志！"

凝远把她手紧紧地握住了，表示无限兴奋的样子。梅影掀起了嘴，也忍不住笑起来。

匆匆地又过了两天，贤成是早已起床了。这天早晨，雪影服侍贤成漱洗完毕，便对贤成说道：

"我要回家去一次，并且告诉我妹妹，我和你预备在下个月里结婚了。"

贤成点头说好。不料正在这时，忽然下面来了一封信，雪影见是梅影的具名，一时好生奇怪，对贤成说道：

"妹妹却写一封信给我，这倒是奇怪。"

贤成道：

"你快拆开来瞧吧，说不定又有什么变故了。"

雪影于是拆开信封，展开信纸，和贤成一道念道：

亲爱的雪影姊姊：

　　我们好两天不见了，姊夫的病体一定痊愈了，想念得很！

　　凝远预备离开上海，我很赞成，因为一个青年，在这都市里浮沉着，不但毫无进步，而且容易堕落，所以有机会离开上海，这总是一件好事情。

　　姊姊是有了归宿，以后的生活可以不必担忧。妹妹在这苦海里不知几时可登彼岸，这是不能预卜，为了这样，我不能不抛弃了姊姊，跟着凝远一块儿走了。至于走到什么地方去，我也是不必告诉，总而言之，那边的环境比上海总可以感觉新鲜得多。安乐坊的房屋我把锁关着，接信后请你快去照顾，免得或有偷窃。专此奉告，顺颂

白首偕老！

妹梅影手启

七月十六日

　　雪影看毕方才恍然大悟，知道这封信是凝远代笔，他们两人双双地脱离万恶的上海，雪影在无限安慰之中又感到说不出的感触。但贤成还在津津有味地念着这句白首偕老，雪影到此也不由得破涕为笑了。

第十回

啼笑皆非媳妇是亲娘

　　这已经是初秋的天气，当然没有像暑夏的季节那么热得可怕了。雪影和贤成是已经结婚了，她把安乐坊的房子退了，里面的东西，变卖的变卖，要用的拿到裕和坊来，以后她和贤成恩恩爱爱地过着甜蜜的生活。

　　这是婚后的半个月的一个黄昏时候，雪影正在沙发上结着绒线背心，暗暗地一阵一阵地思忖：贤成虽然是个四十多岁的年纪了，不过有时候在我的面前，还装出那种孩子的脾气，也不知他是故意这样装给我看呢，还是他生成童心未泯？不过照我的猜测，他是故意这么装的，因为在老夫少妻的情形之下，假使做丈夫的再要老气横秋地摆出架子来，这当然在夫妻之间就会很感到枯燥的。这样说来，贤成为了要博得一个爱妻的欢心，他的用心也可说是很良苦的了。其实雪影倒很原谅他的苦衷，因为她感到贤成对自己的好完全是从心眼上的好，那当然不是珍珠、玛瑙、钻戒、汽车来养活自己所比拟的了。一会儿又想梅影和凝远脱离上海是快近两个月了，但愿他们平平安安地踏上了光明的大道，

164

将来做一对快快乐乐的鸳鸯，那么我的心中也总算很安慰的了。

雪影想这样想那样地细细想着，忽然门外有人笃笃敲了两下，于是问了一声谁呀，只见贤成笑嘻嘻地推门进来，他手里还拿了一匣子西点，好像特别兴奋的样子，于是含笑起迎，低低问道：

"为什么今天这样高兴呀？"

一面说，一面伸手给他脱了西服上褂，在衣钩上挂好之后，又拧了一把面巾给他擦揩了脸儿。贤成在桌边坐下，笑道：

"来，我们一同坐下先来吃了点心，然后我慢慢地再告诉你。"

雪影给他倒上了两杯开水，秋波斜乜了他一眼，也在桌子旁坐下了，笑道：

"瞧你这人难道还要卖一点儿关子不成？"

"雪影，你且先吃下了点心，我自会告诉你的，你性急什么呢？"

贤成拣了一块奶油蛋糕，亲自拿到她的手里，低低地说。雪影伸手接过了，遂放在小嘴儿上咬了一口，又微微地呷了一口茶，笑道：

"还不能告诉吗？"

"好了好了，我就告诉你吧。"

汤贤成方才笑眯眯地说道：

"刚才我在回家的路上，遇见我一个亲戚，他告诉我，我的儿子现在在江西南昌城里开设军服店，生意很不错，因为我这个亲戚时常和他通信的，所以他很详细。我想这孩子既然在外面很

165

舒服，我就不妨写一封信去告诉他，说我是住在上海，看他有没有孝心，写信来回复我。"

雪影听他这样说，遂微微地蹙了眉尖，沉吟了一会儿，也低低地说道：

"我对于你家的事情，直到现在还不详细，我要仔细地问你一下。你当初说，你的儿子是养在姊姊的家里，那么你儿子那时候有多大年纪了？"

"我到日本去的时候，他已经有十七岁了。"

贤成低低地回答。

"十七岁了？那么现在他见了你，大概总认得的吧？"

雪影猜疑地问。

"你说呆话了，自己父亲怎么会不认得？这孩子在十七岁那年个子就长得很高了，现在虽然隔别了八九年，我想他的人样也不会有什么大改变吧。"

贤成说这两句话的时候，他脑海里会浮现出一个少年的面庞，嘴角旁显露出一丝欣慰的笑意。

"不知他叫什么名字？"

雪影口里这么地问，但心中却在暗想：这可好了，我这个后母还是儿子大得多了。

"他的学名叫明芳，小名叫阿宝。"

贤成又微笑着回答。

"我想八九年之后，他一定也娶了妻子，养了儿女吧？"

雪影点了点头，她又这么地猜测着说。贤成笑起来道：

"我还没有告诉你一件事情呢！说起来他的婚姻，原是从小

166

定的。你道他的对象是谁？原来是我姊姊的女儿，名叫丽华，比我明芳小一岁，所以我猜想他们一定早已结了婚。至于儿女是否生育，那当然是不得而知了。"

"哦，原来他们是中表兄妹成亲的，这倒好了，明天媳妇见你公公老头子，大概也不会十分生疏吧。"

雪影恍然有悟地哦了一声，忍不住抿嘴笑了起来。

"那当然，我们都在上海的时候，她叫我舅父叫得很亲热，因为我姊丈也很早地去世，幸亏他留下了不少家产，所以她们母女两人才没有吃苦。"

贤成也忍不住感到很好笑，遂向她很快地告诉，表示本来很熟悉的意思。两人谈了一会儿，时已入夜，雪影忙着做晚饭，贤成却在写字台旁写信了。这封信寄出之后，大约有了二十天光景，方才从江西来了一封挂号信，当时雪影给邮差打了回单，心中很是欢喜，觉得他的儿子倒很有孝心。不多一会儿，贤成回家了，雪影交给他，贤成十分欢喜地拆开来，展信笺，足足有五张之多，于是两人一同念道：

父母大人膝下敬禀者：孩儿自从和大人分别，光阴匆匆，不知不觉竟有九个年头了。在这悠久九年的日子中，人事的变幻，真仿佛流水浮云，无从捉摸。自从战争开始，孩儿日夜记挂大人，奈消息杳然，不知何处探悉。问苍天，天不语，徒唤负负，唯有含泪祝告上苍，保佑大人福体康健而已。这是做梦也想不到的事情，在上月二十五日的下午，竟会降了大人的手谕，方知大人已由日本回国，寄居上海，且已续娶母，儿得悉之下，惊喜万分，真是老天可怜，使我们父子团圆有日矣！大人所问在这九年中的经过情形，孩儿现在详详细细地写在下面，唉！国破家残，伤心人偏逢伤心事，孩儿提起笔来，眼泪不由先涔涔而下矣。

大人赴东瀛后三年，孩儿年已弱冠，毕业于华东中学，姑妈遂将表妹丽华与儿完婚。婚后一年，育有一儿，取名履申，姑妈爱之若珍宝。时孩儿就职于上海织造厂为会计主任，虽不能光耀门楣，但亦堪称温饱。未几，"八一三"战事发，姑妈住屋本地处闸北，婚后亦未迁居，故沪战发，是夜炮声震天，杀声撼地，儿辈猝不及防，在枪林弹雨中，扶老携幼，逃避租界，除捎带细软什物之外，住屋居户早已化为焦土矣。姑妈年老力衰，痛愤敌寇猖狂，忧心煎煎，积郁成疾。时上海织造厂因厂基被毁，便欲内迁。儿思上海一隅之地，绝非乐土，遂毅然挈眷同赴内地。不料在半途之中，姑妈病势转剧，而敌机随地施虐，不顾人道。当时又值大雨倾盆，难胞鸠形鹄面，困顿万状，其痛苦之情形，绝非一支秃笔所能形容其万一。及今思之，尚有余惊。可怜姑妈老人家因不堪长途跋涉之苦，未抵江西，竟与儿辈作永远之诀别，撒手西归，呜呼！使老人家做他乡之亡魂，皆儿之罪也。

在江西织造厂内任职未几，因经理自私心太重，故与儿意见不合，儿遂辞职，另谋出路。适遇知友王缄三君，遂集资合作，创办大公军服内衣店，营业甚为发达。不料好事多磨，家门不幸，未数月，儿媳分娩，产一女，产后失调，竟也不幸夭折。丢下孤儿孤女，无人抚养，孩儿中匮乏人，痛苦之情，莫可言宣，不得已续娶继媳。所幸此女贤德过人，爱儿女若己出，使儿无内顾之忧，尚慰儿心也。

兹得大人鸿字，儿实喜不自胜，盖儿店内乏人照料，大人若能离申赴赣，一则共聚天伦之乐，二则使店中营业可以更见发达。儿媳虽殊不孝，但大人到日，侍奉晨昏，当不敢有所稍怠也。专此跪禀，敬叩
福安！

小儿明芳拜上

八月二十六日夜

贤成瞧完了这长长的一封信，心中也不知是悲是喜，只觉得有无限的感触。悲伤的是姊姊已做故人，而媳妇也已奄然物化；欢喜的是孙儿孙女都已产下，而且明芳又自己创造事业，叫自己一同前去父子团圆，总算还有一点子孝心。当下对雪影望了一眼，和她商量着说道：

"儿子来信叫我们一同前赴江西，照你的意思，你看去还是不去呢？"

雪影凝眸含颦地沉吟了一会儿，低低地说道：

"这当然是要你自己做主的才对，我是没有什么主意。你觉得去好，还是不去的好？"

169

"我想，明芳这孩子既然来信叫我们去，那么我当然应该去的。况且上海的环境这样恶劣，我这一个工作，实是逼不得已而干的，可以有机会脱离的话，那我当然是求之不得的事情了。雪影，你说我这话是不是？"

贤成用了很正色的态度，低低地回答。雪影听了点点头，说道：

"你这话对极了，那么我们就决定去吧。不过说走就走，事情绝没有这样容易，上海这一个家，预备怎么样安置呢？"

"我的意思，这次离开上海，除非我们中国有了最后的胜利，否则，在眼前总不至于回到上海来。那么爽爽快快，把房子和家具全部出让，将来到了上海，再可以设法租借，这样子可以免得两地牵挂的麻烦，你说对不对？"

贤成想了一会儿，才这样打算着回答。夫妻两人在这样决定之后，不多几天，在十分需要房子的上海，早已被人家物色去了。贤成和雪影只带了随身两只皮箱，匆匆地离开了暗无天日的上海，到那自由空气的江西去了。

在旅途之上，当然也经过敌人的轰炸和机关枪的扫射，受尽了不少披星戴月之苦，而且更受了无限虚惊之吓。在上苍保佑之下，安然抵达了江西南昌，贤成夫妻两人才觉得性命是自己了，他们脸上是浮现了欣慰的微笑。

雇车至大公军服内衣店门口，贤成领头入内，问汤明芳先生在不在，伙计们一听问着老板的名字，当下就向里面高喊"汤老板，外面有人找你"。不多一会儿，从楼上跑下一个二十多岁的男子来，他一见了贤成，好像惊喜欲狂的样子，早已奔到贤成的面前，那时他也管不得在众伙计面前自己是个老板的身份，便抱住了贤成，叫了一声爸爸，也许是快乐过分的缘故，所以他竟默默地流起泪来了。这时伙计们才知道老太爷来了，他们望着他们父子倒是愕住了。父子两人抱头流了一会儿泪，明芳见身后一个年轻的姑娘，心中倒是有点儿将信将疑，暗想：莫非就是后母吗？不过自己不敢鲁莽，遂向贤成低低问道：

"爸爸，这位是……"

贤成被他一问，因为自己娶了一个这样年轻的续弦，所以两颊微微地有些羞惭，遂低低地说道：

"这就是你的后母……"

"哦，妈，我给你拿皮箱，快到楼上去休息吧。"

明芳很有礼貌地叫了一声妈，然后伸手去接过她手中的皮箱，自己领路，请父母到楼上去了。楼上两个厢房一个客堂楼，一个厢房做会客室，一个厢房已打扫清洁，原是预备给他们到来居住的。明芳自己的卧房就在客堂楼。贤成见儿子对自己并无外表的虚伪，完全是一片真情的孝心，所以心中十分欢喜。明芳给他们坐下，仆妇倒上了茶。明芳向她问道：

"小少爷在哪里？快去领上来拜见祖父祖母。"

仆妇答应，不多一会儿，领了履申上来，明芳忙教他说道：

"履申，这是你的祖父，这是你的祖母，你快上前拜见了。"

履申两只小眼睛向他们呆呆地注视了一会儿，遂跪了下去，口叫祖父祖母。贤成忙着扶抱起来，他乐得忍不住拉开嘴笑起来，一面说道：

"履申这孩子和明芳真像极了。"

171

雪影也把他拉在怀里，亲热了一会儿，一面问他几岁了，可在读书了。履申似乎怕羞，没有回答。明芳代他说道：

"已经六岁了，不过月份很小，是在十二月初四，所以照十足年龄只有四岁多一点儿。因为这孩子太顽皮，我给他送入附近一家幼稚园去读书，今天早晨闹着肚子痛，我知道他要赖学，也只好放他一天了。"

贤成、雪影听了，忍不住都觉得好笑，但也很肉疼的样子，说道：

"本来这样小的年纪，叫他上学校去读书，真也太紧的了。这回到江西来，匆匆忙忙，也没有什么东西带来给小孩子吃。"

明芳笑道：

"还说这话呢，一路上的苦楚也受够了，我是过来人，还有不明白吗？"

贤成忽然想到了似的，忙又问道：

"你的妻子为什么不见呀？出去了吗？"

明芳告诉道：

"我周岁那个女孩子有些不舒服，她抱着瞧大夫去了，大概就可以回来了。"

明芳还未说完，忽然履申奔到外面一间去叫道：

"妈回来了。"

众人抬头去望，见一个妇人身后还有一个奶娘，在奶娘手里抱着一个小女孩。当那妇人跨进房门的时候，雪影这一瞧，正是应着了不瞧犹可的一句话，禁不住站起身子，扑抱上前，一面叫了一声妈，一面便大哭起来。

这是一幕喜剧，也是一幕悲剧。原来那妇人不是别人，却是雪影的母亲梨云。当时贤成和明芳的心里，觉得抱了媳妇叫亲娘这一回事，真叫人有点儿啼笑皆非，不免荒唐绝伦，因此呆若木鸡般地连额角上的汗水都像雨点儿般地冒上来了。

她们哭了一会儿之后，仆妇们拧上了手巾，在这时候当然没法瞒住别人，也只好秘密公开了。贤成这就问明芳道：

"你说自丽华死后，就娶继媳，不知当时经过情形，能否向我们诉说一遍吗？"

明芳只好显出苦里带笑的神气，叹了一声，说道：

"这事说来话长，当我们由上海逃难至内地，一路辛苦，自不必说。在到南京之后，姑妈便病势转剧，当下只好暂时停留下来，那时我们寄居一乡下人家里，齐巧她也比我们早地在乡人家里寄居了。"

明芳说到这里，向梨云望了一眼，当然是指点她而说的。雪影听了，便先插嘴向梨云问道：

"妈，那么你当时在故乡里不是落小河死了吗？怎么又会逃生了呢？"

"是的，我落小河之后，齐巧有一只小船驶来，便把我救起了。本来我在第二天便欲回家，谁知日本鬼杀人放火，村中已遭到了大屠杀的危险，所以我也只好一路流浪的了。"

梨云含悲告诉，她内心是表现着无限痛苦的样子。明芳这才又接下去说道：

"当时丽华见她是个单身女子，便向她细细地问起身世来，她说今年三十四岁，有一个女儿叫雪影，还只有十七岁，但她被

173

日本兵捉去杀了。丽华见她可怜，且这时姑妈生病，一切还幸亏她帮着服侍，于是在患难之中，大家倒像成了自己人。姑妈死后，梨云无处安身，就随我们一同逃到江西，她和丽华情投意合，却是认作了姊妹，就是履申也改口叫她大妈妈。梨云把孩子也爱得了不得，因为丽华有了身孕，身体十分不好，因此履申在晚上也跟着梨云睡觉。这样直到分娩之期，产下这个女孩后，丽华竟然病了，产候症本来十分危险，不到八个月真的死了。临死的时候，她含泪对我说：'明芳，你的年纪这样轻，当然是还要续弦的，我并不反对你再续弦，只不过我忧愁这两个孩子会遭到后娘的欺侮，所以我有一个不情的请求，千万要答应我。大姊的年纪虽然大了你九岁，不过她也是好人家出身，况且和我情同手足，平日性情温和，待人接物和蔼可亲，尤其是履申这个孩子，比我自己亲生娘还要爱护十分，所以你要续弦，还是把我大姊娶了。因为你另娶别女，使大姊也不能在此安居，那么我这两个苦命的孩子更无一个疼爱的人，一定要遭到悲惨的命运，就是我死在九泉之下，也永远地不闭口眼的了。'爸爸，当时我听丽华这样说，我还有什么拒绝她请求的能力呢？况且我和丽华的情分又这么好，我不能使她感到失望，所以我只好答应下来……事情是这样造成的，唉！但是我再也想不到她的女儿没有死，竟会做了爸爸的续弦……这……这……这……是怎么样地说好呢？"

明芳说到这里，几乎急得有些不知如何是好的神气。这时贤成也把雪影逃亡到上海后，为了生活，只好做舞女度日子，那夜自己救了她，她因为感恩而欲以身相报的话，对明芳告诉了一遍。明芳听了，痛恨十分，咬牙切齿地说道：

"这样说来，我们的荒唐绝伦，并不是我们的罪恶，因为我们的经过都是很合情入理的，丝毫都没有苟且的行为。唉！万恶的敌寇，使我们家破人亡之外，还有这一种叫人啼笑皆非的副产物。假使不是为了战争，我们又何尝会遭遇到这样的结合呢？现在……现在……这……这……叫我们这一个家庭怎么好呢？"

　　贤成、雪影、梨云三个人听了明芳这一番话，不禁面面相觑，真的有些哭笑不得的了。作书的到此，于是也作不下去，只好在此打住，作为啼笑皆非的结束。至于他们一家的辈分，以梨云而说，丈夫是外孙，公公是女婿，女儿是婆婆；以雪影而说，丈夫是祖父，儿子是父亲，母亲是媳妇；还有贤成和明芳及履申这一笔细账，读者不妨掩卷默想片刻，恐怕也要代他们弄得啼笑皆非的了。"总而言之，这是万恶的敌人，祸害了他们！"

日 暮 途 穷

第一回

忧心煎煎慰卿良深

初秋的天气，虽然还有些闷热，但到底已没有盛夏季节那么淫威逼人了，尤其在下午四点光景的时候，秋阳淡淡地也现出凄凉的神色，正像一只战败的公鸡似的，萎靡不振地有些垂头丧气。在这一个时期里，各学校还没有开学上课，所以一班年轻的男女学生们，把公园也当作一个良好的消遣胜地了。

这里是一块幽静而美丽的境地，四周种植了茂盛的树木，绿油油的叶儿衬着红喷喷的花朵，在斜阳余晖的笼映之下，是更显出娇艳欲滴的色彩。这好像是二八女郎正在情窦初开的时期，令人感到了一种妩媚而可爱的风韵。

在花朵对面的草地上，坐着一对年轻的男女，他们的年纪大约都在二十左右的光景。男的身穿青灰凡立丁西服，一头菲列滨的西发，生得眉清目秀，方面大耳，倒是一个很英俊的人品。女的穿着一件湖色士林布的旗袍，脚上一双半新旧的白鹿皮皮鞋，她的头发很乌黑，但是并没有烫成什么飞机式、什么水波浪式，显然是一个很俭朴的女学生打扮。不过她的秀丽，是并不因为没

179

有打扮而稍减风韵。细长的柳眉，盈盈的秋波，白里透红的两颊，小小的樱嘴，雪白的牙齿，没有一处不显露出她的青春之美来。

这时傍晚的风微微地包含了一点儿凉意，一阵一阵地吹送，吹得那姑娘鬓边的云发一丝一丝地飘飞起来。她一面用手理着被风吹乱的云发，一面却凝眸含矉地望着对面那丛花朵，呆呆地出神，好像有无限心事的样子。那男子见她这一副西子捧心似的意态，不免暗暗地猜疑了一会儿，他终于忍熬不住地开口问道：

"梅君，你怎么啦？我瞧你今天的神色不大好，难道你心里有什么困难的事情吗？"

"没有什么……唉！"

梅君听自己的好朋友周静江这样地低问自己，这就微红了脸儿，很不好意思地摇了摇头。虽然她口里是这么地否认，不过她脸部的表情有些黯然，而且还微微地叹了一口气。静江觉得她的言语和动作不免有些矛盾，这就更加地感到猜疑起来，他偎近了一点儿身子，紧紧地去握住了她的纤手，用了十分诚恳的口吻，低声又问她说道：

"梅君，我们四五年来的朋友交情也不算浅薄，你为什么要瞒着我呢？你有困难的事情，当然应该告诉我的。明儿我假使也有什么为难的事，说不定也要来跟你商量商量。所以我认为朋友之间的义务，就是互助，你觉得我这话说得对吗？"

"你这话说得很对，不过，我告诉了你，我心里觉得很惭愧。"

梅君很感激的神气，秋波脉脉含情地凝望了他英俊的脸，羞

180

愧地回答。静江听她这样说，表示大不以为然，一本正经的态度说道：

"世界上除了做贼做强盗等极不正当行为的人，其他说不上什么惭愧两字的。梅君，你只管告诉我，请你别说这么惭愧的话吧。"

"因为……因为……下学期我不能上学校去读书了。"

"这是为了什么呢？"

静江见她支支吾吾这么地回答，心里很是奇怪，遂急急地追问。但梅君听了，两颊更加绯红起来，垂了头，不再作答了。静江对于她这一种意态，倒是引起了绝大的误会，遂沉吟了一会儿，忽然想到了什么似的，哦了一声说道：

"你不说，我也明白了。"

"你明白什么呢？"

"我明白你……也许你父母给你配了婆家，你要做新娘了，所以不能再上学校去读书了吗？"

静江支吾了一会儿，也终于大了胆子，直接地说出了这两句话。梅君听他猜到这一层的缘故上去，一时连耳根子都羞红了，嗯了一声，秋波恨恨地逗给他一个娇嗔，说道：

"不不不！你怎么胡说八道地乱猜呢？"

"谁叫你吞吞吐吐不肯爽爽快快地告诉我呢？我想还是请你自己说出来吧。"

梅君连说了三声"不"字，那种焦急而羞涩的神情倒把静江瞧得好笑起来了，遂抚摸着她的纤手，笑嘻嘻地回答。梅君又支吾了一会儿，在无可奈何的情形之下，只好低低地说道：

"我告诉你吧，因为我家经济很困难，所以我爸爸再没有能力来给我负担教育费了。唉，说起来还不是很惭愧吗?"

"哦，原来是为了这一个缘故，那也算不了什么惭愧呀! 不过，我心里觉得有些奇怪，你父母只有你一个独生女儿，况且你的家庭也不能算十分贫寒呀，怎么连你一个人的教育费都不肯负担了?"

静江听她这样告诉，方才有些明白了，遂哦了一声，表示一个人贫穷那是毫无惭愧的意思，但他说到后面，又很奇怪地问她。梅君微微地叹了一口气，有些凄凉的神情，低低地说道:

"你不知道，这几年来爸爸的运气太不好了，做生意老是蚀本不赚钱。你想，现在生活成本这么高，开门七件事，哪一件省得了? 每天的生活都觉得有些难以维持，他如何还有能力来负担我的教育费吗?"

"你爸爸从前不是在一家银行里办事吗?"

"这家小银行去年底倒闭了，我爸爸如今在股票公司里做事情了。"

"他在股票公司里做职员，还是自己在做交易呢?"

"他在股票公司里做职员的，可是今年春天股票大涨，在股票市场里跑的朋友，差不多没有一个不赚钞票的。爸爸看得眼热了，于是他自己也做交易了。万不料夏天里的上落太大，一会儿狂涨，一会儿狂跌，爸爸做得不顺手，大吃两面巴掌，不但每个月薪水泡了汤，而且还负了一身的债。本来我们家庭是欢欢喜喜、无忧无虑的，现在是不同了，满屋子里充着愁云，简直连一点儿生气也没有了。唉! 投机，投机真是太害人了!"

梅君絮絮地告诉了这一大篇的话，她说到后面的表情，脸部上是浮现了痛愤的样子。静江这才完全地明白了，原来她父亲是坠入了投机贪欲的网里了，他微皱了眉头，心中也代为有些忧愁，沉吟了良久，方低声说道：

"做投机生意，到底太危险了。我说你应该劝劝你的爸爸，还是悬崖勒马，回头是岸，早些息手比较幸福。否则，身败名裂，到那时候便追悔莫及了。"

"你这话当然很对，就是我心中也未始不是那么地想。不过在爸爸的脑海里，他就完全不是这样想了。今天赚了钱，明天还想发大财，今天坐了包车，明天还想坐汽车，做投机生意的人，他们的欲望是无止境的。至于今天亏了那更不用说了，明天无论如何非把家里东西当光卖光也得再去孤注一掷不可的。唉，我希望当局能够把投机市场禁止才好。"

梅君说完了这些话，她的心头渐渐地充满了悲哀，叹了一声，大有盈盈泪下的神气。静江轻轻地拍了她一下肩胛，安慰她说道：

"你伤心也没有用呀！我说你爸爸既然已经步入了这个危险的境地，你做女儿的总不应该袖手旁观，眼看着他向苦海中沉沦下去。你应该想一个办法，使他能够觉悟才好啊！"

"唉，这简直是一些办法也没有的。"

"你这是什么话呢？难道你爸爸连这一点儿利害关系都不知道吗？"

"我不是早跟你说过吗？自从爸爸做了投机生意之后，我的家庭就完全地变了吗？从前爸爸回家的时候，总是笑容满面，还

183

抱着我当作三岁小女儿一般地疼爱。可是现在爸爸的性情改变了，每天回来不是喝酒就是吸烟。你和他说话，三句不应，四句不响，第五句再跟他说，那就要挨他的痛骂了。你想，在这样情形之下，我就是有话要劝告他，也插不上嘴啊！"

静江见她这会子说完了话，眼泪真的像泉水似的涌上来，可见她在过去是曾经受过她爸爸十分委屈的，所以她此刻会这样地伤心，遂也难过地说道：

"这是你家整个的家庭问题，和眼前的国家有些差不多，我们外面人实在无力可以帮忙。不过事情已到如此地步，你徒然伤心也是没有什么用处，也只有希望你爸爸运气转得好一些才是。至于你的求学问题，我可以帮助你，绝不使你中途失学，对于这一点儿经济，我似乎还能够给你出一份力量，你尽可以放心是了。"

"静江，你待我这样好，叫我拿什么来报答你呢？"

梅君对于他这几句话，一颗芳心自然是万分感动，遂把明眸脉脉含情地逗给他一个媚眼，话声是特别温柔。静江握住了她手儿，温情地抚摸了一会儿，含笑说道：

"我们都是年轻的人，如何会没有东西来报答我呢？梅君，你说呢？"

"……"

静江这两句笑嘻嘻的话，显然是包含了一点儿神秘的作用。梅君听了，粉脸像玫瑰花朵一般地娇红起来，她逗了静江一瞥娇羞不胜情的媚眼，没有回答，却垂下了蝤首。静江偎了她身子，心里益发感到她的可爱，遂偏偏追问着说道：

184

"梅君，你为什么不回答我呢？"

"你叫我回答什么好？"

"你不是说想不出拿什么来报答我吗？不过，我也不希望你拿物质来报答我，我只希望你把你那颗纯洁可爱的心来报答我，我心里就够感到快乐了。"

"就恐怕我这颗笨拙的心有些够不上资格。"

梅君听他说得这样明显，一时也索性厚了面皮，低低地回答。不过她觉得一个女孩家到底有些难为情，因此颊上的桃红又朵朵地展现开来了。静江连忙说道：

"不，不，你为什么要说得这么客气呢？我觉得你那颗心来配我这颗心，你实在是太够资格了！"

"嗨！静江，你这个人也是越大越坏了。我记得你从前对待我，总是那么斯斯文文很老实的，可是现在对我说话老是那油腔滑调，叫人生气。"

静江见她噘了小嘴儿，向自己啐了一口，表示有些薄怒娇嗔的样子，一时反而嘻嘻地笑起来，按着她的肩胛，笑道：

"梅君，从前我们年纪还小，大家还是小孩子一般的，在学校里一会儿吵，一会儿好，根本什么事情都不知道。不过到了现在，我们年纪慢慢地大了，人事也渐渐地懂了，我不瞒你说，我心里实在非常地爱你……"

"好了好了，越说越不像话了，难道你不怕难为情吗？"

梅君听他赤裸裸地向自己求起爱来，虽然芳心里是感到那么甜蜜蜜的，不过她的表面上偏还要假惺惺作态，嗯了一声，一骨碌翻身从草地上爬起，一面说着话，一面却又逃到竹林中去了。

静江连忙跟着追了上去，拉住了她的手，低低说道：

"梅君，你瞧，这儿四周多么幽静的环境，除了我们两人之外，再没有第三个人，那你又怕什么难为情呢？"

"你不怕难为情，我却怕……呢！"

梅君到底还是一个十八岁的小姑娘，多少包含了一点儿孩子气的成分。她一面说，一面还把两手掩着了粉脸，似乎羞得无地自容的样子。静江笑道：

"你怕什么呢？还掩了面孔，难道我会来吞吃了你不成？"

"我倒并非怕你吞吃了我，实在怕这个社会上的人心太险恶了，尤其是我们年轻的小姑娘，偶一不慎，那是更容易上人家当的。"

梅君这会子把掩着面孔的手放了下来，显出一本正经的态度，向他俏皮地回答。静江听她这样说，心中自然十分不乐意，遂把脸一沉，有些生气似的说道：

"你这话莫非不信任我吗？难道你也把我当作社会上的一个无赖之辈看待吗？"

"不，我并没有这个意思，你多什么心呢？"

静江那种生气的表情，看到梅君的眼里，一时倒不免又急起来，慌忙含了妩媚的娇笑，向他低低地解释。静江还是那个气鼓鼓地说道：

"这里没有第三个人，你不说给我听，你说给谁听呢？"

"我是那么比方说一句，你一定要跟我认真，那我也没有办法。其实像你本是司法科里办事的，当然也不会知法犯法啰！"

"既然你知道我是司法科办事的，那你更不应该对我说这些话了。"

"那么照你说，怎么办呢？唉！我早知道像我这么一颗笨拙的心，是够不上这个资格的……"

梅君一面深深地悔恨自己说错了话，一面对于静江这样不肯原谅自己，芳心也有些怨恨，因此一阵子悲酸，眼泪便夺眶而出。她似乎非常地灰心，别转身子，预备匆匆地走了。这么一来，静江立刻也急起来，抢步拉住了她的手，慌慌张张地问道：

"梅君，你到哪儿去？"

"管我到什么地方去，我死了也不要你管。反正我这么一个贫穷的女孩子，根本就没有资格跟你这班官场中的大少爷交朋友。"

梅君满面显出娇嗔的神情，她一面恨恨地说，一面想竭力地挣脱静江拉住的手。静江懊悔得了不得，只好赔了笑脸，低低地说道：

"梅君，何苦来呢？为了这一点儿小事情，闹得这么大。现在我们可不比从前了，一会儿吵，一会儿好，到底太不好意思了。"

"那么就永远地不要好了，那也没有什么关系的。本来你和我交朋友，原是大大地吃亏，一点儿好处也没有。"

"你这算什么话呢？我真有些不明白。"

"这是再明白也没有的事情了，我不是一位千金小姐，我是一个穷人家的姑娘，处处提防，我只有沾你的光，那你还不是大大地吃亏吗？"

梅君这时竭力忍熬住悲哀的发展，她已消失了平日驯服的个

187

性，此刻好像变成一头山野间的猛兽一样，只管用它的角向静江一味地冲撞。静江被她讽刺得两颊有些发烧，他几乎要哭出来的神气，急急地说道：

"梅君，你这些尖刀似的话就少说几句吧！我觉得你还是爽气地打我两记来得痛快！"

"哼！我有资格来打你？恐怕我早被司法处抓到监狱里去受罪了。"

"我来求你，你就别说这些话了……唉！为了这些小事情，你何苦发这么大的脾气呢？气坏了你贵重的身体，那你也太不值得呀！"

静江浮现了苦里带笑的面庞，此刻苦苦地只管向她哀求，要梅君原谅他的错处。梅君见他那种前倨后恭的态度，心中想想几乎要笑出来。不过她表面上还绝对显出冷若冰霜的意态，逗了他一个白眼，冷笑了一声，说道：

"问你自己呀！到底是你先向我发脾气，还是我先向你发脾气呀？老实说，我不过是人穷一点儿，也不能老是受人家这样的委屈！"

"这……这……我几时常给你受过委屈呢？"

梅君说到"委屈"两字，眼泪便扑簌簌地像雨点儿一般地滚落下来。静江见了，急得通红了脸，连连抓着头皮，有些口吃的成分，诚惶诚恐地声辩。梅君眼泪盈盈地逗给他一个娇嗔，鼓着粉腮，说道：

"你今天这样地欺侮我，难道还不够吗？你要真的把我委屈死了，那于你究竟也没有什么好处呀！"

"这是什么话，这是什么话？我心中爱你还来不及，怎么会欺侮你呢？"

"哼！谁和你涎脸？"

静江厚了面皮这么地说，梅君几乎要忍俊不止，但立刻又绷住了粉脸，很快地别转身子去。静江知道她是要笑出来的意思，这就眼珠一转，用一下苦肉计，把一只脚跪了下来，悲切切地说道：

"梅君，你真的不肯饶我吗？那我没有办法，我只好向你跪下来了。"

"哎哎哎！你……这算什么意思呢？快起来，快起来，被旁人瞧见了，像个什么样子呢？"

梅君回过粉脸，急得弯了身子，伸手急急地去搀扶他。但静江不肯站起来，还是一本正经的样子，苦苦地哀求着说道：

"梅君，你不肯饶我，我就永远地不再站起来了。"

"嗨！你是一个堂堂七尺之躯，难道不怕惶恐吗？"

"怕什么？我为了你，什么都不怕，不过只怕一样。"

"这一样是什么呢？倒会使你怕了？"

"就是怕你生气呀！"

"啐！好了，我就饶了你，你快给我起来吧！"

梅君被他这么一说，因此把绷住的粉脸再也忍熬不住地展现出一丝笑容来，一面说，一面便急忙地把他扶起来。不料静江在站起身子的时候，他用了很迅速敏捷的举动，凑上嘴去，在梅君樱唇上偷偷地接了一个甜吻。梅君啊了一声，伸手要去打他，但静江哈哈地一阵大笑，他便翻身逃出竹林外去了。

梅君认为自己太受一点儿吃亏，她不肯罢休地追赶出来。两人一个逃，一个追，静江故意在那张亮眼长椅旁团团打圈子，追得梅君香汗盈盈，娇喘吁吁。静江恐怕累乏了她，遂缓慢了一点儿，故意给她捉住了，先笑着讨饶说道：

　　"梅君，好妹妹！我下次不敢了，你就饶了我吧！"

　　"不管！你这人越发没有规矩了！你是司法科的科员，你应该知道你自己的举动应该怎么样地处罚。"

　　梅君像小孩子似的拉住了静江，嗯了一声，撒娇地不依他。静江含了得意的微笑，扬着眉毛说道：

　　"我们司法科里对于偷东西盗财物的案子，都有严厉的处罚，只有对于偷吻一个小嘴儿，那可没有什么重大的罪名呀！"

　　"嗯！嗯！偷吻人家嘴，那比偷盗财物更有罪名的。尤其是你知法犯法，更应该罪加一等的！"

　　"好了好了，你说该怎么罚就怎么罚吧。瞧你，额角上全是汗点儿。我们就在这儿坐下来歇息好吗?"

　　静江见她鼓着粉脸，理直气壮地回答，一时也只好认了错处，一面笑着说，一面拉她一同在长椅上并肩坐下，并且拿了手帕，柔情蜜意地给她额角上拭着汗水。梅君在他这么温情的手腕之下，于是也就不再向他提起交涉了。两人相偎地坐了一会儿，梅君抬头望着天空，只见已经笼上了罗纱那样的薄暮，三五成群的小鸟叽叽喳喳地振着翅膀，在天际飞鸣归巢，于是想到天色已经不早，自己也该回家去了。一想到回家两个字，她的心立刻又会烦恼起来。因为这个家可说并没有一点儿乐趣，里面除了几样硬壳家具之外，一点儿细软要紧的贵重东西，早已给爸爸变卖一

190

空，可是三头两天地还有讨债的人找到家里来吵吵闹闹。瞧了这几个讨债鬼的脸，自己心头老是忐忑得像小鹿般地乱撞。所以在梅君的心里，实在也有些怕回家去，最好永远和心爱的朋友在这乐园中沉醉，不再去思虑这些烦恼的事情。然而事实上怎么能够呢？因此她蹙了眉尖，忍不住又深长地叹了一口气。静江听她又叹气了，遂望着她愁眉苦脸的娇容，低低问道：

"怎么好好的又叹气了?"

"我是一个心事重重的人，比不了你，叫我怎么不要叹气呢?"

"你求学的问题，我不是已经给你解决了吗？那你还有什么心事呢?"

"一家事一家人知道，我没有告诉你，你如何会知道我心中的痛苦?"

梅君有些悲哀的口吻，含了哀怨的目光，向他那么逗了一瞥，低声地说。静江表示十二分的同情，温和地抚摸着她的纤手，说道：

"那么请你告诉我吧，你心中到底还有什么痛苦呢?"

"爸爸负了一身的债，家里讨债的人每天是没有间断的。你想，我住在这个家里，还不是等于住在活地狱里一样吗？所以你虽然有一片热心肠要帮助我继续求学，但是我倒也不想再读什么书了。假使你有机会能够给我介绍一个职业，让我给爸爸做一个帮手，赚几个钱来贴补家用，那我的心中倒是更加地感激你了。"

"你这话虽然很有道理，不过找职业也得凭一张学校里的文凭，你要再读一年，高中方能毕业。假使放弃了这一年的读书，那张文凭拿不到，将来要找好的职业，恐怕是相当困难。所以我的意思，你千万要忍耐才好，且渡过了这一个难关，那么将来自然可以过光明幸福的日子。梅君，穷人没有穷到底的，你不要难过，我一定会尽我的力量，过两天我会拿一笔钱来给你付学费去。"

静江想不到她的家境会穷困到这一份样儿的程度，一时更加地可怜她，觉得她会生长在这样一个糊涂的家庭里，实在是太受一点儿委屈了，因此望着她海棠着雨般的粉脸，用了真挚热诚的语气，低低地向她安慰。梅君的芳心中是感动极了，她说不出什么话来感谢他，只有靠着他的肩胛扑簌簌地落眼泪。静江温情蜜意地好容易地把她劝住了。不料两人正在亲亲热热的时候，忽然背后发出了一阵哧哧的笑声，把静江和梅君都吃了一惊，慌忙急急地站起来了。

第二回

乱石叠叠救我恩重

　　静江和梅君两人坐在长椅子上，一个郎情如水，一个妾意如绵，正在无限恩爱缠绵的时候，忽然背后一阵女子咪咪的笑声响入了他们的耳鼓，使他们都吃了一惊，慌忙分开身子，急急地站起来了。静江回头见那女子，原来却是自己的妹妹梨芬，这就含了笑容，埋怨似的口吻说道：

　　"妹妹，你这人总是那么淘气的！为什么不好好地走过来？倒把我们唬了一大跳哩！你一个人在这儿玩吗？"

　　"我当然一个人在玩哪，因为我还没有像哥哥那样找到知心着意的好朋友哩！"

　　梨芬说话还是那么俏皮得可爱，她把俏眼向梅君粉脸脉脉地瞟，一面抿着小嘴儿忍不住又咪咪地笑起来了。静江这才记得了似的，连忙把手一摆，给她们两人介绍着说："妹妹，我给你们介绍介绍，这位是我从前的同学苏梅君小姐。梅君，这是我的妹妹梨芬，她今年十七岁，比你小一年，你也叫她妹妹好了。"

　　"梨芬妹妹，我不客气地就向你这么叫了。"

"那么我干脆地就叫你一声嫂子吧！"

梅君听静江这样说，遂含笑走到梨芬的身旁，和她亲亲热热地握了一阵手，低低地说了这两句话。不料梨芬天生是个会说话的姑娘，她偎在梅君的怀里，乌圆的眸珠转了一转，却直接地叫了她一声嫂子。这一声嫂子把梅君叫得两颊发烧，芳心乱跳，一时羞涩和喜悦充塞了心头，连她耳根子都红得热辣辣起来了。静江站在旁边，却只有欢笑，没有羞涩。不过见了梅君那种娇羞万状的意态，又怕梅君心中着恼，遂故意向梨芬埋怨道：

"妹妹，你这人又淘气了，才一见面，就那么开起玩笑来了，不怕人家见怪吗？"

"不会的，不会的，你放心吧，梅君姊姊不会见怪的。你看，她嘴角旁边还透露着一丝笑意呢！"

梅君本来已经是含了一丝笑意，此刻被她这么一说，益发笑出声音来了，抚摸着她的纤手，又嗔又爱的表情，笑道：

"梨芬妹妹，你顽皮得真可爱……"

"哥哥，你听呀！她不但没有恨我，还说我可爱哩！"

梨芬接口令很不错，她不等梅君说完，便望了静江一眼，又立刻俏皮地说。这把梅君弄得没有了应付办法，向静江互相地瞟了一眼，大家都不约而同地好笑起来了。大家笑了一会儿，三人在长椅子上并肩坐下。梨芬先开口问道：

"梅君姊还在什么学校里读书？"

"我在黄江中学读书，下学期才高三，要明年才能毕业。"

"那么你和我哥哥在什么地方同过学呀？"

"那时在正明中学，我读初中一，你哥哥已经初中三了。后

194

来我初中毕业，就转学到黄江女中的。梨芬妹，你在什么地方读书呢？”

梅君一面告诉，一面也向她低低地问。梨芬哦了一声，含笑说道：

“我在华华女子中学读书，还要两年才能毕业，本来只要一年好了，后来我因为生了一场病，有两个月没上学校，所以我只好留了一级，说起来真不好意思。”

“妹妹，你既然知道不好意思，你为什么要告诉出来呢？”

“在自己嫂子面前说说，那又有什么关系呢？”

“嗨！梨芬妹，你怎么又拉扯着欺侮到我的头上来了？这回我可不饶你了。”

梅君又恨又喜、又羞又嗔地鼓着粉脸，伸手向她肋下去胳肢。梨芬怕痒，这就缩了腰肢，一面告饶，一面又咭咭地笑起来了。两人扭股糖似的缠作一堆，静江才微微地笑着，一面分开她们身子，一面说道：

“时候不早，你们不要闹了，我们还是到外面去吃点儿点心吧。”

“我不吃点心，我要回去了。”

两人听了静江的话，方才不再缠绕了。但梅君不好意思在梨芬面前马上地答应，她伸手理了理被风吹乱的云发，一面很正经地回答。梨芬听了，忙拉住了梅君的手，有些焦急的神情说道：

“梅君姊，你生气了吗？”

“不，我生谁的气？”

“我太顽皮了，老是跟你开玩笑，你心中一定恨我了是不是?"

"没有没有,我和你虽然是初见,但可说一见如故,我觉得你挺可爱的,我如何会恨你?你不要多心吧。"

梅君慌忙向她这么地解释,还紧紧地握了梨芬的手,笑盈盈地说。梨芬听了,不由暗暗地发笑,但表面上还故作撒娇的样子,嗯了一声,说道:

"你既然没有生气,那么你干什么不肯一块儿去吃点心呢?"

"因为我怕……家中记挂。"

"梅君,那么你就答应一同去吧,难得的,我们走吧。"

静江见梅君红了粉脸,向自己瞟了一眼回答,于是在旁边也插嘴低低地怂恿,一面先站起身子,表示要走的样子。梨芬不再等梅君说话,她便拉着梅君一同走出公园门外去了。

在公园外附近有家咖啡室,三人就在里面座桌旁坐下,来了三杯咖啡、一盘西点。梅君在喝咖啡吃西点的时候,心中不免想到了家中穷困的情形,恐怕今天晚饭都要发生了一点儿问题,可怜我妈在家中好比坐守愁城,真不知是怎么焦急呢!梅君再这样沉思之下,她心中一阵难过,因此那杯咖啡便再也喝不下去了。梨芬见她愁眉不展,似乎暗暗叹气的样子,这就猜疑地说道:

"梅君姊,你怎么啦?一点儿不高兴的神气,莫非有什么心事吗?"

"不,我忽然有些头痛起来了。"

梅君被她这样一问,知道自己的神情使她有些怀疑了,在情急智生之下,遂不得不这么地圆了一个谎。静江心中似乎有些明白她并非是为了头痛的缘故,所以皱了眉毛,没有作声。梨芬却很热心的神气，站起身子，说道：

"我去买包人丹来给你吞服好吗？不要是发了痧吧？"

"不会的，妹妹，你别费心了。"

梅君阻拦她说，但梨芬却已走到外面去了。静江待妹妹走后，遂望着她粉脸，温情蜜意的样子，安慰她说道：

"梅君，你不要难过，对于你的求学问题，我总有办法给你解决的。至于你爸爸负债……我却不知道是多少数目，假使比较少的话，我也许可以给你尽一份力量。"

"救急好救，救穷就难了。况且爸爸对于投机事情还没有死心，所以你虽然热心地能够帮助我们，不过我觉得这问题也太大了，还是由他去吧。只是，我还有一个请求，希望你能够答应我。"

梅君心中是感激得无可形容，她明眸脉脉地凝望着静江，话声是包含了一点儿颤抖而带凄凉的成分。静江连忙急急地问道：

"你有什么要求呢？你快些说吧！"

"也没有什么别的，只是对于我家这样的贫困情形，请你别告诉你的妹妹，给我保守一点儿秘密。"

"你放心，我绝不会向任何人说的。不过，我认为贫穷是没有什么可耻可羞的，你为什么要这样地掩饰呢？"

"也许在你心中是这样地想，在别人的心中恐怕就不会这样想了。"

静江见她微微地叹了一口气，大有盈盈泪下的样子，一时也十分地难受，遂不禁呆呆地愣住了一会儿。就在这时，梨芬买了人丹到来，向侍者要了一杯温开水，很关切地望着梅君，说道：

“你把这人丹吞服了，就会好的。”

“谢谢你的好意，我心里真感激你。”

梅君一面吞服，一面向她道谢。梨芬说声别客气，瞧着她吞服后，便又低低地问道：

“你此刻觉得好过一些吗？否则，我们雇车子送你回家。”

“好一些了，给我坐一会儿没有关系。”

梅君被她这样一说，倒又怕回家了，遂点了点头，低低回答。三个人于是默默地坐了一会儿，谁也没有开口。在静江心中，虽然尚有千言万语要想安慰梅君，但是为了有着妹妹在身旁的缘故，所以他也说不出来了。喝完了咖啡，静江付了账单，三人出了咖啡室，在万分依恋之下，静江也只好讨了街车，送梅君回家去。

静江等梅君去远，忍不住也微微地叹了一口气。梨芬见哥哥的神情也有些黯然的样子，心中不免暗暗地奇怪，一路回家，一路低低地问道：

“哥哥，我想这位苏小姐的家庭一定很复杂，恐怕她有一个后母吧？”

“咦！这话是打哪儿来的？你听谁告诉的呀？”

“我不过是猜想着罢了，因为她老是愁眉不展的样子，简直有些西子捧心的神气，所以我觉得她的身世一定很苦的。”

梨芬摇摇头，微笑着回答。静江觉得妹妹真像鬼灵精似的，想不到她竟会猜到这一层上去，遂镇静了态度，说道：

“不，你猜错了，她家里父母双全，而且还是独生女儿，我想她的脾气如此，生成有些多愁善感的，这一方面也是她身体衰

198

弱的缘故。"

"那你应该劝劝她才是，否则，你们将来结婚之后，不是会影响到家庭的幸福吗？"

"妹妹，你怎么说得这样肯定？她能不能做你的嫂子也还是一个问题呢。"

静江也不免微红了脸，笑着说。梨芬似乎不相信的样子，噘了噘小嘴儿，逗给他一个有趣的兔子脸，也不禁嫣然地笑起来。兄妹两人回到家里，周老太太见了，奇怪地问道：

"咦！你们两个人在一块儿玩吗？"

"妈，我们在公园里碰见的。恭喜妈，你老人家快做婆太太了。"

梨芬显出淘气的表情，叫了一声妈，笑盈盈地报喜讯。静江不等母亲开口，就涨红了脸，急得连连地跺脚，说道：

"妹妹，你在妈面前也胡说白道，那我可不依你，当心撕了你的嘴。"

"梨芬，到底是怎么的一回事情？你快告诉我，没有关系，哥哥撕你的嘴，有我啦，怕什么？"

周老太太见静江急得这一份样儿的模样，知道其中一定有花样精，遂庇护着女儿，也微笑着说。这给予梨芬增强了不少的勇气，她向静江扮个鬼脸，一面逃到周老太太的背后，一面胜利地笑嘻嘻说道：

"哥哥，嗨！看你还撕我的嘴吗？妈，我告诉你，哥哥和一个女朋友在公园里谈爱情，真是亲热得来，被我亲眼看见的！"

"妹妹，你不要过分地形容，回头我非跟你算账不可。"

199

"静江，你怕什么难为情？一个未婚的青年有一个女朋友，那也是正当的恋爱。我年纪虽然老了，但我的思想倒也很开通的。况且你的年纪也不小了，十五岁死了爸爸，到现在整整有七个年头了，好容易你已高中毕了业，而且在警局里做了事情，总算也有自主的能力，那么对于你娶一个媳妇，在我实在也非常地盼望。既然你有自己知心着意的女朋友，那更好了。不知这个姑娘叫什么名字？今年几岁了？还在念书还是在办事情呢？"

周老太太见静江十分怨恨梨芬的样子，这就微微地一笑，用了一本正经的态度，向他低低地说。静江听母亲这些话，心中自然十分喜悦，但口里却不好意思回答什么。梨芬凭她所知道的，早已心直口快地告诉道：

"妈，这位小姐姓苏名梅君，今年十八岁，比哥哥小四年，还在黄江女子中学读书，再过一年可以毕业。"

"那么她生得美丽吗？"

"美丽极了，和西施差不多。"

"妹妹，你见过西施吗？"

"哥哥不要捉我的错头，在书画里西施的容貌，我总看见过了。"

梨芬听静江在旁边俏皮地问，于是也笑盈盈俏皮地回答。周老太太很喜悦的样子，望了静江一眼，说道：

"静江，你老实告诉我，你和苏小姐到底有没有意思呀？否则，我可以差人给你去做媒，就完成了这一件好事，你看怎么样？"

"妈，谈嫁娶的问题还早哩，因为我们还是普通的朋友，再说她还没有毕业呢。"

静江听母亲这样问自己，虽然心中是甜蜜蜜的，十分欢喜，不过想到她的家庭情形，也知道她父母现在绝没有这个心思，于是这样推托地回答。周老太太说道：

"也好，那么等你们恋爱成熟的时候再来通知我吧。只要你心中欢喜，而限于对方家庭清白为原则，我做娘的总可以答应你办这头亲事。"

"真是多谢母亲大人，孩儿感恩不尽。将来我们结婚之后一定马上给你抱孙子吧！"

这几句话不是静江说的，却是出自梨芬的口中，把周老太太引逗得眼泪都笑出来了。他们母子三人说说笑笑，天色早已入夜，女佣开上晚饭，于是大家匆匆地吃饭了。

次日一早，静江出去办公了。梨芬正在梳洗，忽听女佣来报告，说外面有张小姐来找你。梨芬连忙下楼，见会客室内坐了三个姑娘，一个张翠英，一个沈悦柔，一个陈美芳，都是自己的女同学，这就乐得什么似的，连忙一一握手，含笑问道：

"啊！你们三位来得真早，我还只有刚洗好了脸呢！快请坐，快请坐，你们一定还没有吃早点吧？我买汤包请你们吃。"

"你别忙，你别忙，我们都吃过了。今天我们三人预备到苏州去游玩，想着了你这位热闹朋友，好像没有你一同去，就觉得有些冷静，所以特地来问问你，你有兴趣去玩吗？假使去的，你快整理几件衣服，我们马上就乘八点三十分火车动身了。"

陈美芳慌忙摇摇手，一面向她急急地诉说。梨芬一听这个消息，倒是踌躇了一会儿，方才问道：

"到苏州去预备玩几天呀?"

"玩两三天也好，四五天也好，那不成问题，因为我表姊是住在苏州的。反正离开学校上课还早，你到底去不去呢?"

张翠英急急地先抢着回答，她一面伸手还看手表上的时刻，似乎怕火车脱班的意思。梨芬本来是个好动不喜静的姑娘，当下听了，心中也有意思起来，遂急急地道:

"那么请你们在这里等一等，我到楼上去问一声妈，马上来答复你们。"

"好的，好的，你快上去吧!"

梨芬这就三脚两步地奔到楼上母亲的房中，把张翠英等三个同学的来意向母亲告诉。周老太太起初有些放心不下，叫梨芬不要去，后来经不住梨芬苦苦要求，周老太太才答应了。梨芬乐得什么似的，立刻整理几件随身衣服，并向母亲要了一路上的零用钱，急匆匆地走下楼来，说声我们走吧，于是四个女孩子便坐车赶到北火车站去了。

从上海到苏州乘快车只要两个钟点，所以当她们到达张翠英表姊家里的时候，还没有过午。张翠英的表姊李琼华已经嫁人了，丈夫是苏州开糖食店的，家里很有一点儿钱。住宅筑造在上方山的山上，上方山的位置在苏州县城的西南方，和灵岩山遥遥相峙，在这布满江南春色的绿野之上，两座山上都遗留了不少艳史胜迹。虽然现在时值夏末初秋的季节，但还有那些绿鬓红裳的连袂翩翩仕女们在兴高采烈地游山玩水。

当时李琼华见表妹带了同学们到来，心中十分欢喜，便即殷殷招待她们吃过了午饭，然后由李琼华带了她们一同出发，向灵岩山上去玩去。她们到了灵岩古刹，先入大雄宝殿，只见那些善男信女都在佛座前烧香叩头，香烟袅袅，迷人眼目，大家遂到四周游览一会儿，方才由灵岩玩到木渎上去。在游玩的时候，光阴过得特别快，转眼不觉金乌西坠，暮霭四布，于是她们不得不取道回上方山下去。

梨芬是个最最好动的人，她因为觉得由原路回家去，似乎感不到什么多大的兴趣，遂问琼华是否还有另外一条路可以走回家去。琼华见她们兴趣好，遂告诉她们，可以由野径返家，不过道路崎岖，乱石叠叠，没有像黄泥大道那么好走。梨芬、翠英等听了，都赞成走新鲜的道路。琼华虽然领她们前行，不过一路上叮嘱她们千万小心，不要滑跌到山涧里去。

她们一行五人，莺莺燕燕，你前我后，手舞足蹈地行于羊肠小道之间。虽然都觉得很是难走，不过却感到十分有趣。这和走在上海平坦的柏油马路上，当然是别有一番新鲜的感觉了。

住在上海的人，到了乡村，一见了山就会觉得高兴，所以她们走了一阵之后，见到前面有个山坡，梨芬等便预备攀登山路，翻过坡岩才下山去。琼华见月上柳梢，暮云四起，无数朗星闪烁于天际，恐怕天色黑下来，不宜行走，要想劝告她们，但四个小女儿早已一面咔咔地笑，一面弯背屈腰地爬上山坡去了，因此跟在后面，也攀登上坡。

大家到了坡岩最高的地方，只见乱石叠叠，树木荫翳，掩映着几条羊肠小径，更见曲折通幽，朝西的坡面，还有数间茅屋，屋四周围着篱笆，里面像是一块园地，种着花卉蔬菜，红的血红，绿的碧绿，衬着赭黄色的茅屋，在斜阳余晖笼映之下，更觉

203

十分好看。靠东边的山坡，丘陵起伏，渐渐地倾斜，可以直下平阳。朝北是悬崖峭壁，俯首下视，足有十多丈高的距离，令人心惊。岩上还有几株松树，高可参天，凉风拂拂，树叶发出了瑟瑟的声响，十分动听。大家置身在这样幽美的境地之中，美目流盼，左右四顾，觉得灵严虎丘，一目在望。四个小女儿在这个环境里，好像是四头小绵羊，在山石堆里奔奔跑跑，十分快乐。不料正在这时，忽然应着了乐极生悲的一句话。原来梨芬一不小心，就跌在一个山坳缝里去了。因为这山缝上盖了许多落叶，所以梨芬没有注意，幸亏这山坳缝并不十分深高，梨芬的头发还隐隐地露出在山地上。她竭声地一叫喊，把琼华等大吃了一惊。陈美芳是看见梨芬掉落下去的，这就粉脸失色地指着那条山缝，向大家急急地说道：

"梨芬跌到山缝里去了，哎呀！不好了！"

"那怎么办？那怎么办？"

众人齐声地回答，一面跟着美芳过去看仔细。大家见到梨芬的头发还在山地上面露着，方才惊魂稍定。张翠英忙道：

"还好，还好，梨芬！梨芬！你能不能爬上来呀？"

"我爬不上呀！你们拉拉我吧！"

梨芬在下面微仰了粉脸，苦里带笑地低低央求着她们。琼华又好气又好笑地包含了埋怨的口吻，说道：

"都是你想的好法子，偏要走上这条山野小路，现在吃苦的还是你自己。幸亏这山缝不深，否则，真是闯下大祸了。"

"表姊、悦柔、美芳！来！来！我们想法子拉她上来要紧。"

翠英恐怕梨芬发生什么意外的危险，因为这是自己叫她一同来游玩的，心中未免对不住她，所以急忙对众人这样说，预备设法救她上来。不过山缝是那么狭小，山坡上的人就是再多几个也没有办法把她救上来。因此大家焦急得了不得，况且天色又慢慢地黑了。梨芬是更急得要哭出来的神气。正在束手无策的当儿，忽然那边也走来了一个青年男子，琼华一见，认识他是自己隔壁的邻居的儿子方佑椿，这就连忙招手叫他，要佑椿帮忙救梨芬上来。佑椿见山缝里跌落着一个如花似玉的少女，他自然更加地起劲，叫梨芬伸张了两臂，自己俯身拉着梨芬的两臂，幸亏佑椿有些蛮力，也用尽吃乳的气力，方才把梨芬抱起了一半身子。有了一半身子可以上来，翠英等便帮着抱住梨芬腰肢，总算救了上来。但梨芬的膝盖已经跌破，血水汩汩而出，她坐在山坡上却皱了双眉，再也站不起来了。

第三回

意外惊艳倾心欲订交

梨芬在跌落山缝的时候，因为一心忧虑着性命问题，所以她也忘记了痛苦，不过到了已经脱离危险的时候，她才觉得膝踝伤痛得好像要脱节的样子，所以坐在地上，蹙了双眉，却是不想站起来了。翠英见了她这个情形，忙俯身下去，急急地问道：

"梨芬，你觉得怎么啦？"

"啊！血，血，血流得那么多呀！"

悦柔发现了她膝踝上受了伤，便大声地惊叫起来。琼华也有些焦急，连忙取出手帕来，给她包扎。美芳在旁边也担心地问道：

"梨芬，你能起来走吗？看天色已经全黑下来了。"

"我们扶着她走好了，回头黑黝黝的山路，那就更难走了。"

翠英和悦柔齐声地说，于是两人扶了梨芬的肋间，把她搀了起来。可是瞥见旁边的方佑椿，遂计上心来，向佑椿笑了一笑，用了央求的口吻，说道：

"方少爷，对不起，这事情就得你帮忙到底了。我们这位小妹妹的身子不重，请你把她负在身上送回我家去好吗?"

"好的，好的，反正我们是一路回去的。"

方佑椿听她这样要求，那真是求之不得的事情，遂立刻答应下来。悦柔和美芳到底年轻，还不脱孩子的成分，当下便哧哧地笑起来。梨芬被她们一笑，自然觉得很难为情，遂红了脸儿，摇头说道：

"嗯! 我不要，我自己走好了。"

"这怕什么啦? 梨芬，你别那么扭扭捏捏了，你伤得那么厉害，还能走吗? 再说天色黑下来，万一来了什么野兽，那怎么办呢? 我说都是美芳、悦柔不好，你们笑什么呢? 倒害得梨芬怕起难为情来了。"

翠英说到后面，又向悦柔美芳两人低低地埋怨。美芳熬住了笑，一本正经的样子急急辩解道：

"我们又不是笑这个啦! 梨芬，你别太好胜了，照你这样寸步难移地走，难道预备在这儿露宿一夜吗?"

"周小姐，没有关系，这位方少爷是我的邻居，他平日也常到我家来游玩，原像我弟弟一样，那根本用不到避什么嫌疑的。"

琼华在旁边又向梨芬认真地怂恿，梨芬这才垂首不答。大家知道她已经默允的意思，遂叫佑椿蹲下身子，让梨芬伏到他的背上，两手环抱了佑椿的脖子，然后佑椿站起身子，大家方才匆匆地回家去了。

好容易回到家里，方佑椿早已累得满头大汗，不过他并不叫累，还表示一点儿不吃力的样子。琼芳代为向他连声道谢，并且留他一同在家吃饭。佑椿见了这四个花朵儿般的姑娘，他的心也好像被吸铁石吸住一般，所以也就含笑答应了。这里翠英等把梨芬扶到沙发上坐下，叫她休息休息，琼华这才给他们一一地介绍了一遍。原来方佑椿的爸爸方思民在苏州开米行的，他们住宅就在琼华的隔壁没有多少路，所以他们两家也时常往来的。这时梨芬蹙了眉尖，呆呆地坐在沙发上，大有痛苦的样子。悦柔还取笑着说道：

"梨芬，这也是给你一个教训，好好地回家了，偏想出点儿新鲜花样精来。现在叫你没福游玩。明天我们玩虎丘，玩宝带桥，玩狮子林，你只好坐在家里打盹的了。"

"你这人就是幸灾乐祸的赖小人，人家已经跌伤了，你还嘲笑我呢！"

梨芬抬起粉脸，秋波恨恨地逗给她一个白眼，哀怨地说。但众人听了，却都笑起来了。梨芬的明眸偶然望到佑椿的脸上，不料佑椿的两眼也注视着梨芬的娇靥，四目相接，大家都觉得有些不好意思。尤其是梨芬心中，想着一路被他负了回来，心头更加别别地乱跳，因此难为情地又垂下粉脸来了。佑椿忽然想到了什么似的，说道：

"我想周小姐这个伤应该要敷一点儿伤药水，否则恐怕会溃烂起来。"

"可是天色已经夜了，这儿比不了上海地方，难道现在就进城就医去吗？可是路上太不方便了，我想到了明天再说吧。周小姐的意思怎么样呢？"

"这一点儿伤没有关系，也许明天就好行走如常了。"

梨芬听琼华这样问自己，因为在别人家的府上，所以她又显出毫无痛苦的样子，低低地回答。佑椿忙又说道：

"我家里有红药水，刀割跌伤都可以敷的，能止血止痛，我此刻马上回家去拿来了给周小姐敷好吗？"

"那再好也没有了，方少爷，你帮忙帮到底，快些去拿来吧，我们吃饭等着你。"

琼华一听，十分欢喜，遂满面含笑地回答。佑椿听了，遂匆匆地奔回家去了。梨芬心中对于佑椿这样热心地关怀自己，在她一颗芳心中也不免激起了一阵知遇的微波。但这时美芳却又嘻嘻地笑了，望着梨芬红晕的芳容，俏皮地说道：

"这位方先生对梨芬这么关心爱护，梨芬，你应该拿什么去报答他啊？"

"美芳，你不要胡说白道，回头你在方先生面前也这样说，我可恼了。"

梨芬自己的心中已经觉得很不好意思，此刻被美芳一取笑，自然更觉难为情起来了。她好像喝醉了酒一般地涨红了脸儿，故意显出生气的样子，向美芳娇嗔着说。美芳笑道：

"我这也是实在情形的话，那也算不了什么呀。"

"好了好了，周小姐既然不愿意你说，你就别说吧。"

琼华笑嘻嘻地打着圆场说，倒引逗得众人又笑起来。这时女佣开上晚饭来，琼华关照她把酒慢慢烫，等方少爷来了，再把酒拿上来。女佣答应自下，这儿大家又谈笑了一阵，方佑椿这才拿了红药水、棉花、纱布、橡皮膏，匆匆地奔来。看他还连连地喘气，可见他是奔得这一份样儿的急了。悦柔偏又笑着说道：

"好了，外科医生来了，梨芬，你虽然跌伤，但心里一定不会再觉得痛苦了。"

"外科医生我不够资格，还是让琼华姊来做吧。"

佑椿心中也明白她这句话是包含了取笑的成分，遂微红了脸儿，把药水等放在桌子上，向琼华笑着说。琼华遂坐到梨芬身旁，叫翠英拿了一盆温水，给梨芬血水先揩洗尽了，然后敷上红药水，包了纱布，贴了橡皮膏。悦柔笑道：

"琼华姊家里倒变成伤兵医院里了。"

"悦柔，你这小妮子！现在只管快乐吧，明天希望你也看我样子跌伤回来，那才称了我的心哩！"

梨芬恨恨地说，大家忍不住又笑了。琼华把药水等收拾了去，这时女佣把酒烫热拿出，于是琼华叫大家入席。翠英向梨芬笑道：

"铁拐李，我来扶你入席吧。"

"你们先吃好了，我此刻不想吃。"

"你又不是什么内病，这是硬伤，哪里会吃不下东西吗？来来来，我来扶你。"

美芳也含笑走过来，帮着翠英一同扶梨芬到桌边坐下。琼华却拉了佑椿到上首入座，笑着说道：

"今天你应该上座，你的功劳最大，要不是你来帮忙，我们真没有办法把周小姐救回来了。"

"那我可不敢当，还是让你琼姊坐吧。"

"主人哪有上座的道理？你别闹客气了。瞧，这儿都是我表妹的同学，她们更不肯坐上首了，还是你坐的好。"

琼华见他不肯坐下，遂把他硬拖坐到上首。这里翠英、美芳、悦柔也都在旁边坐下，剩下那下首的座位当然是由琼华自己坐了。琼华握了酒壶，站起身子，正欲向佑椿斟酒，但美芳却阻拦了，笑嘻嘻地瞟了梨芬一眼，说道：

"琼华姊，照理，你这杯酒是要梨芬敬方先生的，表示谢他救助的意思，你们说我这话有意思吗？"

"有意思，有意思，其实斟一杯酒还不够梨芬的表示感谢呢！"

悦柔认为吃豆腐总是一件有趣而高兴的事，遂也笑盈盈附和着说。梨芬心里非常羞涩，但表面上也不得不厚了面皮，拿过琼华手中的酒壶，但是并没有站起身子，向佑椿温情地说道：

"方先生，我膝踝上有伤，站不起来，请你原谅。"

"其实何必闹这一套呢？见义勇为，人类不是应有互助的义务吗？"

佑椿口里虽然这样说，但他却恭而敬之地站起身子来，把酒杯递到梨芬的面前，让她在杯子里斟满了这一杯酒，然后又连声地说道：

"周小姐，谢谢你，谢谢你！"

"我看这情形，倒好像是梨芬救了方先生性命一样，否则，何以还是方先生表示那种感谢的样子呢？"

悦柔这两句话，倒把众人忍不住哧哧地笑弯了腰。佑椿知道她这回是取笑自己而言的，一时也由不得把脸红起来了。大家嘻嘻哈哈地笑着、说着、吃着、喝着，当然是十分快乐。美芳酒喝得最多，所以粉脸像玫瑰花朵般地也显得最红。她见那是一张四方的八仙桌，佑椿一个人坐在上首，琼华一个人坐在下首，她们四个人分坐两旁。这样坐法，在形状上是非常难看。因为在学校里是说笑惯的，她此刻又有了几分醉意，她就忍熬不住地笑起来说道：

"你们看，我们这样子坐着，像一个什么动物？"

"哎呀！不错，不错，这样子坐着形状太难看了，一个头，一条尾巴，四只脚，不是成个大乌龟了吗？"

悦柔和美芳是同行中，她在回眸四望之下，立刻也理会过来了，于是哎呀了一声，也笑嘻嘻地说。琼华、翠英、梨芬、佑椿这也就哈哈地大笑起来。就在这个时候，琼华的丈夫陆义明回家来了。佑椿一见，慌忙站起身子，在上首又添了一把椅子，拉了义明坐下，笑着叫道：

"大哥，你来得真好，快和我一同坐下吧，那就不像这个龟丞相了。"

琼华、悦柔等听佑椿这样说，一时更加前俯后仰地大笑起来。陆义明见家里多了几个年轻的女郎，已经有些稀奇，此刻又被她们这么地一来，这就益发弄得莫名其妙起来，连忙说道：

"这……这是怎么的一回事？咦，翠英妹在这儿吗？"

"表姊夫，我来给你们介绍吧，这几位都是我的同学。"

翠英微欠了身子，说到这里，便一个一个地给大家介绍一遍，于是众人点头——招呼。陆义明向她们客气了几句之后，又继续地问道：

"你们刚才笑的究竟是怎么的一回事呀？"

"你还问哩！因为我们糊糊涂涂地这样坐下了，现在一看形状不雅观，幸亏你赶到了，否则，方少爷倒做了海龙王身旁的大丞相了。"

琼华听丈夫还这么地问，遂笑嘻嘻地告诉他。陆义明方才明白过来了，他也由不得忍俊不止起来了。这一餐吃得很快乐，各人的脸上差不多都是笑意生春。吃毕饭，大家又闲坐了一会儿，佑椿虽有依依不舍的意思，但因为时候不早了，也只好怏怏地作别回家去。这里琼华招待她们到客房里睡下，方道了晚安，也自管回房去安寝了。

次日早晨起来，翠英见梨芬还没有醒转，于是和悦柔、美芳蹑手蹑脚地走到外面。大家梳洗完毕，琼芳也已出房，说道：

"你们为什么不多睡一会儿呢？乡村地方，一定睡得不大舒服吧？"

"倒不是为了这个缘故，因为陌生床睡不大惯。瞧梨芬这妮子，昨儿跌了一跤，今天倒睡得香甜呢。"

大家正说着，义明也起来了，厨下女佣也开上早饭，于是大家坐下匆匆地吃早餐。义明吃毕，先到城里店中去了。这里琼华等到客房里去看梨芬，梨芬已经醒了，遂问她伤处好些了没有，梨芬道：

"我身上稍为有一点儿热度，今天恐怕不能起床了。你们只管去玩吧，给我静静地休养一天，明天会好的。琼华姊，我真不识相，在你府上竟生起病来了。"

"怎么？你身上有热度了吗？那可如何是好呢？周小姐，我的意思，还是请个大夫来给你看看吧。"

琼华听她这样说，心中很是不安，遂走到床边，伸手摸了她一下额角，低低地说。翠英等也走过来，把手放到她的额上试

213

热，觉得稍许有一点儿热度，并不十分烫手，大概是因为跌伤的反应，于是问她到底预备请大夫看不看。梨芬摇头，说道：

"我不要看大夫，这热度是不要紧的，你们放心是了。"

"那么你要吃些稀粥吗？"

"我此刻也不想吃，等会儿再说吧。"

"那么我关照王妈好生服侍着你，我们是要玩虎丘去了。"

琼华低低地说，梨芬点点头，表示好的意思，于是翠英、悦柔、美芳跟着琼华出发一同去玩了。剩下了梨芬孤零零一个人，只好静悄悄地睡在床上。一阵寂寞激起了她心头的凄凉，因此忍不住微微地叹了一口气。

十点左右的时候，王妈端了稀粥进来，给梨芬略为用过。梨芬一个人太感冷静，遂问王妈要了一本随便什么书本来看。王妈给她一本小说，说是少奶看的书本。梨芬接过来看，原来是一本《红楼梦》，遂点头说很好，于是王妈出去，梨芬一个人便静悄悄地以小说来消磨寂寞了。

也不知经过了多少时候，忽然房外有个人影子一闪，自言自语地在说道：

"咦，她们全都出去了吗？"

"是谁？"

梨芬一听是个男子的声音，心头倒是微微地一惊，遂放下书本，急急地问。随了梨芬这一问，只见佑椿已经含笑走进房来，说道：

"是我，周小姐，怎么你病倒了吗？"

"稍许有些热度，没有关系，此刻已经好得多了。"

梨芬见是佑椿，这才放下心来，向他微微地一笑，低声回答。佑椿今天换了一身较新的西服，头发也梳得更光亮了，他的温情态度和热心的侠肠，在梨芬芳心里是感到一阵可亲的好感，所以扬着眉毛，脸上显出十二分妩媚的神情。佑椿因为她并没有叫自己坐下，所以只好站在房中，大概也是个不善说话的人，他搓着手，红着脸，好像十分局促不安的模样。倒还是梨芬先说道：

"方先生，你请坐吧。"

"好的，好的，周小姐，你在看什么书呀？我想你身体既然不大舒服，就该休养休养，其实看书也很伤精神的。"

佑椿总算被她解去了局促，一面点头说好，一面就在椅子上坐了下来。他用了关切的口吻，向她好意地劝说。梨芬感谢地望了他一眼，笑道：

"我不是什么大病，看会儿小说解闷，因为一个人实在太冷静了。"

"是的，我倒没有问你，琼华姊和还有几位小姐她们上什么地方去了？"

"她们玩虎丘去了，这次我们从上海到来，原是想游玩一个痛快的。万不料我会遭到这样的不幸，现在躺在床上，真是懊恼极了。"

"那么周小姐的伤处可好些了吗？我想拿红药水再来给你敷上一点儿好吗？"

佑椿趁此机会，便又竭力地献着殷勤劝说。梨芬觉得有些难为情，遂摇了摇头，秋波逗了他一瞥羞涩的媚眼，说道：

"跌伤的地方倒好得多了。方先生，昨天要没有你来助我，我真不知到什么时候才能回家呢。所以我心中非常地感激你，不过昨天我还没有好好地谢过你，请你不要生气，原谅我吧。"

"不，不，周小姐，你怎么说得这样客气呢？我绝对没有生气，而且我还很同情你。昨晚回家之后，就一整夜没有好好地睡着，我怕周小姐的伤会不会影响到身体的健康？"

梨芬昨晚不谢自己，却留到今天这时候再向自己感激不尽地道谢，佑椿也是一个聪明的人，他知道昨晚人多口杂，而尤其她几位同学小姐偏偏都会说笑话的人，所以她一定完全是为了怕难为情的缘故，其实，她的芳心里对自己的印象一定不坏什么的。佑椿这样想着，心里十二分甜蜜，这就满面堆笑地格外显出温情柔软的态度，脉脉含情地向她说出了这几句话。梨芬当然也不是一个呆笨的姑娘，她觉得在他的言语之间，对自己不免有些过分的关怀，这其中一定是包含了一点儿爱素的成分。她有些羞涩，不过也有些喜悦，妩媚地笑道：

"不会的，这是一些皮伤，没有什么大不了，你放心吧。"

"但愿不要紧的，这就使我谢天谢地的了。"

梨芬这一句放心吧的话，似乎也说得过于密切，因此佑椿这个机会不能错过，遂频频地点头，表示感到无上安慰的样子回答。梨芬心中感到有趣和好笑，因此忍熬不住扑哧一声笑起来了。经她这么一笑，佑椿方才感到有些不好意思。自己为什么要关切到这一份地步？这真是吹皱一池春水，干卿何事？也许梨芬心中真有这样的感觉吗？因为我们之间，非亲非戚，而更非朋友，这样的关心祈祷，那自不免超乎范围。想到这里，他两颊一

216

阵燥热，便像喝醉了酒一般通红起来了。

两人这样默默地坐着，因为这是人家的卧室，孤男寡女，似乎应该有避点儿嫌疑的必要。梨芬觉得睡着不好意思，她便从床上靠起身子来。佑椿方才说道：

"周小姐，你要拿什么东西？我可以给你代劳，你别坐起来呀。"

"我不拿什么，我睡腻了，想靠起来坐坐。"

"那么你要喝茶吗？"

"你是客人，怎么能叫你服侍我？"

梨芬觉得真有些口渴，但不好意思叫他倒茶，遂含笑回答。佑椿知道她要喝些茶的意思，遂站起身子来，亲自给她倒了一杯茶，说道：

"不，我不能算客人，你才是客人。因为我住在苏州，你从上海到来，这儿虽然不是我的家，但我也得尽地主之谊，所以我服侍你，那实在是应该的事情。"

"嘻嘻，方先生，你真会说话。我还没有请教，你的大名是什么？在苏州学校里读书吗？"

"我草字佑椿，高中毕业之后，却闲在家里，没有做些什么。"

"那你为什么不读大学呢？"

"我妈只有我一个独生儿子，她不舍得放我出远门，说反正家里开了一爿米行，不愁吃，不愁用，叫我别离开她。"

梨芬听他这样回答，心中未免有些可惜，觉得他的前途也许是被他母亲溺爱所害了。虽然很想劝劝他，但到底有些说不出口。佑椿见她默不作声，遂也问她说道：

"周小姐的芳名叫什么？上海的府上住哪儿？家里还有些什么人？你肯不肯向我告诉一个明白吗？"

"我叫梨芬，上海住在东华路群益里十号。我只有一个妈、一个哥哥，爸爸却已经死了。"

"你哥哥叫什么名字？他还在读书吗？"

"我哥哥名叫静江，他在警察局司法科做事情。"

"那么你在什么学校里求学呀？"

"我在华华女中读书。方先生，我说像你这样优越的环境，应该去考大学再求深造。假使这样地蹉跎宝贵的光阴，浪费有用的时间，那我认为是太可惜了。"

"周小姐，你这两句金玉良言很有意思，我一定听从你的话，和爸妈去要求，准定考大学去。不过，我很想和周小姐交一个朋友，不知道你肯不肯答应和我交朋友吗？"

佑椿说到这里，便向她提出了这个要求，笑嘻嘻地说，表示非常诚恳的样子。梨芬红着两颊，支吾了一会儿，正欲回答，忽然见王妈端了稀粥又进来了。

第四回

有色无香泪滴断肠花

方佑椿见王妈端了稀粥进来，心中很是奇怪，这就咦了一声，向梨芬望了一眼，低低地问道：

"周小姐，你还没有用过午饭吗？已经两点钟了呢！"

"方少爷，周小姐在十点钟后吃早餐的，我怕十二点钟给她吃午饭，她一定吃不下的，所以给她延迟了两个钟点。周小姐，你此刻大概觉得有些饿了吧？"

"谢谢你，真费你心了。"

梨芬听王妈这样说，心中非常地感激她，遂向她低低地道谢。王妈说声别客气，把一盘子粥菜放在床边的椅子上，她便悄悄地出去了。梨芬于是端了饭碗，垂了粉脸，一口一口地吃粥。佑椿向房门口望了望，猜度王妈大概已经走了，他于是望着梨芬的娇靥，又继续地说道：

"周小姐，刚才我的要求，不知道你能够答应我吗？"

"这也谈不到是什么要求，我认为交朋友那是一件很平常的事情。一个人活在社会上，朋友是多一个好一个的。不过话又得

219

说回来，那当然是限于好的朋友而说的。这是圣人所谓'益者三友，损者三友'的话。方先生，你说交朋友不是很关系一个人的前途问题吗?"

梨芬一撩眼皮，乌圆眼珠一转，瞟了他一眼，索性显出很大方的态度，滔滔地说了这一篇话。佑椿听了，知道她是怕自己会把她引坏的意思，所以会说出了这一番理论。其实，这也难怪，因为自己和她根本素昧平生，还是第一次相识，彼此就要交起朋友来，那么在一个女孩家的心里多少总有些顾虑的吧。遂微微地点了一下头，笑着说道：

"周小姐，你这话很有道理，不过，你难道疑心我和你交了朋友之后，会引坏了你吗?"

"倒不是完全有这个意思，但……因为我们是初交，我心里又不得不这么地想。"

梨芬回答得不但有些矛盾，而且还有些俏皮的成分。她把秋波斜乜着他，嘴角含了微微的媚笑。佑椿点点头，说道：

"所以啦，日久见人心这句话就很不错。周小姐，我的意思，我们交朋友不妨作一次试验性质，假使你认为我这个人还不算坏，那么我们就不妨把朋友交下去，否则，你就不理我是了。周小姐，你说我这办法好不好呢?"

"不过我在苏州是住不了三四天的日子，马上就要回上海去的。其实，我们的相聚，最多也不过三四天的日子罢了。"

"不对，不对，周小姐，你不是希望我继续地读大学吗？那么我以后也要到上海来求学。我想平常日子或许没有空，星期日当然有机会给我们碰面的，所以周小姐若不讨厌我的话，我说不定时常地会到府上来打扰呢。"

　　佑椿连说了两声不对，又笑嘻嘻地说出了这几句话。梨芬心中暗想：这个人一定有些痴心的，他所以要到上海去投考大学，说不定还是为了时常可以和我见面的缘故呢。一时想想，倒觉好笑。不过自己这次的遭遇，确实全仗他热心救助的，我应该要报答报答他。假使他内心的品学也和他外表一样美丽，我当然也乐而和他结交成一个知心的朋友。梨芬在这样沉思之下，她的芳心不免荡漾了起来，含情脉脉地望着他脸，低低地说道：

　　"你愿意来我舍间游玩，那我一定很欢迎的。"

　　"真的吗？"

　　佑椿似乎受宠若惊地笑了起来，他眉飞色舞的，表示说不出得意的样子。梨芬赧赧然地一笑，低低地说道：

　　"这有什么不真呢？你是住在苏州的，到了上海之后，你便是客人，那么我就得尽个地主之谊，不是应当招待招待你吗？"

　　"那么你的妈和哥哥不会讨厌我吗？"

　　"那是不会的，也许他们知道了你是曾经救助我的恩人，说不定他们还会十分地感激你哩！"

　　梨芬说到这里，却又怕起难为情来，红了粉脸，秋波斜乜了他一眼，若有娇媚不胜情的样子。佑椿的心头是像涂过了一层糖衣那么甜蜜，但表面上还竭口地说道：

　　"哪里哪里？这也说不上什么一个'恩'字，在我无非是一举手之劳，那实在是算不了什么的。周小姐，我想在这两天中，待你伤势好了之后，请你到舍间去吃饭，不知道你肯赏光吗？"

　　"并不是不肯叨扰，实在因为不方便，所以我是心领谢

221

谢了。"

"那又有什么不方便呢？我家里只有一个母亲，父亲是整天在米行里的，所以你根本不用怕难为情的。况且我也不叫家里弄什么菜，无非是吃一顿便饭罢了。"

"我说的不方便，是因为我还有几个同学在一块儿，假使你单独地请我一个人吃饭，那不是别人家要说笑话吗？"

佑椿听她这样说，方才恍然大悟起来，暗想：到底女孩儿家心细如发，比我想得周到得多了。遂沉吟了一会儿，方才低低地说道：

"那没有关系，我可以请她们大家一同去吃饭的呀。"

"我想你这个可不用客气了，还是省了吧。"

佑椿于是不再强邀，望着她匆匆地吃完了饭，便把菜盘给她拿到桌子上，回身到房门口，向外面叫了两声王妈。王妈知道梨芬吃好了，遂端了面水进房，拧了毛巾，给梨芬擦脸。梨芬此刻觉得精神很好，遂跳下床来。佑椿忙道：

"周小姐，你怎么起来了？"

"我想到外面去透透空气。"

"你能走路吗？"

"不痛什么了，我原说是一点儿皮伤，没有关系的。"

梨芬一面说，一面已移步出房。佑椿从后面跟出来，两人一同走到小院子里，小院子里种植几盆秋海棠，红红的花朵，在淡淡的阳光笼映之下，更觉鲜丽夺目，十分可爱。不过秋海棠有色无香，别号断肠花，多少也有些红颜薄命的意思。所以梨芬很有些感触，忍不住微微地叹了一口气。佑椿听她叹息，一时很有些奇怪，遂低低地问道：

"周小姐，你怎么叹气了？"

"没有什么，我见了那海棠花，虽然艳丽，但多少总有些凄凉的意味，所以它的身世是很令人可怜的。"

佑椿听她这样说，一时倒不禁为之愕然，呆住了一会儿，方才望着她的粉颊，笑嘻嘻地说道：

"花儿本是一种木然无知的植物，它根本没有灵感，你为什么要为它而感伤，我觉得周小姐真是太多情了。"

"这也许因为我身上有些不舒服的缘故，否则，我就不会有这样无聊的感触了。"

"那么我劝你还是到房里去躺下了吧。"

"世界上的事情，真是令人意想不到。比方说我吧，从上海到来，为的是游玩，不料竟会闯了祸，险些还丧了命。上海不生病，却到苏州来生病，想起来真觉得好笑。"

"但……假使你不跌下山缝里去，也许我们不会认识，所以我说凡事也总有个缘。"

梨芬听他这样说，不知怎么的，粉脸立刻会飞过了一朵红云，秋波逗了他一瞥娇羞的媚眼，忍不住微微地一笑，说道：

"不过将来的变化，那就令人捉摸不定的了。"

"我想不会的，只要周小姐不讨厌我，我愿意终身做你忠实的奴仆，我情愿为你牺牲，我情愿为你吃苦，我情愿为你死！"

佑椿说到这里了，也不知打哪儿来的一股子勇气，竟把梨芬的纤手紧紧地握住了，用了无限诚恳的话，向她低低地说。梨芬生长了这十七年来，可说从来没有被异性握过手，更没有听到过这些赤裸裸包含了神秘的话，所以她此刻被他握住了手，全身的血流好像过了电一般会行动得特别快速起来，同时她那颗芳心也像小鹿一般地忐忑地乱撞不停。她心中说不出是喜悦，还是羞涩，两颊涨得像海棠花一样红，过了良久，方才低低地说道：

"方先生，你为什么要说死说活呢？我想只要你能够成为一个伟大的青年，不随俗浮沉，不荒唐胡闹，我相信你永远是我的好朋友……"

"我知道，我一定努力上进，我要在社会上好好干一番事业。因为我有了你这一盏明灯在我前途上照耀，那我当然会向这条康庄大道而前进了。周小姐，我今天太兴奋快乐了，我觉得这是我生命史上最值得纪念的一页。"

佑椿兴奋得手舞足蹈的样子，滔滔不绝地说出了这一番话。他脸颊上的笑容这就没有平复的时候了，两人情话绵绵地谈个不了，是因为十分投机的缘故，所以要说的话也就越说越多，好像说不完的样子。直到斜阳慢慢地偏西了，院子里的景物笼上了一层轻罗纱那样的薄暮，梨芬才感到有些倦意，遂望了他一眼，低低地说道：

"方先生，我想回房去休息一会儿，你最好也回去了吧。"

"你一个人不是很冷清吗？我伴着你再去谈一会儿也不要紧。"

"不，她们就要回来了，回头被她们看见我们两个人在一处，又要被她们取笑的。所以你还是回去的好，反正你明天仍旧可以来的。"

梨芬后面这句话就是给佑椿一个暗示。佑椿是个聪明人，他早已理会了，一时转了转眸珠，点点头，附了梨芬的耳朵，低低地说了一阵，接着笑道：

"周小姐，你看这个办法好吗？"

"到了明天再说吧。"

梨芬暗暗地沉吟了一会儿，有些羞涩地回答。佑椿不敢多说什么，遂和她握握手，方才匆匆地回家去了。梨芬等他走后，遂慢步回到房中，又歪到床上去躺着看书。她这一回名义上是看着小说，而实际上书本里的故事情节一点儿也没有看到她的眼睛里去。因为她的脑海里只管想着佑椿这个人，他的举动，他的言语，显然完全是爱上了我。因为是初次和人家谈恋爱的缘故，所以在梨芬的心头总觉得跳跃得快速，两颊是热辣地感到发烧。

黑夜之神降临了大地，王妈已到房中来上了灯，她自言自语地说着，真奇怪，怎么直玩到这个时候还没有回来呢？不料王妈话声未完，只听外面一阵女子的笑声莺莺燕燕地哄了进来。梨芬从床栏旁靠着身子，故作生气的样子，说道：

"你们真是黑心，玩到这么晚才回来，把我一个人孤零零地丢在家中受凄凉，瞧你们在外面玩得多高兴呢！"

"我原说早点儿回来的，谁知她们一定要玩得天黑下来不可。周小姐，你吃了什么东西没有？热度退了吗？"

琼华一面走到床边说，一面伸手按了按她的额角，表示十二分关怀的意思。王妈不等梨芬说话，便先抢着告诉道：

"十点钟的时候，我给周小姐吃一碗粥，后来两点钟的时候，又吃了一碗粥，直到此刻还没有吃过。"

"那么周小姐此刻一定饿了，王妈，你快去开晚饭吧！"

王妈答应一声，便自管地出房去。这里美芳把一包龙眼松子糖掷到梨芬的怀里，笑盈盈地说道：

"我的好小姐，你别怨我们黑良心了，我们特地到观前街采芝斋去买了给你吃的。你再说我们黑良心，那你自己也变成狠心人了。"

"喏喏，还有一听玫瑰水炒瓜子，也给你解个闷儿吃了吧。"

翠英把手里拿的一听瓜子也送到梨芬的面前去，于是悦柔把手里一包陈皮梅也丢到她的床上去。梨芬这就忍不住笑起来，说道：

"够了够了，你们自己留着吃吧，我吃不了这许多呢。"

"我们明天还可以出去买的，你明天能不能和我们一同出去玩呢？"

悦柔笑着问她。梨芬听了，微蹙了眉尖，沉吟了一会儿，表示有些懊恼的样子，低低地说道：

"只怕还不能走很多的路呢。所以这次旅行，我是只好忍痛牺牲了，反正你们去玩一个痛快，和我去玩也是一样的。"

"你这句话说得真漂亮，哈哈！哈哈！"

众人听梨芬这样说，一时都忍不住大笑起来了。大家说笑了一会儿，王妈来请众人到外面吃晚饭。琼华扶了梨芬身子，于是大家一同走到会客室去。

一宵无话，到了第二天，翠英向梨芬说道：

"我们今天再畅游一天，明天乘早车回上海去了。你能不能走？假使还可以支撑的话，今天我们一同去玩玩。否则，你这次到苏州来，那未免太不合算了。"

"这也算不了什么不合算，我为了保重点儿身体起见，我就决定在家里再休养一天吧。"

大家听梨芬这样说，遂也不便去勉强她，于是由琼华带着众人又出发去游玩了。这里梨芬坐在房中，一个人嗑着瓜子消遣。也不知为什么缘故，她的心是跳跃得厉害，一会儿看桌子上的时钟，一会儿望房门外有没有人来。好容易地直等到十一点敲过，方才见佑椿笑嘻嘻地进来了，说道：

"周小姐，怎么样？到我舍间去吧。"

"让我跟王妈去说一声……最好你去跟王妈先说了，否则，让王妈传到她们的耳中，又要取笑我了。"

梨芬回房门口走了两步，赫然又回过身子来，向佑椿红了脸说。佑椿点点头，表示可行的意思，他便匆匆地出去了，不多一会儿，佑椿和王妈一同进来了。王妈说道：

"周小姐，方少爷请你到他府上吃饭去，你去不去呢？"

"陌陌生生的，怪不好意思，我不去了。"

佑椿听她忽然又这么地说，一时倒不禁愕住了一会子。但仔细一想，方知她是因为在王妈的面前所以故意假惺惺作态的，于是忙又说道：

"那没有什么关系啊，我家里只有一个妈，此外没有什么人了。你不信，可以问王妈的，那就知道我没有说谎了。"

"方少爷家中倒真的没有什么人，周小姐，那么你就去了吧，人家也是一片心，你就别使方少爷失望吧。"

"王妈，那么我吃毕午饭马上就回来的。"

梨芬表示情义难却的样子，向王妈这么地关照。王妈点头答应，梨芬遂跟着佑椿走出琼华家了。在大门口，佑椿拉了拉梨芬的手，笑道：

"你真有心计，还来了这么一套花样精。"

梨芬没有回答，却逗了他一瞥白眼，这白眼也可说是一个妩媚的娇嗔。佑椿心中反而荡漾了一下，感到了说不出的可爱。佑椿的家和琼华的家原隔不了几十步路，所以不上三分钟，就跨进了佑椿家的院子。只见里面四周植着矮矮的冬青树，西首有座假山，假山旁有着花卉的盆景，点缀得清静幽雅，煞是可爱。梨芬随了佑椿踏进会客室，只见一个年纪四十多岁的妇人，坐在红木大座椅上吸着水烟筒，呼噜噜地响个不停，佑椿便含笑叫道：

"妈，周小姐来了，你老人家快来迎接呀！"

"这位就是方伯母吗？侄女来得很孟浪，还请伯母老人家不要见怪才好。"

"哦，周小姐，你不要客气呀！快请坐吧，乡村地方，实在见不了客的。"

方老太一听儿子这样说，便站起身子来，回头向梨芬身上望去。梨芬也很伶俐，早已笑盈盈地走上前去，向她恭恭敬敬地鞠了一个躬，表示很有礼貌的样子。方老太拉了她的手，细细地端详了一会儿，觉得果然是一个秀丽的好人才，遂拉开了嘴笑着，表示无限亲热，一面叫女佣倒茶，一面请她在自己身旁坐下。佑椿在旁边得意扬扬地说道：

"妈，周小姐无论如何也不肯来，我硬请了来的，这真是天大的面子呢！"

"可不是？周小姐，你府上在上海东华路群益里十号吗？那

228

边是什么房子呀?"

"是一楼一底的房子，我们一家三口住着，倒还算舒服。上海是寸金之地，租房子要顶费，而且还讲金条计算的，真了不得，这样生活程度，要没有真本领，在社会上真不容易混饭吃。"

"那么你们的生活是全靠你哥哥一个人来维持了，你哥哥倒真也能干。"

"哥哥还只有最近在警局司法科里办事情，其实是全靠我爸爸遗下来的一点儿积蓄，做了一点儿买卖过生活的。"

大家谈了一会儿，女佣们开上饭来，小菜备得丰富精美，摆了满满的一桌子。佑椿拿了一瓶菊花酒，说非常可口，香喷喷的，喝了不但活血脉，而且增强胃口。说着，便在桌子上满满地倒了三杯。方太太拿了一杯送到梨芬的面前，说道:

"周小姐，没有好的小菜请你，我们不要客气，随意地吃吧。"

"伯母，我不会喝酒的。"

"少喝一点儿没有关系。"

方老太微笑着说，还把精美的小菜一筷子一筷子地夹到她的羹碟里去。大家低斟浅酌地吃着，闲坐了一会儿。这时外面进来一个小丫头模样的少女，向方老太笑着说道:

"方太太，你们吃了饭没有? 三缺一，我们太太请你打牌玩去，有空吗?"

"打牌吗? 今天我家里有客人在着呀。"

方老太虽然很有意思打牌，不过为了梨芬第一次到来，自己主人不好意思就离开家里，遂无可奈何地笑着说。梨芬当然不愿意为了自己而打断了人家玩牌的兴趣，于是连忙说道：

"伯母，你只管打牌玩去好了，我坐一会儿，也要回去了。"

"那么佑椿陪伴周小姐谈一会儿，我不奉陪你，就打牌去了。嘻嘻，三缺一，不来要伤阴骘的。"

方老太一面说，一面自己也不由好笑起来了。她向梨芬点点头，便跟了那个小丫头急匆匆地打牌去了。佑椿待母亲走后，便也好笑地道：

"你瞧我妈一听打牌，就是天坍的事情，她也不管了。"

"年老的人，没有什么消遣，打牌就成唯一的消遣了。我妈也是这个样子，不过最要紧的是玩得小一点儿，那么就不伤脾胃。"

"真的吗？那么将来给她们两位老人家住在一起，倒是个长搭子呢。周小姐，你看她们有住在一起的希望吗？"

佑椿笑嘻嘻地问她，脸上是显现了一点儿神秘的成分。梨芬知道他问这话是有用意的，遂微微地一笑，秋波斜乜了他一眼，笑道：

"这就要看我们将来的如何变化了。"

"周小姐，我赤裸裸地对你说，我绝对地向你忠心到底，绝不变心，请你也能够答应爱我吧！"

佑椿今天在自己的家里，况且母亲又打牌去了，那么他的胆子自然也更加大起来了，索性紧紧地握住了她的手，老实不客气地求她爱了。梨芬扭捏了一下腰肢，赧赧然地说道：

"我不是早就跟你说了吗？只要你有十分的成就给我看，我一定不会使你感到失望。好了，我要回去了。"

"哎！哎！周小姐，时候还早哩！她们出去玩了，总非到天色黑下来是不回家的。那么这样早地回去，一个人不是也很冷清清吗？我们的卧房你还没有参观过，还是到我房中去坐一会儿吧。"

梨芬被他紧紧地拉着不放，因为有了几分酒意，这就情不自主地跟他一同到卧房去了。佑椿的卧房，一半是陈设得像书房似的，倒也收拾得窗明几净，微尘不染。尤其是窗外有一丛修竹随风飘摇，竹叶在淡淡的秋阳光芒下反映到房中清辉的壁上来，更觉清静而优雅。佑椿亲自给她倒了一杯茶，望了她出水芙蓉般的娇容，笑问道：

"周小姐，你看我这一间卧房还算布置得幽雅吗？"

"很好，我说幽雅就是幽雅在这几枝修竹上。"

梨芬一面回答，一面在那张长沙发上坐了下来。佑椿仗了几分酒的胆量，也在长沙发上和她并肩坐下，望着她有些馋涎欲滴的样子，笑嘻嘻地却并不说话。梨芬见他脸儿也相当通红，两眼的光芒好像要射到自己的心房里去一样，于是她开始有些害怕，芳心是忐忑地跳跃着，正欲起身告别的时候，这是万万也想不到的事情，佑椿像一条疯狂的狗似的猛可把梨芬抱住了，低下头去，把梨芬的小嘴儿便紧紧地吻住了。

男女间的情本来像火焰一样，何况在酒后的两人，那是更容易发生尴尬的事情。梨芬被他一吻之下，竟然消失了抵拒的勇气，而且是全身都觉得软化起来，于是在这情形之下，那以后的发展也就不堪设想的了。

事后，梨芬当然是呜呜咽咽地哭泣，而佑椿只好百般地安慰她，并海誓山盟地立了许多天长地久的话。梨芬想到明天要回上海去，在离开苏州之前一日，竟会丢送了自己女孩家的清白，那自然格外伤心和悔恨，所以眼泪便像雨点儿一般地落下来。佑椿没有办法，遂又一本正经地说道：

"周小姐，事到如此，你伤心也没有用呀！不过，我始终是不会抛弃你的，假使我忘记了你，那我一定没有好死的！"

"我明天就要到上海去了，你到底能不能到上海来投考大学，我又不知道，那么我们远隔两地，几时可以月圆，谁能有把握呢？假使你另外爱上了什么人，叫我不是白白地牺牲了吗？"

"你放心，我昨夜已经和母亲讲好，她老人家已答应我继续考大学去读书了。所以三五天后，我也会动身到上海来找你的。"

"但愿你爱情专一才好，否则，我是只有一死以了残生了。"

"别说这些话，你也别伤心，我向你念了这么的重誓，你难道还信不过我吗？梨芬，快停止了哭吧，哭得红眼妈似的，回头让她们问起来，你回答什么好呢？"

佑椿一面安慰她，一面给她拭了眼泪。梨芬听了，也只好停止了哭泣，走到面盆架旁，洗了一个脸，重新涂上了脂粉，才把哭过了的眼睛掩饰过去。两人又说了一会儿话，天色渐渐黑下来了，梨芬在万分哀怨的情绪之下，也只好告别回去了。临别，又向他关照，说明天早车动身回上海。佑椿回答，说一定来送行。

梨芬回到琼华的家里，经过小院子，见了那几盆秋海棠，想起了"有色无香"这四个字，她一阵子悔恨，眼泪几乎又要夺眶而出了。不多一会儿，琼华等回家来了，王妈先告诉周小姐的午饭是方少爷请了去吃的，于是悦柔、美芳等又向梨芬取笑起来。

梨芬真有些哭笑不得，心里是说不出的苦楚，也只好让她们笑话了一阵而已。

次日早晨，翠英、悦柔、美芳、梨芬四人向琼华连连道谢，方才坐车匆匆别去，不料佑椿先在车站等候，并且买好了四张二等车票。翠英等知道佑椿是爱上了梨芬的缘故，大家忍不住暗暗地好笑。火车开了，梨芬似乎有些伤心的样子，同时月台上的佑椿也有些呆若木鸡的神气，翠英、悦柔、美芳见了，自然暗暗地猜疑，感到奇怪。不过在她们心中，又如何料得到他们之间会有这一层秘密关系呢！

佑椿在家住了两天，真有些心思不宁，每日坐立不安。他便向方老太告诉，决定明天动身到上海考大学去。方老太没有办法阻止他，也只好由他而去。佑椿的爸爸思民，因为多着一票钱没有什么用，遂叫佑椿带到上海去买金条藏着。临走的时候，并向他关照，说方老太有个弟弟叫苏广文，住在大明路新余里三号，你可以到那边去安身。佑椿记在心里，匆匆地动身也到万恶的上海来了。

第五回

一筹莫展山穷又水尽

　　周梨芬从上海到苏州去玩的时候，一路上活活泼泼，差不多全是她一个人说着笑话，谁也及不上她那样高兴快乐。可是，从苏州回到上海来的途中，她却沉默寡言，而且愁眉不展，满脸显出悲哀凄凉的成分。这使翠英、悦柔、美芳三人心中当然感到了万分的奇怪，问她原因，她又不肯说明白，所以大家都觉得非常纳闷。到了上海，出了车站，方才各自握手分别回家。梨芬回到家里，周老太见女儿回来，心中好像放下一块大石，遂笑嘻嘻地说道：

　　"梨芬，你回来了，带些什么东西回来给妈吃呀？"

　　"妈，你还想东西带给你吃呢，这次女儿险些闯了大祸，要不能回到上海来和妈见面了。"

　　梨芬扑到周老太的怀里，撒娇似的告诉。周老太一听此话，不禁大吃了一惊，遂抱住了梨芬的娇躯，偎着她的粉脸，急急地问道：

　　"孩子，怎么啦？快告诉我，难道你们在火车上出了什么乱子吗？"

"不是在火车上出乱子的。"

"那么到底是怎么的一回事情呢？孩子，你快说呀！我心中急都急死了。"

周老太疼爱着女儿，心中非常地难过，急得好像要哭出来的样子。梨芬方才把到苏州去游玩的经过向妈诉说了一遍。周老太暗暗地念了一声佛，带了埋怨而又舍不得的口吻，叹了一口气，说道：

"那真是太危险了，假使这山缝是非常深邃，那你的性命不是要完了吗？还有这位方少爷也真感激他，你有没有好好地谢谢他呀？"

"叫我怎么样谢他好呢？不过，听说他要到上海来考大学，我把家里地址已抄给他，假使他到我家来了，你千万要好好招待他才是呀！"

"那当然，我不但好好地招待他，而且还要详详细细地问他身世，假使果然是个好人家的少爷，那我一定要看中他做女婿呢！"

梨芬这样关照着母亲，周老太是早已理会女儿心中的意思了，遂点点头，忍不住笑嘻嘻地回答。这两句话当然是说到梨芬的心眼里去的，一时又喜又羞，绯红了两颊，把脸在母亲的怀内乱躲乱藏，嗯了一声，却像小孩子似的闹着不依起来。周老太被她弄得痒丝丝的，忍不住也哧的一声笑起来了。正在这个时候，静江匆匆地走进来，一见妹妹在母亲怀里撒娇，便也笑道：

"怎么啦？妹妹从苏州回来，倒变成一个小孩子了？"

235

"静江，你妹妹在苏州游玩，几乎玩出祸水来了。"

"真的吗？为了什么呢？难道被人欺侮了？"

静江很惊讶地急急地问，周老太遂把梨芬告诉自己的向静江说了一遍。静江听了，望着梨芬的芳容，笑道：

"真亏了这位方先生，我们得好好地谢谢他才是啊！"

"我也这么地想，好在方先生要到上海来考大学，假使他在上海没有住的地方，我的意思，就请他住到我的家里来吧。静江，你说好吗？"

"很好，假使妹妹和他感情不错的话，我想就把他做了我家的女婿吧。"

周老太听儿子说的竟合着自己的意思，因此心中一欢喜，便哈哈地笑起来了。梨芬却一骨碌翻身从母亲怀内起来，扬了手，要去追打静江，静江扶着那张大餐台，一个逃，一个追，转圈地打圈子。周老太笑道：

"好了好了，阿梨，你哥哥也是正经话，怎么反而还要打他起来呢？难道你对这位方先生一点儿没有意思吗？"

"妈，你还帮着哥哥取笑我，阿拉勿来，嗯！你们娘俩一吹一唱，哼！"

梨芬娇羞满面地说，说到后面，绯红了娇容，便返身逃到楼上房中去了。因此引得周老太母子倒忍不住又笑起来。过了一会儿，周老太问道：

"咦，你怎么此刻回家来了？"

"哦，我忘记了一件公文，所以回家来拿取的。"

静江一面说，一面走到自己的卧房去，取了公文，急急地又到警局里去办公了。这天下午四时以后，静江下了办公室，匆匆地坐车到顾家宅公园门口跳下。只见公园门口已经等候了一个十七八岁的姑娘，含笑走上来招呼他。原来这姑娘就是苏梅君，他们是预先约好在今天碰面的。当下静江付了车资，和梅君紧紧地握了一阵手，笑道：

"梅君，你等候我好多时候了吧？对不起，我一下办公室急急地就赶来的。"

"我也刚来了不过一会儿。为了我的事情，累你急匆匆地奔波，说起来应该是我对不起你的。你这么地客气，倒反而叫我感到不好意思了。"

梅君微红了脸儿，低低地回答，她的神情有些羞愧的样子。静江拍拍她的肩胛，温情蜜意的态度，轻声说道：

"梅君，你别说这些话，我们到里面坐一会儿吧。"

静江一面说，一面已拉了她的手，向公园里面走。梅君低垂了粉脸，明眸脉脉地望着自己的脚尖，在草地上一步一步移着走。两人走到一个很冷僻幽静的树丛内，那边齐巧有一张长椅子，两人遂并肩坐下。静江伸手在袋内摸出一叠钞票，交到梅君的手里，说道：

"这给你付学费去，余下来的给你做零用吧。"

"静江，你这样热心地帮助我，叫我怎么地感激你才好？"

梅君手儿接了钞票，话声有些颤抖，眼皮一红，大有感动得盈盈泪下的样子。静江却一本正经地说道：

"我们之间的情义，还用得到什么感激两字吗？梅君，你不要难过，互助是人类应有的义务，何况我们本是知己的好朋

237

友呢！"

"静江，我说不出别的什么虚伪话来，我希望你永远地健康，我祝福你永远地幸福快乐！"

梅君望着他的脸儿，这会子真的流下眼泪来了。静江却把手指去揩抹她颊上的泪水，微微地一笑，说道：

"我健康、我幸福、我快乐，这些还都需要全靠你来赐给我的呀！"

"静江，你这是什么话呀？我的一切全靠你栽培，全靠你帮忙，我又有什么能力来使你感到幸福呢？"

"不是这样说，因为你的一切，是连带我的一切。比方说，你愁愁闷闷地病了，我也会忧忧郁郁地没有精神。比方说，你不快乐地淌眼泪了，那么我也会心中感到难过起来。你想，所以我的快乐幸福完全是根据你而变化的。梅君，四面环境虽恶，但我们壮志勿衰。我们要抱乐观，无论遇到怎么样的困难，我们总要想办法来解决它，使困难的变成不困难，使悲哀的变成了欢喜。我们要有大无畏的精神，去克服这恶劣的环境，那么我们才有光明的前途呀！"

静江越说越兴奋，越说越起劲，他握了拳头，高高地举起来，表示要和这黑暗的环境奋斗、反抗的意思。梅君听了，一时频频地点头，也不禁为之破涕笑起来了。她悄悄地把钞票放入皮包里，不知怎么的她心里总觉得忐忑地有些惄惄然。静江想了一会儿，忽然又低低地问道：

"你爸爸这几天还在做投机吗？"

"他想做，但是没有本钱，谁肯给他下手呢？他说最近一星期后，股票保险要大涨，假使有钞票，一定可以发财。他想问人家借钱，但前债未清，谁又肯信用借给他呢？所以他这几天里神思恍惚，心神不宁，简直有些神经错乱的样子。唉！投机！投机！你真是害人太甚了！"

梅君听他这样问，一时她粉颊上又哀怨起来，说到后面的时候，表示无限痛心疾首的神气。静江皱了眉尖，也感叹地说道：

"为了做投机，已经弄成这个样子，谁知他还没有死去这条心。唉！我真不相信一班世人对于欲念的着魔，竟有如此着迷啊！"

"爸爸也不知道他要弄到怎样地步，才肯死心地罢休呢！"

梅君说到这里，眼皮又有些润湿起来。两人感叹了一会儿，梅君望了静江一眼，又低低地说道：

"我想此刻就到学校里付学费去了，因为今天是截止最后的一日了。"

"好的，我和你一同去付吧。"

静江点点头，两人遂站起身子，一同走出了公园的大门。好在黄江女中离此不远，只要穿过两条横马路，在一丛绿叶堆里，便发现了黄江女子中学的校门。两人到了门口，梅君瞟了他一眼，低低地说道：

"怎么样？你和我一块儿进去，还是在门口等着我？"

"我在门口等你吧，你付好学费就出来。"

静江听她这样问，知道这是女子中学，假使由一个青年伴着她进内去付学费，明天被人家传开去，那在名誉上可不大好听，于是他轻轻地回答，还微笑着叮嘱她。梅君说声知道，她便匆匆地走进校门去了。大约十分钟后，梅君从里面匆匆地走出来，见静江站在校门口对面的人行道旁发怔，便笑盈盈地迎上去，说道：

"对不起，你等得不耐烦了吧？"

"不，你进去没有多少时候，你这时候出来，我认为非常满意。"

梅君听静江这样回答，因此也由不得嫣然地笑起来了。两人在人行道上默默地走了一会儿，静江见前面有家咖啡店，遂说道：

"梅君，我们进内去坐一会儿好吗？"

"不，我想不去坐了。"

"为什么呢？你还有别的事情吗？"

"不是，因为你已经帮助了我许多的钱，我实在再不好意思跟着你去作无谓的花费了。假使你不嫌脚酸的话，我愿意陪着你在马路上边走边谈，不知道你心中的意思是怎么样？"

静江听她这样说，方知道她是代替自己节省钱的意思，一时感到她的可爱，遂紧紧地握住了她一阵手，笑道：

"你真是一个俭朴的好姑娘，那么我们就在人行道上走着谈会儿吧。"

梅君点头说好，两人遂且行且谈，情话喁喁，越谈越有情，越谈越有义，不知不觉地天色已经黑下来，两旁的百货商店也早已万家灯火了。梅君方才和静江握手分别，各自匆匆地回家。

梅君到了家门口，伸手敲门，只听里面人声嘈杂地说着"来了来了"，接着大门开处，里面涌现了四五个面目狰狞的男子，倒把梅君吃了一惊。但仔细一看，才认出他们都是来讨债的人。这班讨债的一见是个女子，不是苏广文回来了，似乎又感到万分失望。他们瞪了梅君一眼，便又拥到会客室里去坐下了。梅君心里像刀割一般地难过，她关上了大门，由小天井步入会客室。只见那些讨债的向母亲在恶狠狠地说道：

"苏家嫂子，你的丈夫到底今天回来不回来？我们一点钟等到现在，足足五个钟点了。老实说，要想避债，那可没有这样容易，我们借给他的钱也不是偷来的，到期快半个月了，再不归还，你们自己良心上说得过去吗？"

"哼！苏广文今天不回来，我们就等他一天，十天不回来，我们就等他十天，看他能躲避得了吗？"

"假使他真的不回来了，我们老实不客气地把他家中家具搬了吧！借人家的钱，连利息都不会付一个子儿，哼！这真是太浑蛋了！"

讨债的你一句我一句地说着。梅君见母亲哭丧着脸，几乎被他们要逼得哭出来的样子，良久，方才低低地说道：

"各位先生，请你们静静地再等一会儿吧。广文他一定在想法子，预备还你们的钱，他恐怕就可以回家来了。"

"再等一会儿？瞧，天色都快黑下来了，你预备留我们吃晚饭吗？"

"你要留我们吃夜饭，去烫些酒，弄些好小菜来吧！"

"小王，你在梦想，看他们自己连夜饭的米都还在发生问题呢！"

随了苏太太这几句话后，那些讨债的又乱七八糟地说了起来，接着还哈哈地笑了一阵。梅君觉得在他们言语中笑声中无不包含了侮辱的成分，一时又气又羞，走到母亲的身旁，母女两人面面相觑，各人的眼角旁都涌上晶莹莹的眼泪来了。

大约又过了十五分钟之后，门外又有人敲门了。梅君想去开门，但这班讨债的早又一哄地推了出去。不上一分钟，梅君见爸爸脸色惨白地被这一群讨债的包围着走了进来，那些讨债的面部表情好像都在演戏的样子，睁大了三角眼，竖起了浓眉毛，似乎都像把爸爸吞吃的神气。爸爸肋下夹了一只破旧不堪的公事皮包，脸色虽然是惨白得像一张纸片，但他勉强地还含了一丝苦笑，一面走入会客室，一面放下皮包，向讨债的一一点头，招呼着叫道：

"王先生、张先生、李先生、石先生、朱先生，你们请坐，你们请坐。"

"哼！哼！请坐？我们已经足足坐了五个钟点了，再坐下去，我们的屁股快生坐板疮了！真是好大的架子！完全是经理的派头呀！"

小王是第一个瞪了眼睛，一阵子冷笑，竭尽讽刺他嘲笑说。广文低声下气地好像并无一点儿反应的样子，还是含了笑容，说道：

"哦！哦！真对不起！原来各位已等候这么许多时候了！梅君，梅君，你怎么不给各位倒茶来啊！"

苏太太和梅君一听广文这样吩咐，两人便慌慌忙忙地拿杯子倒茶，但讨债的不约而同齐声地说道：

"不必客气，不必客气，我们茶已喝得连肚子都胀起来了。

242

苏先生，我们这些钱还都是在上半个月到期的，你到底预备还不还？我们今天来讨明天来讨，连我们讨的人都有些不好意思起来了，难道你竟连一点儿难为情都不怕吗？"

"是是是，各位不要生气。并非小弟太不顾面子，实在因为没有钱来还你们，千万请你们原谅才好。"

广文好像是强盗打官司坐输的样子，低声下气地连说三声是字，愁眉苦脸地搓了搓手，苦苦地哀求着。但老张把脚一顿，伸手在台子上一拍，怒气冲冲地大喝道：

"什么？原谅？这可不是瓦片石子，这是铜钿银子呀！我们不是你的老祖宗，我们为什么要白白地给你们钱用呢？你说原谅两字，难道可以当作款子还了吗？这简直是放屁极了！"

"放屁！放屁！"

"没有这样容易，今天非还不可！不还钱，我们大家都不要走！"

随了老张的暴跳如雷之后，接着众人也怒吼起来。他们都取出香烟来，连连地猛吸，表示十二分气愤的样子。苏广文站在桌子旁，两手抚摸着桌沿，脸色在惨白之中又添了一丝紫红的成分，他额角上的汗水像珍珠一般地直冒出来，太阳穴旁的青筋显得分外清楚。他被众人逼得有些走投无路的样子，苦苦地说道：

"各位先生，你……们……逼我也没有用，除非把我这一条命你们去分了吧。"

广文说完了这几句话，他的心中是痛苦极了，伸手紧抓了自己蓬乱的头发，他简直有些疯狂起来的样子。梅君和苏太太是早已哭了，她们偎在一起，好像害怕的死神已经降临到头上的神气。这些讨债的在这一个情形之下，大家面面相觑，摊了摊手，也忍不住连连地叹气。小王比较机警一点儿，他猛可地走到桌旁，把他皮包拿起来，连忙打开，细细检视一下。只见除了当票以及股票蚀本的单子之外，什么都没有，于是众人在一哄上去之后，立刻又退了下来，大家连连地摇头，于是众人在商量之下，老张恶狠狠地说道：

"苏先生，你也不要怨恨我们讨债的太凶恶，我以为大家都要讲一点儿道理。借了人家的钱，我问你是应该到期不还的吗？"

"不！不！那当然是要还的。"

"好！你既然明白是要还的，那么你总也得动动脑筋，想想办法，来还给我们呀！要知道我们的钱，也不是偷来的呀！"

"对，对，我明白，我知道，累你们一趟一趟地空跑，我实在也太说不过去了。但是你们各位也是慈悲为怀的人，当然不忍心逼我走到死路去的地步。我现在最后向你们恳求一下，请你们再宽限我三天。在这三天之内，若再不还给你们，那么连屋子里的一切家具，你们都给搬走了吧！"

广文羞惭得无地自容地说完了这几句话，他倒在了桌子旁，几乎失声地要哭起来了。讨债的听了，似乎也不忍再逼下去了，其实石头缝内也逼不出什么油水来，于是大家说了一声"好！凭你这句话，我们走！"，遂恨恨地都走出去了。梅君等他们一走，便急急地去关上了大门，回身走进屋子，只见爸妈相对着在作楚囚之泣，一时悲从中来，也忍不住抽抽噎噎地哭泣起来。

光阴是和那讨债的一样，毫没有一些感情作用，这短短的三天日子，一忽早已过去了两天。这天晚上，广文好像丧家之犬一般地走回家来，他的神情有些木然的样子。苏太太和梅君见广文回家了，两人心中各存了一份希望的心。梅君给他倒了一杯茶，苏太太低低地问道：

"广文，明天是第三天了，你有没有想了法子呀?"

"没有，没有，一点儿法子都没有。"

广文垂头丧气地坐在椅子上，两手紧紧地抓着那条西装裤子，他颓然地回答。苏太太和梅君听了，各人的脸色立刻都变成了十分的惨白。苏太太包含了颤抖的口吻，低低地说道：

"那……可怎么办？到了明天，他们假使真的把这屋子里家具全都搬走了，我们怎么样地生活好呢?"

"怎么样地生活？哈哈！哈哈！我们本来就生活不下去!"

广文的神经也许是过分地受了一点儿刺激，他哈哈地一阵狂笑，这笑声是混合了泪和血的成分。他猛可握住了茶几上的茶杯，向地上狠命地掷了过去。砰的一声，那茶杯就在地上打得粉碎了。梅君吓得倒退两步，掩着粉脸，竭叫了一声爸爸，便哭了起来。但广文还是哈哈地狂笑着，他站起身子来，说道：

"他们逼我，他们逼我，瞧着吧！我们最多也不过是像这只杯子一样啰！哈哈！哈哈！梅君，你哭什么呢？谁叫你生长在我这一个家庭里？谁叫你有了这么一个不中用的爸爸?"

广文说到末了，他心痛极了，便紧紧地抓住了自己头发，颓然地又倒向椅子上去了。苏太太还用了温和的口吻，低低地说道：

"广文，你不要这个样子呀！我相信社会上比我们苦的人还有许多，他们不是照样地还预备活下去吗？难道我们就不能再生活了吗？广文，你身子保重点儿吧！我还给你烧好了一点儿稀饭，你就吃了晚饭，我们慢慢再想法子吧！"

"我已经到了这个地步，还保重什么身子？还吃什么断命饭？还想得了什么法子？素敏，你太不幸了，嫁了我这么一个没用的丈夫，使你受苦，使你丢脸，使你简直做不了人！我还有什么脸？我还有什么脸做人啊？"

广文一面沉痛地说着，一面又连连打着自己的额角。苏太太虽然要想安慰他，但要说的话却说不出来。梅君这时也停止哭泣，把地上碎杯子打扫过去。苏太太向梅君丢个眼色，梅君会意，把两只菜碗端出，盛了一碗稀饭，放在桌子上。她想叫爸爸吃饭，但是她又不敢喊。不料正在这时，忽然窗外一阵狂风吹入，听小院子里沙沙地落起暴雨来了。广文猛可站起身子，向着窗外黑漆漆的天空望着，说道：

"天哪！你变吧！你变吧！我希望你坍下来，崩下来，把我们这一家人淹了吧！"

"爸爸，你别这样子，你……吃了晚饭吧！"

"广文，你……听了女儿的话吧！我们慢慢地总可以想法子！"

苏太太在旁边也这样地劝慰他说，但广文却像没有听到的样子，呆然了一会儿之后，猛可返身奔入里面，在一只化学箱子里拿了一瓶毒药奔出来，却哈哈地狂笑着。他握紧了毒药瓶，一步一步地走，两眼呆滞地望着药水瓶，自言自语地说道：

"这是一瓶毒药，我记得还是在大学里读化学科时实验用的。这毒药太厉害了，只要吃下了一点儿，马上就会死！我整整地藏

246

了这么二十年，想不到今天我却会用到了它……"

"广文，你……"

"爸爸，你……哦！妈！"

苏太太竭叫起来，梅君偎在妈的怀内已经是害怕得哭出声音来了。但广文狰狞的面目上，还浮现了惨淡的笑，说道：

"素敏、梅君，你们怕死吗？可是明天这一个难关怎么逃得了？你们又有什么好法子来解决这一个难关呢？我觉得我这一个法子是再好也没有了，这一瓶毒药，给我们三个人喝下了，到了明天，不是什么痛苦、什么难关、什么侮辱，一切都不知不觉了吗？死！死怕什么？难道你们还不够受尽社会的折磨和苦楚吗？"

广文说话时的面目更可怕了，他好像完全地已抱了决死之心。但苏太太抱着梅君却在瑟瑟地发抖，她想不到社会上这一幕惨剧会发生在他们的头上，因此脸色也变成惨白了。正在这个当儿，忽然门外砰砰砰砰地有人大敲起来了。

第六回

四面楚歌绝路五君子

风是怒吼地吹着，雨是发狂地落着，天好像要坍下来，地好像要崩裂开来。这世界整个地陷入在恐怖的状态中，屋子里广文夫妇和梅君三个人的心头好像有万把钢刀在猛刺一样地疼痛。他们觉得世界虽大，却没有他们寄身的地方。上海虽然是繁华锦绣的场所，但没有他们生存的能力。在广文此刻的脑海里，手握了毒药瓶，觉得除了一死之外，简直是没有第二条路可以走。不料正在这个当儿，忽然大门外又砰砰砰砰地有人大敲起门来。在这样大风雨之夜，有谁还到我们这样困穷艰难的家里来呢？莫非又是什么讨债的人吗？他们三个人的心中有了这么一个感觉之后，大家又感到惊慌起来。广文拿了毒药瓶，早已奔向里面去躲避了。梅君走到小院子门口，探首问道：

"外面敲门的是谁呀？"

"是我，这儿是苏广文的家里吗？"

"你找他有什么事情吗？"

"哦，我是他的外甥方佑椿，刚从苏州到上海来的。外面风雨太大了，请你们快些给我开了门吧！"

梅君一听方佑椿三个字，好像记得小时候曾经有过这样的一个表哥。她那颗紧张的芳心这才感到松弛下来，回头向妈笑道：

"妈，是苏州的方家表哥来了！"

梅君一面说，一面早已冒雨奔向小院子里，开了大门，只见一个着西服的青年，身披雨衣，头戴呢帽，手里拿了挈匣和许多纸包东西，匆匆地走进大门。也不及和梅君招呼，他便穿过小院子，入会客室去了。待梅君关上大门，也奔回屋子里的时候，听他对母亲已在微笑着说道：

"舅妈，我们好久不见了，你老人家好啊？"

"好！好！谢谢你，你爸妈也都好？广文，广文，你的外甥来了。"

"是谁？是谁？哦！是……佑椿吗？多年没有看见你，你……竟然长得这么高大了！"

苏广文躲在里面，是瑟瑟地发着抖。当他听到素敏这样地告诉，这才心头放落了一块大石，遂急匆匆地走出来，他见到佑椿已经长成了这么一个风流翩翩的美少年了，心里暗想：在这么山穷水尽的时候，忽然来了一个多年不见的外甥，莫非是天无绝人之路，他特地来救济我的急难吗？这就用了颤抖的口吻，手指了佑椿，笑嘻嘻地说。佑椿向这位舅舅望了一眼，见他长了头发胡须，满脸灰白的神色。虽然也穿了一套西服，但都染了油腻腻的污渍。衬衫领头破了，领带也都松着，好像是一根油条的样子。从这一点看来，可见舅父的环境是非常恶劣。遂微蹙了眉毛，低低地说道：

"舅父，好几年没看见你，你……竟苍老得太快了！"

"是啊，瞧你从前奔奔跳跳的一个小孩子，现在长得这么高大了，那可无怪你舅舅要老啦！哎，哎，你瞧，这……就是你的表妹梅君，你们恐怕不认识了吧？"

广文听佑椿这样说，心中有些胆虚着，他很羞愧，但是又装作若无其事的样子。他伸手把梅君一指，向佑椿笑嘻嘻地介绍着。佑椿回头望去，见表妹果然长得亭亭玉立，十分美丽，心中一动，方才显出一丝笑容来，说道：

"梅君表妹，我们七八年不见了，要如在路上碰到了，我们真的会不认识呢。"

"佑椿表哥，你把雨衣脱了吧。"

梅君也笑盈盈地向他叫了一声，走上一步，伸手要给他脱雨衣的样子。佑椿连说不敢，他一面自行脱下，一面交到梅君的手里。梅君给他挂好在衣钩上，忙又给他倒了一杯茶。佑椿把许多纸包东西放到茶几上去，说道：

"这些都是苏州带来的土产，爸妈叫我拿来给你们的。一些吃不了的东西，请舅父不要见笑。"

"啊！佑椿，你太客气了！你……你……恐怕还没有吃过夜饭吧？素敏，把你这桌子上的粥菜拿进去吧，给我们外甥另外再去烧一点儿饭，烧一点儿好小菜吧。"

广文为了要显出招待殷勤起见，他情不自禁地对素敏说出了这几句话。素敏虽然连连地答应着，但心里却暗暗地叫苦，暗自想：你这人真是太糊涂了，家里穷得这个样子，你还打肿了脸充什么胖子呢？一面想，一面对梅君丢了一个眼色。梅君会意，遂帮同母亲，把粥菜碗匆匆拿进厨房里去了。佑椿的本意，当然是想在舅父家里吃夜饭的，不但如此，而且还预备在舅父家中耽搁一夜，到明天再上梨芬家里去的。不过一到舅父家里，见了舅父那种狼狈不堪的情形，知道舅父穷得一定是很厉害了。因此他又懊悔不该到这儿来，早知如此，他何不直接地上梨芬家中去呢？因为他见到桌子上的菜碗，料想他们也烧不出好小菜，煮不出白米饭，遂索性圆个谎说道：

"舅父，我在火车上已经吃过晚饭了，请你对舅妈去说，叫她别为我忙碌了。"

"你真吃过了晚饭吗？"

"是的，我吃过了，自己人还会客气吗？"

"那么我不和你客气了。"

广文在糊里糊涂地对素敏说出了口之后，他猛可想到自己的环境，因此心头也不免暗暗地着急。此刻听佑椿这样回答，那真是求之不得的事情，好像解去了一重难关似的，一面回答，一面便也奔到厨房里去了。只见素敏母女两个人，在厨房里急得团团地打圈子。素敏唉声叹气地说道：

"梅君，瞧你爸爸糊涂不糊涂？他话对我说出来了，可是叫我到什么地方去弄雪白米来？叫我到什么地方去弄好小菜来？"

"妈，你别急，我们想想法子看。"

梅君因为袋里还有一点儿静江给她的零用钱，所以她低低地回答。但广文听了，早已含笑奔上来，一面连连摇手，一面急急地说道：

"你们不用想法子了，你们不用想法子了，佑椿对我说，他已经吃过晚饭了。"

"真的吗？哎哟！把我真的急出了一身冷汗呢！"

素敏一听这个消息，仿佛遇到了什么救星的样子，伸手连连挥着额角上冒出来的汗水。广文一面笑着，一面便匆匆地又向会客室里走了。只见佑椿在开那只挈匣，挈匣里面堆满了花花绿绿的钞票。广文一见到了钞票，他的眼睛会发射出异样的光芒，两手扶着门框子，不禁呆呆地愕住了，暗暗想道：原来这位外甥竟带来了这么许多的钞票，也许自己可以请他帮一点儿忙的了，而且这几天行情看涨，叫他买了股票，他们还可以发财呢！广文这样想着，他的心是跳跃得快速，同时他的嘴角旁自然地露出一丝希望的微笑。

佑椿偶然抬头，发现了舅父在门框子旁愕住了，遂把挈匣盖慌忙合上了，拿钥匙锁好，微微地一笑，说道：

"雨落得真大，把我的挈匣都淋湿了。"

"哦，哦，你可以把里面东西拿出来晾晾干呀！"

广文这才惊觉过来似的，哦哦地响了两声，对他微笑着说。原来广文好久不曾见到这么多的钞票了，他觉得这些钞票在眼前是昙花一现，认为非常遗憾，所以趁此机会，便向外甥低低地怂恿。假使广文是个有钱的舅父，这在佑椿的心中当然可以不必顾虑一切了，但广文偏偏是个穷得不堪设想的舅父，所以佑椿当然不希望再把花花绿绿的钞票展现在广文的眼前。他摇了摇头，微笑道：

"不要紧，我已经把它弄干了。"

"佑椿，那么我们坐下来谈谈吧，你抽烟吗？"

"谢谢舅父，我不会抽烟。"

两人在隔了茶几的椅子上坐下了，广文取出烟卷来，递一支给佑椿，但佑椿却摇摇头，广文便划了火柴，自己吸了烟卷。他皱了眉头，一口一口地吸着烟卷。烟圈子在他周身飞腾，他似乎在大动脑筋的样子。这时素敏和梅君也从厨下走出来，见两人木然坐着，四周的空气是十分沉寂，只有院子里发狂的风雨之声，"哗啦啦"地落个不停。广文忽然觉得这样沉默着太冷待了客人，于是含了笑容，向佑椿问道：

"佑椿，你这次到上海来，是预备做什么生意来的吗？"

"不，我是求学来的。"

"哦，你还在读书，不知道你预备考什么学校？"

"我在苏州的时候，已经中学毕业了，所以这次到上海来，预备投考春江大学的。舅父，你说春江大学还好吗？"

佑椿一面回答，一面望了他一眼，又低低地问。梅君在旁边不等爸爸说话，便含了笑容，插嘴告诉道：

"表哥，春江大学很好，里面教授都是很有名的从国外回来的博士，你考进了之后，将来对于学术方面，一定大有进步的。"

"真的吗？表妹你在什么学校里读书呀？"

"我在黄江女子中学读书，还没有毕业哩。"

对于这位美丽的表妹，佑椿很愿意和她谈话，所以立刻回头望着她的粉脸，含笑反问。梅君有些赧赧然的意思，低低地告诉。广文很生气他们的胡扯乱拉的闲谈，因为这样足以影响到自己所要说的正经话，于是向素敏、梅君瞪了一眼，严肃地说道：

"我和这位外甥整整有八年没有见面了，今天我们爷俩要好

253

好地谈一会儿，你们母女两人可以到楼上去安息了，回头我们谈得肚子饿了，我会叫你们下来弄点心吃的。"

"嗯，我知道。"

"舅妈和表妹不用客气，我回头雨小了就要走的。"

素敏似乎有些明白丈夫的意思，他说不定会向外甥开口借钱的，有她们一同在着，那当然很不方便，于是嗯了一声，便拉了梅君向里面走了。但佑椿的心中，似乎有表妹在着，自己还感到一些兴趣，现在舅父叫表妹到楼上去，那自己根本就没有意思在这儿久待下去，遂也向素敏这样地说。广文这就急了起来，连忙说道：

"佑椿，你忙什么？我们好久不见，你是远道而来，怎么就可以匆匆地走了？舅父虽然贫穷，但总还得招待招待你啊！"

"舅父，你太客气，说什么贫穷两个字呢？"

佑椿被广文这样一说，一时也不免不好意思起来，遂微微地一笑回答。广文回头见素敏母女不在房子中了，遂又继续地说道：

"佑椿，我以为这个年头，读书不及做生意好。读会了书，简直一点儿也没有用，一张大学里的文凭，还换不到一碗淡饭吃呢！"

"舅父，这也不尽然呀。比方说，现在市府里的要人，不是个个都有学问的吗？不说别的，单说你舅父，听我妈说从前也是大学毕业的呢。"

广文听他提起了自己，脸上立刻惨然起来，含了一丝说不出痛苦的苦笑，叹了一口气，低低地说道：

"佑椿，你不提到我这个不中用的舅舅也罢了，你一提到了我，我就会感到万分心痛。"

"舅父，这是为什么呢？"

"你说我大学毕业的，不错，你舅父总算是大学毕业的。但毕业之后，又有什么用呢？到现在活到四十多岁的年纪了，还是一无所成，弄得一家三口都还难以维持，你说我惭愧不惭愧呢？倒不如我一个朋友，他连小学都没有毕业，因为做生意顺手，到现在汽车洋房，照样比我们大学毕业的人舒服得多呢！所以我的意思，你这次到上海来，还是做生意的好，别读什么劳什子的书本了。"

"舅父，我是奉父母之命到上海来求学的，再说我没有什么家庭负担，我是不需要做什么生意的。"

佑椿听舅父说的简直有些自说自话，遂平静了脸色，一本正经的神气，回绝了他说。广文哦哦地响了两声，他似乎想到了似的，说道：

"不错，不错，你的年纪还轻，你根本不用负担家庭中的生活，所以你确实不用做什么生意的。不过，你也得在你年轻的时候打一点儿基础呀！佑椿，你知道舅父是做什么生意的？"

"我听妈告诉我，说舅父在银行里任职，但不知道舅父在什么银行里？"

"不，不，我现在不在银行里任职，我是在股票公司做事情。"

"哦，在股票公司吗？"

广文一面说着话，一面吸完了一支烟卷，他立刻又取了一支，接连上去地猛吸着。他这种神情，完全有些像老枪的样子。佑椿心中有些讨厌的感觉，他想马上站起告别，但是外面风雨太大，他一面轻描淡写地回答，一面回头望到窗外的小院子去，似乎有些焦急着风雨不肯小的意思。但广文还特别起劲的神气，还是滔滔不绝地说下去道：

"做股票生意，在这个年头最有把握，而且最有希望，从前住在亭子间后楼的朋友，现在照样地开汽车、住洋房，阔绰得了不得，所以要发财，便得做股票生意不可。"

"照舅父那么说起来，你老人家既然在股票公司里做事情，不是更容易发财了吗？"

佑椿这两句话实在是包含了讽刺的成分，就是讥诮他为何自己到现在依然穷得这一份模样的意思。但广文却没有想到这一点，还以为佑椿也有些动了心，于是更加十二分兴奋的样子，把手在大腿上一拍笑道：

"对啦！我要发财实在是非常容易，不过也得等机会，像这几天来，股票猛涨，那就是一个发财的好机会呀！"

"那么舅父一定是发了财啰！"

佑椿还是一再地讽刺他。广文听了，脸上含了一丝苦笑，微微地叹了一口气，说道：

"发财的机会是有的，不过就是缺少本钿。哎，哎，佑椿，你今天来得太好了，我的意思，我们爷俩倒可以合作一下。你出资本，我出计划，我费力气，一同到股票市场里好好去干一下子，保险你——我们马上就可以发财啦！"

"舅父，可是我打哪儿来的资本呢？因为我还在求学时代，我根本也没有钱呀!"

佑椿听他慢慢地说到他的目的来了，遂正了脸色，毫无笑意地回答。广文的心头像油煎一般地痛苦，他红着脸，支吾了一会儿，说道：

"佑椿，你……的话虽然不错，但……你……的皮箱内不是装了许多的钞票吗?"

"这个……舅父，那钞票不是我自己的，是爸爸叫我到上海来买货色的，我怎么能够私用去冒着绝大的危险呢?"

"这并不是一件冒险的事情呀! 佑椿，我可以担保，这是一件十拿九稳可以发财的生意，假使错过了现在这个好机会，那实在是太可惜了。"

广文一本正经的态度，又向他再三地怂恿。但佑椿是绝对没有动心，他根本不信任这个穷舅父，他认为舅父说的多半是花言巧语，说不定是欺骗自己的钱财。假使自己上了他的当，明天叫自己在父亲那儿怎么样地交代呢? 佑椿心中这样考虑着，所以他又连连地摇头，说道：

"舅父，对不起! 我这次到上海来的目的，第一是求学，第二是给我爸爸买一样货物。对于发财两字，我实在没有想到，而且我也不敢有此非分之想，这还得请舅父原谅。"

"佑椿，你……你以为舅父的话是不正确的吗?"

广文对于佑椿这样坚决地拒绝自己，他的心中好像有万把钢刀在刺一般地疼痛。他满腔火一般的热望，好像掺和了冷水一般冷了下来，急得涨红了脸，连额角上的青筋都暴露出来了。但佑椿不等他再往下说，就表示不耐烦的样子，站起身来，说道：

257

"舅父，我并非说你的话是不正确的，我知道舅父或许是一番好意，不过，我就是不想发这种投机财。哎！真讨厌！雨还不肯停止，其实，时候不早，我也该走的了。"

"佑椿，佑椿，你这么大的雨走到哪儿去啊？没有关系，你就在舅父家里睡一夜去吧。"

佑椿一面说着话，一面便走到衣挂旁，取下雨衣，表示要走的样子。广文见了，心中这一焦急，真是非同小可，立刻跟着站起，含了笑容，向他低低地劝留。但佑椿已经穿上了雨衣，望望窗外的大雨，向他说道：

"舅父，你不要客气，我可以开旅馆去住的，过几天我再来拜望你老人家吧。"

"佑椿，就说你不愿意住在舅父的家里，那你又何必急急地要走呢？你瞧这么大的风雨，不但讨不着街车，恐怕路上还很难行哩！佑椿，我说你还是在这儿再坐一会儿，等雨细小了再走，那也不迟呀！"

佑椿听了，因为外面雨实在太大，所以也只好皱了眉头，又在椅子上坐了下来。广文取了烟卷，继续地又燃烧起来，他好像在煞费苦心沉思的样子。静悄悄地过了一会儿，广文赔了笑脸，万不得已地又低低地说道：

"佑椿，你既然不愿意跟你舅父合作做股票生意，那么我现在向你商量一件事情，不知道你肯答应我吗？"

"是什么事情呢？"

"就是……就是请你借一点儿款子给我，大约半个月之后，我可以利息照算地全数奉还你。佑椿，我们是至亲，你恐怕会瞧

258

在你母亲的脸上，而答应我的要求吧?"

广文未说话之前，那脸先涨得血一般地通红起来。他支支吾吾的，话声是包含了苦苦哀求的成分。佑椿对于舅父这一个要求，当然是意料之中的事情，因此他皱了双眉，表示非常为难的样子，说道:

"舅父，你问我借款子，这……这……叫我……"

"我也知道，我们这么许多年没有见面了，今日承蒙你来看望我，谁知第一次见面就开口借钱，那在我自己的心中实在也觉得很不好意思说出来。不过，舅父这两年来的环境真是坏透了，坏透了。做生意不顺手，而且还负了一身债，那些讨债的已经来问我讨了好几回，明天是最后的一次了。假使明天再不偿还，他们就要把我家中的东西全都搬走了，所以我实在没有办法，才问你开口借钱的。佑椿，你今天若借给我钱，那好比是雪中送炭，也好比是救了你舅父一条性命，真是恩同再造，叫我感铭心切，永不相忘。佑椿，你能不能发一点儿慈悲心，而可怜我答应我吗?"

广文这些言语也真是说得可怜极了，而且他脸部上的表情根本已有哭出来的神气，假使有一点儿人类同情心的话，谁也不能不软下心肠而表示同情起来。但佑椿的心肠倒也硬如铁石，他对于舅父这样苦苦哀求，却竟然无动于衷地还表示十二分的讨厌，猛可地站起身子来，冷笑了一声，斩钉截铁地说道:

"舅父，我是一个求学时代的青年，我根本没有钱可以借给你。对不起，我要走了!"

"佑椿，哦! 哦! 我不谈借钱，我再也不提借钱的话了。请你不要走，外面雨小了再走吧！你要喝杯热点儿茶吗？我给你去倒茶，你请坐，你请坐！"

广文见他又要走了，心头便忐忑得像小鹿般乱撞，他顿时急中生智地回答。一面含了笑容，一面拿了茶杯，匆匆地走进里面去了。

第七回

一跃成暴富形迹可疑

　　这天晚上的雨实在落得太大了，风没有止，雨没有停，简直要天崩地裂的神气。素敏和梅君倚睡在楼上，她们母女两人做了一会儿针活。好一会儿之后，并没有听楼下广文的叫喊。梅君说道：

　　"妈，爸爸和表哥在楼下不知谈些什么呢，我下去瞧瞧他们好吗？"

　　"照理，外甥从苏州第一次到我家来，我们也应该好好地招待他，但我们穷得这个样子，有什么东西可以招待他呢？刚才你爸爸叫我们到楼上来睡，我已经知道你爸爸的意思，恐怕你爸爸要问外甥借钱，所以我也不好意思再下去，还是随他们去吧，唉！"

　　梅君本来已经掀被下床，听了母亲这一番话之后，她也是一个要面子的人，觉得再没有脸下楼去了，遂把身子又跳进被窝内，也忍不住微微地叹了一声。素敏见女儿这个神情，遂奇怪地问道：

"为什么？你不下去了吗？"

"妈，幸亏你告诉我，原来爸爸预备问他借钱，那我也不好意思下楼去了。人家第一次来做客，陌陌生生地就向人家开口借钱，这如何说得出来？"

"可是，明天是个难关，要想渡过这个难关，不问他借钱，又有什么第二个办法呢？谁不要面子的？实在也是万不得已而如此的呀！"

母女两人叹息了一会儿，大家都不预备再到楼下去，索性睡了下来，熄灯入梦乡去了。第二天早晨，母女匆匆起身，走到广文的卧室，只见广文还沉沉地熟睡着，椅子上放着他的那套西服，全都遭着了污泥水渍，一时暗暗奇怪，好好穿在身上的衣服，怎么会弄成这一个样子呢？正在猜疑的时候，广文一觉醒来，他突然翻身坐起，脸色惨白地问道：

"是谁？是谁？"

"是我呀，广文，你怎么啦，惊慌得如此模样？"

"我听有人敲门，所以我从睡梦中惊跳起来了。"

广文睁眼见床边站着的是素敏母女两个人，方才惊魂稍定地低低回答。看他的精神非常委顿的样子，素敏以为他是怕讨债的人又来了，遂叹了一口气，很难过的样子，蹙了眉尖，说道：

"你一定在做梦，谁敲门呀？这样大清早，讨债的人还不会来吧。"

"爸爸，表哥昨天晚上走了吗？"

梅君站在旁边，也低声地问他。不料广文一听，脸儿突然地变色，显出万分痛苦的样子，连连摇手说道：

"不要提起他，不要提起他！一提起佑椿，我心里就觉得难过。"

"这是为了什么呢？广文，你问他可曾借过钱吗？"

素敏对于丈夫的神态，心中感到惊奇，遂也低低地问他。广文的脸色由青变成了灰白，他沉痛地叹了一口气，说道：

"这孩子太私利了，太没有同情心了，我虽然百般地哀求他、苦求他，他却铁石心肠地连一个子儿都不肯借给我，他竟没有情分地走了。"

"不过……这也怨不了人家。人家好心好意地来望我们，还送我们许多礼物，原想我们好好地招待他，谁知还问他借钱，这……这叫我们自己想想，也未免是太不好意思的了。"

"我叫你不要再提起他，你为什么偏要提起他？以后谁都不许提起这个人，否则我就打谁，知道了没有？"

广文的眼睛闪烁着绿色的光芒，他的神经好像受过一顿刺激，使他举止有些近乎疯狂。

素敏见他这样地痛恨佑椿，遂也不敢再说什么。这时梅君又想到了似的问道：

"爸爸，你昨晚上到外面去过了吗？为什么这套西服弄成了这个样子呢？好像在泥水地上跌过一跤似的。"

"是……是的，佑椿他……他走了，我……我去追他，一个不小心，就摔了一跤，倒在泥地上，几乎爬也爬不起来。"

广文支支吾吾地告诉，他的脸色一阵红一阵白，两眼显现了恐怖的光芒，神情有些恍恍惚惚的样子。他说到这里，一面起床，一面又恨恨地说道：

"我说不再提起他，怎么我又提起他了呢？广文，广文，从今以后，你就把这个方佑椿忘记了吧！永远再不要想起他！不要想起他！"

"爸爸，你洗洗脸吧。"

素敏、梅君知道广文的神经已受不住外界一再的刺激和压迫，照这样下去，也许他有发狂的可能。所以两人不敢再说什么，素敏给他倒了面水，梅君低低地关照他。广文嗯了一声，他却向母女两人挥了挥手，表示叫她们出去的意思。素敏和梅君见他变得更可怕了，一时也只好凄凄切切走到楼下去了。这一天早晨是阴沉沉的，虽然没有落雨，但也没有太阳。可是到了午后，那暴雨却又倾盆似的倒泻下来。素敏和梅君母女两人，这天坐在家里，是担了一天的心事。但出乎意料之外的，那些讨债的却没有到来。素敏心中暗想：这大概是为了落雨的缘故吧。直到黄昏的时候，外面有人敲门了。素敏大吃了一惊，心头是别别地乱跳。梅君听门外好像是爸爸的叫声，这就慌忙奔出开门，只见爸爸今日居然坐了三轮车回家。广文一脚跨进大门，就向梅君挥手，他自己立刻关上大门，走进会客室，又把会客室的门也关上了，抬头向素敏急急地问道：

"有什么人来找过我吗？"

"没有什么人来找你，连讨债的都没有来过。"

素敏低低地回答，表示安慰他的意思。广文那紧张的脸色才算平静了一点儿。他在椅子上坐下了，定了定神，好像脸有喜色的样子，说道：

"但愿讨债的再迟上三天，那我就有办法还给他们了。"

"广文，你这话可是真的吗？你又有什么办法来偿还呢？"

"这两天股票涨得太厉害，急线直上，我希望它狂涨狂蹿，那我们就有好日子过了。"

"爸爸，你这话是什么意思呢？股票大涨，那物价也跟着涨上去，那么我们穷人不是更活不下了吗？如何说还有好日子过？那叫我听了真有些不明白起来了。"

梅君听父亲这样说，她皱了眉尖，表示不解其意地问他。但广文却哈哈地笑起来，他又摸出烟卷，一面吸，一面说道：

"我们吃这一项饭的人，就是希望股票涨，别的就死人也不管。你瞧，今天股票涨，爸爸就有了钞票了。梅君，喏，拿去！这几月来可怜你们一定没有好好吃过一餐饭，今天你们得好好去买些菜买些酒来，我们痛痛快快地吃一顿吧！"

广文在笑过了一阵之后，他立刻伸手在袋内掏出一叠钞票来，一面笑着说，一面把钞票交到梅君的手里去。梅君见了钞票，喜欢得跳了跳脚，乐得咧开了嘴嘻嘻地笑起来。但素敏却似乎舍不得的样子，说道：

"我说有了钱就不要这样地乱花费，节省些，明儿可以还债，想想被人家逼得走投无路的时候，我情愿吃一口粥也心满意足了。"

"素敏，你别那么傻吧，只要股票涨上去，我们就可以发财啦！"

"发财？别欠人家的钱也就是了，发财我倒不想呢。广文，你又在做股票了？"

"是的，我买进两万股纱厂，今天就赚了不少的钱。明天涨

265

停板，后天涨停板，嘿！这些债算得了什么？我们还可以坐汽车哩！"

素敏见他说得那么扬眉得意、满面春风的样子，和前两天的神情显然不大相同，这就益发惊讶的模样，两眼瞅住了他，急急地问道：

"两万股纱厂？你打哪儿来的这许多资本？"

"你别问，你别问，我当然有办法去借来的。老实说，我最恨的就是女人来管丈夫外面的事情。梅君，你怎么呆着不去买呀？时候不早，你爸爸肚子饿啦！"

广文听她追根究底地问下去，心里表示愤恨，遂绷住了脸，讨厌她的样子回答，一面又望了梅君一眼，向她连连地催促。梅君答应了一声，随手拿了一柄雨伞，匆匆地推开会客室的门，正欲走出院子的时候，却被广文一把抓回来，说道：

"你向后门走，你向后门走吧！"

"爸爸，为什么呢？后门的路不好走，落了雨，那泥地更泞滑了。"

"不要紧，你可以小心一点儿走，爸爸叫你走后门，你就走后门！"

广文暴跳如雷地愤怒起来，睁大了眼睛回答，梅君有些害怕，遂望了母亲一眼，只好向后门匆匆地走了。广文又吩咐素敏快去把后门关上了，不要让什么陌生人进来。素敏虽然不敢说什么，但心中愈加地感到怀疑，觉得丈夫的行动有些异样的变化，好像有说不出隐情的样子，因此素敏的芳心里也就觉得老是有种不安的跳跃了。

一连下了三天大雨，讨债的也三天没有到来。到了第四天下午，天气慢慢地晴朗起来，太阳光也从云层里探出面庞来了，于是四五个讨债朋友便也一齐地降临了苏广文的家。这次来的情形不同，他们还带了六个脚夫，手里拿了绳子和杠棒。显然，今天广文假使再还不出款子来，他们便预备动手给广文实行搬家具了。

　　素敏母女两人心惊肉跳地招待他们入座，倒上了茶，敬上了烟，她们的脸色是那么惨淡可怕，尤其是这六个脚夫，她们觉得今天是生死出入最后的一个关头了。老张唬起了面孔，一面吸烟，一面瞪着眼，问道：

　　"苏先生呢？"

　　"他在公司里还没有回家。"

　　"我们又在限期后三天到来了，这给予你们更有充分的时间可以想法子，今天你们大概可以把款子全数还清我们的了。"

　　"是……是的，等苏先生回来，他……他……一定有法子可以还给你们。"

　　素敏说话的声音是颤抖得厉害，她口中虽然这么地回答，但心里实在太没有把握，所以她额角上的冷汗会急得一阵阵地冒出来。小王见她神情很担忧的样子，这就冷冷地笑了一笑，指了指院子外等候的脚夫，说道：

　　"苏家嫂子，你瞧到了没有？今天还不出款子，那我们可就老实不客气了。"

　　"嗯，嗯……"

　　素敏不知回答什么才好，她只有嗯嗯地应了两声，脸部上的表情是好像要哭出来的样子。这样静静地过了半个钟点，忽然门外有汽车喇叭呜呜地响了几声，接着就有人敲着大门了。素敏不知是谁到来了，遂叫梅君去开门。梅君点头答应，便急急走出院子去了。只听梅君在高声地叫道：

"爸爸，你回来了！啊！怎么你今天坐汽车回家？还买来这么许多的东西？"

"嗯！梅君，讨债的来过了没有？"

"他们正等着爸爸呢！假使今天再不还给他们钱，他们决定要搬家具了。爸爸，他们连脚夫也带来了，那可怎么办呢？"

"怕什么？爸爸有钱，他们搬不了！"

在大门口他们父女俩这一番谈话，早已被里面几个讨债的听见了，于是立刻纷纷地奔出来。当时见广文真的坐了汽车回家，而且大包小包地买了许多东西，一时众人都惊呆了，大家慌忙含笑招呼，一面七手八脚地帮着广文把大包小包东西搬进会客室来。素敏见了这个情形，那真是也想不到的事情，因此也呆呆地愕住了。广文自己夹了一个纸包，他故意用力地掼到桌子上去。纸包散开了，里面跌出成千成万花花绿绿的钞票来。这让众人更加目瞪口呆，想不到这个穷鬼竟发了财啦！一时几道目光都射中在广文的脸上去。广文笑容满面，但还带了几分骄气，向众人逗了一瞥轻视的目光，问道：

"各位今天预备来给我搬家吗？"

"不，不，没有这个话，没有这个话。"

"苏先生现在身份不同了，真是一个大老阔的架子了。"

"哈哈！哈哈！哈哈！"

广文听了老张和小王这一番近乎拍马屁的话，又见他们个个小丑似的脸，他心中说不出的感慨和刺激，这就哈哈地纵声狂笑起来。笑过了一阵之后，方才问他们道：

　　"我欠各位一共多少钱？你们把借据都拿出来吧。"

　　"没有多少，没有多少。"

　　"哎，哎，不过是一点儿小数目，是一点儿小数目而已。"

　　大家一面含笑回答，一面在袋内摸出借据来交给广文。广文接过看了看，把钞票照利息一一地还给他们。还完了钞票，但是桌子上的钞票还是堆着高高的像小丘般的一大堆，于是广文每人又赏给一叠钞票，说是津贴他们来去的车钿。众人见了，大家惊喜万分，个个打躬作揖地连连道谢，欢天喜地地带了脚夫一哄而散了。广文跟着出来，急把大门关上，又把会客室门关上，然后走到桌子旁，两手捧了钞票，忍不住又发狂地大笑起来。

　　素敏是呆呆地站在旁边，她觉得丈夫忽然发财回来，她在万分惊喜之中，又感到万分怀疑。尤其是瞧了丈夫失常的举止，她心中由惊喜而感到害怕。梅君没有像她母亲那样想到这许多，却笑盈盈地问道：

　　"爸爸，您……您发财了啦？"

　　"是的，爸爸发财了，哈哈！哈哈！你瞧这万能的钞票，它的魔力是多么大啊！"

　　广文一面说，一面笑，一面又把那两个精美的纸盒打开，原来是两件非常贵重的衣料。他一件交给梅君，一件递给素敏，笑道：

　　"爸爸现在发了财，你们不用穿这些破衣服了，明天叫裁缝做起来吧。"

"爸爸，这……件衣服太漂亮了，给我穿的吗？"

"当然给你穿的，好孩子，你也不用愁眉苦脸，读书的钱有了，你明儿付学费吧。喏，这些钞票够不够？"

"爸爸，太多了！"

"多下来给你买胭脂香粉吧。孩子，你再拿些钱去买酒买菜，爸爸今晚太高兴太快乐了，非喝个痛快不可。"

广文这时候把钞票好像当作花纸一样，一面说话，一面只管一叠一叠地交到梅君手里去。梅君乐得眉飞色舞，她笑盈盈地答应着，一面连奔带跳地向后门走出去了。广文等梅君走后，便把钞票又用纸包好，交到素敏的手里，说道：

"素敏，你把钞票拿到楼上藏起来，我需要静静地坐一会儿。咦，你怎么啦？你为什么愁眉苦脸的样子？难道我发了财回来，你心中不高兴吗？"

素敏手中虽然是接了钞票，但她脸上并没有一点儿欢喜的样子，这使广文感到了奇怪，遂咦了一声，向她不解地追问。素敏平静了脸色，一本正经地说道：

"你发了财，我做妻子的当然欢喜。不过，你发财的原因似乎也应该告诉我，你不明不白地发了财，我心中感到害怕。"

"这不是笑话？你害怕什么？我们吃这一项投机饭的人，只要碰上了机会，发财是算不得一回稀奇的事情呀！"

素敏这些话听到广文的耳朵里，他那颗心会别别地像小鹿般地乱撞起来，但他表面上还竭力镇静了态度，向她低低地解释。素敏沉吟了一会儿，很怀疑的样子说道：

"做投机发财，那固然是不算稀奇，但你本钿从哪儿来的呀？广文，我……是你的妻子，我不能不关心你的前途。我知道你这次发财，你一定有着一个秘密。"

"什么？秘密？你知道了我什么秘密？"

广文听了这话，心中这一吃惊真是非同小可，脸儿一阵红一阵白地变了颜色，他的两颊好像要哭出来的样子。素敏见了丈夫那种样子，她害怕得也有些发抖，遂灰白了脸儿，说道：

"我……我……猜你……一定……啊！广文，你……你难道不怕犯法的吗？"

"犯法？素敏，你……你……到底知道了我什么事情啊？"

广文这会子奔到素敏的身旁，一把拉住了她的手，他额角上的汗点儿像黄豆般地直冒出来了。素敏心中害怕极了，她断断续续地说道：

"你……你……莫非在公司里私用了公款？假使被他们查了出来，你……逃得过法律的制裁吗？"

"哦，原来你疑心我偷盗了公司的款子吗？哈哈！哈哈！你……真是太多心了，我……会偷人家的钱财吗？真是笑话！"

广文这才恍然大悟地哦了一声，他握着素敏的手放下来，一面说，一面忍不住又发狂地大笑起来。素敏觉得丈夫这种笑声是从来没有的，今天还只有第一次发现。她总觉得广文心中一定有说不出的隐情，因此她的汗毛孔会被他笑声刺激得根根地直竖起来了。就在这个时候，忽然外面有人敲门了。广文立刻停止了笑，很机警的神气，一面叫素敏把钞票藏好，一面急急地推开会客室门，问道：

"是谁？是谁？"

"我是高笑颜，广文兄在家吗？"

外面这么地回答，广文这才放下心来。原来高笑颜是广文的老朋友，他是这儿大房东的收租账房。当下广文去开了大门，请笑颜入内，两人在椅子上坐下。广文给他一支烟卷，笑颜拿打火机给他燃着了火，两人吸着烟卷。过了一会儿，笑颜才开口说道：

"广文兄，今天我的来意，一则望望老朋友，二则还有一点儿公事。"

"什么公事啊？"

广文听了他没头没脑的话，一颗心开始又跳跃起来，紧张了脸色，向他急急地问。高笑颜微微地咳了一下，说道：

"别的没有什么，房东因为要把这房子自己派用场了，所以限你们一个月之内最好另找房子。"

"这……这……是什么话？叫我们搬到哪里去啊？那可没有这样容易吧！我不搬，我无论如何也不搬的！"

"广文兄，老实说，房东要等钱用，他要把这屋子出卖了。假使你有能力的话，你尽可以把这屋子买下来呀！"

笑颜见他愤愤地不肯答应，这就冷冷地一笑，向他说出了这几句话，完全是包含了讽刺的成分。因为在笑颜心中也知道广文穷困的环境，自己无非是故意难难他的意思。不料广文这回却很爽快地说道：

"好，既然这样子，我就准定把这屋子买下来吧！"

"广文兄，这……这可不是开玩笑的事情，你……你有这个

272

力量?"

"我没有这个力量，我绝不会说这个话。笑颜兄，你不要以为我是一辈子穷到底，我们吃这一项投机饭的人，一碰上了机会，我就发了财啦！哈哈！哈哈！哈哈！"

广文一本正经地说完了这些话，他忍不住又疯狂地大笑起来。这似乎是高笑颜梦想不到的事情，一时望着他的脸倒也怔怔地愕住了。

第八回

寻子来海上杳如黄鹤

　　一个穷得走投无路的苏广文，现在居然暴发起来，从此以后，不但不负债，而且把住着的屋子也向房东买了下来。他花了一点儿钱，把这房子油漆粉刷地装修起来，并且把旧的家具卖了，上上下下的房间里全都换了新式的家具，真是富丽堂皇，焕然一新，自然是另有一番新的气象了。广文现在是和从前不同了，从前安步当车，走来走去，但如今进进出出，都用三轮车代步，有时候还坐了汽车回家。广文既然是发了财，生活都变换了面目，照理家中可以雇佣丫头使女来服侍他们了，但这个出人意料之外，他的家里依然没有一个丫头使女，连一个烧饭娘姨都没有。对于这一点，不但外界感到奇怪，就是素敏和梅君也觉得稀罕。不过广文不许她们雇佣仆人，这叫她们又有什么办法好呢？因此也只有暗暗纳闷而已。

　　光阴匆匆，梅君的学校里已经是开学读书了。梅君想着好久没和静江碰面了，她在星期六早晨就打电话给静江，大家约好了在星期日下午二时在大光明影戏院见面。所以这日吃过午饭，略事休息，便急急坐车赶到大光明去了。

到了目的地，付了车资，还没有跨入戏院大门，就见静江笑嘻嘻地迎上来，和梅君握握手，亲热十分地说道：

"梅君，我们好久不见了，你好啊！"

"我很好，托你的福气，你也好吗？"

两人很喜悦地说着话，一面携手进内。戏票由静江早已买好，大家便走进场子，由领票的带领入座。静江望着梅君的粉脸，因为多日不见，此刻看来，自然分外地美。梅君被他看得有些难为情，红晕了粉脸，秋波斜飞了他一眼，低低地笑问道：

"怎么啦？呆呆地望着我出神，难道你不认识我了吗？"

"真的，好久不见你，你越发长得美丽可爱，我差不多要不认得你了。"

"嗯！我不要，你老是取笑我！"

梅君又羞又喜地逗给他一个娇嗔，扭捏着腰肢，却是撒娇起来。静江的心头是只觉得甜蜜无比，他紧紧地握着梅君的手，也忍不住咻咻地笑起来了。两人亲亲热热地温存了一会儿，电影已经放映，于是大家也就静悄悄地看影戏了。两人从电影院出来，又在光明咖啡室内吃点心。在吃点心的时候，梅君偷偷地把钞票交到静江的手里。静江有些惊奇的神气，问她说道：

"梅君，你这是什么意思？"

"上次你给我代付的学费，我现在还给你吧。"

"你这些钱哪里来的？"

静江听了，方才明白她是还给自己的意思。不过想到她上次告诉自己她爸爸最近贫穷得非凡的话，所以对于她今天忽然有钱来还自己，心中感到了奇怪，遂低低地问她。梅君微红了两颊，秋波瞟了他一眼，告诉着说道：

"我爸爸最近做股票很顺手，大概赚了不少的钱吧，所以我家的生活和从前相比，又舒服得多了。"

"做股票生意不是也得很多本钿吗？你不是说你爸爸还负了许多的债，他怎么又有款子来做股票了呢？"

"我和妈妈也问过爸爸这些话，爸说他自然有办法借款子，叫我们不必管这些闲账，所以我们就不敢再问他了。静江，现在我既然有了钞票，我当然应该还给你的。谢谢你，我利息不付给你了。"

"梅君你说这些话不是太见外了吗？照我的意思，你就别还给我了，你留着自己可以买东西，譬如我买了来送给你，你说好吗？"

静江轻轻地打了她一下手心，表示埋怨的意思，一面又接着说下去，一面把钞票仍旧交到梅君的手里去。梅君摇头说道：

"静江，我这几天有的用，你不必再客气了。明天我假使有短少钱用的时候，我再问你要好了。"

"也好，那我就不再和你客气了。"

静江点点头，把钞票便藏到袋内去。两人吃毕点心，由静江付了账，方才走出光明咖啡室，大家握手，各自别去。静江目送梅君走远，他便坐车回到家里。只见母亲皱了眉尖，坐在会客室里，只管唉声叹气地表示非常难过的样子，于是低低地问道：

"妈，你为什么这样不高兴的样子？你老人家莫非有什么心事吗？"

"静江，你妹妹近来面黄肌瘦，老是郁郁闷闷地叹气，今天早晨身上有些热度，竟是恹恹地生起病来了。"

"那么给她快些请个大夫瞧瞧吧！"

静江听母亲这样告诉，一时也微蹙了双眉，轻声地回答。周老太沉吟了一会儿，又向静江招招手，静江走近母亲身边，周老太附了他耳朵，低声说道：

"我瞧你妹妹的病，好像另有原因似的。"

"妈，你知道她另有什么原因呢？"

"上次不是曾到苏州去过吗？她回来告诉我，说幸亏一个方先生的救助，她才免了性命的危险。我想，大概是为了方先生没有到上海来的缘故，她便闷闷不乐地生起病来了。"

"这猜想倒也是一个缘故，当初不是说方先生要到上海来投考大学吗？现在方先生失了信用，所以妹妹心里感到失望了。不过，妹妹似乎也太痴心一点儿了，他既然没有什么意思，妹妹又何必常挂心头呢？"

母子两人猜测了一会儿，但到底为了什么缘故，究竟还不能详细。所以静江的意思，要母亲探问探问妹妹的心事，因为一个女孩儿家，在母亲的面前，当然会不避嫌疑尽情地告诉出来。周老太认为儿子的话也很对，遂点头说是。正要预备到楼上去的时候，忽听门外有人砰砰地敲门，静江不知是谁，遂急忙前去开门。只见门外站着一个五十左右的男子，身穿长袍，头戴瓜皮帽，却是个陌生面孔，并不认识，于是问他说道：

"你找哪一家？"

"请问这儿是不是周家？"

"不错，你贵姓？找谁？"

"我叫方思民，刚从苏州到来。我有一个儿子叫方佑椿，他到上海来考大学的。因为到上海已经有二十多天光景了，却没有写过一封信回家，所以我放心不下，特地亲自来找寻他。对于找到周家来的原因，是佑椿临走的时候曾经这么说过，他或许会住到周家来。因为周家有个女儿，上次在苏州的时候，曾经救助过她，所以他们便成了好朋友了。我这次到来，固然十分冒昧，但也出于不得已而如此，敢问贵姓大名，还请原谅才好。"

静江听他唠唠叨叨地说了一大套，心中这才恍然大悟，不过也有些奇怪，就是佑椿根本没有到我家来过，于是连忙请他入内，说里面坐吧，并说自己就是周静江，你说的周家女儿就是我妹妹周梨芬，并给他介绍了母亲。周太太一听这个男子就是佑椿的父亲，遂含笑招呼，命仆人倒茶敬烟，并且说道：

"方先生，你从苏州到来，不知有什么贵干吗？"

"嗯，周太太，我是找我儿子佑椿来的，不知佑椿可曾耽搁在你们的府上吗？"

"没有呀，而且根本没有来过。上次我女儿到苏州去游玩，幸亏你家少爷救助，方才免了危险。女儿回家之后，曾经告诉我这一回事，并且说方少爷要到上海来投考大学，说不定会到我家来，叫我好好地招待他，以报答救助之恩。可是我们左等也不来，右等也不来，其实我们心里也正感到万分奇怪呢！"

方思民一听周老太太这样告诉，他的脸顿时变了颜色，额角上的汗点儿阵阵地冒出来，急得有些口吃的成分，说道：

"这……这真是太奇怪了，难道他在半路上出了什么乱子了吗?"

"方老伯,你别着急,我问你,你们在上海还有什么亲戚朋友吗?说不定你少爷是住在别的亲友家里呢。"

静江在旁边听他和母亲谈了一会儿话之后,方才向他低低地探问。方思民因为心中已经有了几分把握,所以他还是急得要哭出来的样子,说道:

"周少爷,我们在上海除了一份亲戚之外,再没有别的亲友们了。这份亲戚是我内人的弟弟,就是佑椿的舅父,我这次到上海来,先到他舅父那里去找过他,他舅父也说没有来过。我在他家吃了午饭,便想到了你家,所以急急坐车到你们府上来。因为佑椿在上海只有两处可以安身,一家是舅父那里,一家是你们府上。不在舅父那里,就在你们府上,这是很简单的事情。现在你们两家都说佑椿没有到来过,那么我可以肯定他在半路上一定发生乱子。那……可怎么办?那……那可怎么办呢?"

"方老伯,我说你这个猜测不大准确。因为方少爷不是一个三岁的小孩子,况且从苏州到上海的路程极短,也绝不至于会发生什么乱子。就是发生了乱子,报纸上为什么没有消息登载出来?所以我的猜测,恐怕方少爷会不会出走到另一个地方去吗?"

静江摇摇头,又这样怀疑地说。方思民沉吟了一会儿,连说不会不会。静江忙又追问他道:

"你何以见得不会呢?他平常的思想和行动你也曾注意到过吗?"

"他根本是个安分守己的好孩子,什么团体,什么会社,都不加入的。而且这次到上海来,一心一意投考大学来的,他如何

279

会走到另一个地方去?"

"他可曾预定考什么大学?"

"听他说过,考春江大学的。"

"那么我们到春江大学去问一问,他是否去报过名的,这就明白了。"

"周少爷,我以为你说的还是第二步,现在我们要解决他第一步来说,就是我可以肯定他到了上海火车站之后,不是到他舅父家,就是到你府上;现在两处都没有来过,那么春江大学绝对没有他的名字。我……猜他一定遭人家的拐骗了!唉!这……叫我这条老命还做什么人呢?"

方思民愁眉苦脸地说到这里,两手连连地搓着,急得涨红了脸,不知如何好的样子。静江细细地一想,觉得他的猜测原也有理,遂沉思了一会儿,说道:

"方老伯,你说他受人拐骗,那么人家拐骗他去又有什么用呢?"

"不瞒周少爷说,这次他到上海来,我顺便叫他带下一笔巨款,是要他买点儿金子藏起来的,所以我觉得他这次的失踪,恐怕是在半路上被歹徒谋害的了。"

方思民这才从实地告诉,他说到后面,大有掉下泪来的神气。静江和周老太都哦了一声,觉得这事情就有点儿蹊跷了。静江本是警局司法科里任职的,他手下经过的案子也不算少,当时便一阵一阵地怀疑起来,说道:

"方老伯,被你这样地一说,我觉得我们的嫌疑太重大了。因为他到上海来,别无去处,除了我家之外,是只有你那个舅兄家里了。那么在我们这两家之间，总有一家是形迹可疑的了。现在我非给你查个水落石出不可，请问你舅兄贵姓大名、家住何处，能详细地告诉我知道吗？"

"我舅兄姓苏名广文，家住六明路新余里三号。"

"什么？苏广文是你的舅兄吗？"

"是的，难道你也认识吗？"

"他不是有一个女儿叫梅君吗？"

"不错，不错，那真是巧极了，原来你周少爷也认识她的。"

"我并不认识苏广文，他的女儿梅君是我从前的同学，我知道她爸爸的名字叫广文。方老伯，这件事情，我觉得有些蹊跷了。"

静江一面说着话，一面心中却在暗暗地思忖。梅君在三个星期之前，她还对我忧愁着家里穷得负了债不算，而且还连日常的生活都难以维持下去，但三个星期后的今日，她居然把学费还给了我，说她爸爸最近在股票上发了财。但是，对于本钿从哪儿来的一个问题，听说广文当初不许梅君过问，这样想起来，恐怕对于方佑椿的失踪，是不免带有些关系的了。静江只管沉思，方思民急急地问道：

"周少爷，你说事情有了蹊跷，那么你知道这是怎么的一回事呢？"

"方老伯，事情在没有得到确实的证据之前，我不能信口胡说。不过令郎的失踪问题，我可以负责给你调查，你知道我是在什么地方办事情的？"

"这个……我倒没有知道。"

"我在警局司法科办事，所以社会上这种疑案，也是我们应该有调查明白的责任。不过，最好请老伯到警局里去报告一下，使这件事在局里存了案，那我们以后调查起来就方便得多了。"

"周少爷，你肯这样地帮忙，那叫我真是感激万分，得能水落石出，我一定好好地重谢你。"

"方老伯，请你别说这些话，我一半是为了私下交情，一半也是为了公事。所以重谢两字，请你不要提起。"

"是，是，是，周少爷，那么我此刻就去报局好吗？"

"好的……方老伯，你在上海预备住哪儿呢？假使无处安身，就住在我家来也不要紧。"

"不！不！我想住到旅馆内去，反正以后我还可以来找你的，此刻我走了，再见吧！"

方思民说着话，站起身子，便告别走了。周老太待思民走后，遂向静江望了一眼，低低地问道：

"静江，你的意思，方少爷是被谁谋害了呢？"

"等我调查得有些眉目的时候，再告诉妈吧。"

静江这时未便随口胡猜，他便低低地回答。周老太于是不再问他，她走到楼上去把这消息告诉梨芬。梨芬所以恹恹成病，是为了相思佑椿之故，以为佑椿是个轻薄少年，他把自己身子玷污了之后，所以便遗忘了。此刻得此消息，方知佑椿是已经来上海有二十多天了，为了失踪的缘故，才没有到来的。她心中一急之下，那相思的怨恨倒反而慢慢消失了。

第二天下午，静江打电话给梅君，约她放晚学后在南京戏院门口等候，说有要事面谈。梅君听了，当然连声地答应。一等放晚学的钟声敲了，她便夹了书包，急急坐车到南京戏院，见静江已等在门口，遂笑盈盈地迎上去，说道：

"静江，昨天才见过面，今天又有什么要事面谈呀？"

"没有什么事情，因为南京这张片子很好，所以我约你来瞧影戏的。票子买好了，时候也差不多，我们进去吧。"

静江微微地一笑，一面说着话，一面拉了梅君的手，便走进场子里去了。梅君又好气又好笑，逗了他一个白眼，也忍不住嫣然起来。在影戏院里，静江有一搭没一搭地向梅君闲谈着，忽然他故意地说道：

"上海离苏州最近，我们有机会大家一同到苏州去游玩好吗？梅君，你苏州去过没有？"

"我苏州还没有去过，我也很想去，假使我们去的时候，倒可以住到我们姑妈家里去。"

"哦，你姑妈住在苏州的吗？不知你有几个表兄妹？"

"我只有一个表哥，他几个星期前还到上海来过，听说是考大学来的。"

梅君毫不介意地回答。但静江听了，却暗暗地点头，觉得他们父女的话就不相符合了，遂又微笑着问道：

"你表哥叫什么名字？他后来可曾到你家里来玩过？我很想见见他，大家多交一个朋友，不是很好吗？"

"哼！你是不是跟我吃起醋来了？"

梅君对于静江这些话，倒误会了他的意思，遂噘了嘴，娇嗔地回答。静江连连摇头，望着她倾人的脸，笑嘻嘻道：

"不，不，你又多心了，我怎么会跟你吃醋呢？"

"那么你陌陌生生地如何要问他姓名？又如何要和他交起朋友来呢？我偏不许你问，也偏不许你跟他交朋友！"

"不问就不问好了，梅君，别生气，我们瞧电影吧。"

就在这个时候，银幕上的电影放映了。静江握了她的手，遂含笑低低地说好话，于是大家默默地瞧电影了。

其实，静江今天约梅君瞧电影来的目的，就是要探听她表哥有没有到她家中去过，现在已经知道佑椿确实是到梅君家中去过了，但广文对思民回答说没有去过，那么根据这一点猜想，佑椿的失踪，十分之七是广文所害的了。于是这一场电影静江也没有心思瞧看，他的心中是只管计划着用什么方法来破这一件疑案。

从电影院里出来，梅君连说这一张片子很好，静江也只好附和着说好。这时外面已经万家灯火，静江故意又笑嘻嘻地说道：

"梅君，我今天到你家吃夜饭去好吗？"

"好呀，只要你肯去，我们就一块儿去吧。在从前我确实不敢请你去，现在我家还不算十分贫穷，至少不会给你吃碗淡饭的。"

"其实，我到爱人家里去游玩，就是吃一碗淡饭，也会感到津津有味，十分甜蜜呀！"

静江笑嘻嘻地说，梅君嗯了一声，却逗给他一个娇嗔，表示十二分赧赧然的样子。两人温柔地缠绵了一会儿，方才坐车到大明路新余里梅君的家里去了。

谁知到了梅君的家里，广文见了陌生人，心中就有些不大欢喜。及至听到梅君介绍，说静江是警局里办事的，他的神情更加错乱失常起来，睁大了眼睛，恶狠狠的神气向静江下逐客令了，并且责骂梅君不该带男朋友到家里来。可怜梅君对于父亲这样招待静江，真是梦想不到的事情，因此忍不住呜呜咽咽地哭泣起来了。静江见广文这样虚心的神情，他的心里暗暗明白，倒反而一点儿也没有生气，向梅君安慰了一番，便怏怏地走了。

梅君这晚整整地哭了一夜，第二天又打电话给静江，约他在公园碰头。两人见了面，梅君向静江致歉意，并说父亲任他怎么的古怪脾气，我们总不能因此而变心。静江劝她放心，并又安慰她一番，两人在外面吃了夜饭，方才各自匆匆地分手，坐车回家。

静江知道广文所以讨厌自己的原因，完全是因为自己的职务和他的秘密行为有相当关系的缘故。他肯定方佑椿的失踪，必定是广文所害无疑。不过用什么办法可以破这一件案子呢？他觉得有些为难。因为心中烦闷的缘故，他便匆匆地奔到舞厅里去游玩了。

第九回

破血案巧使美人计

　　这真是出乎静江意料之外的事情，不料在舞厅里，却瞥见梅君的爸爸广文也在舞厅里游玩，而且还叫了一个舞女在坐台子。这大概是所谓"饱暖思淫欲"的一句话吧，静江心中暗暗地想。他坐在另一张座桌边，静静地动了一会儿脑筋，觉得这件案子假使要破获的话，还得借重那个舞女的力量不可了。静江一面想，一面暗暗注视那个舞女的脸，预备等会儿自己可以和她去跳舞。一个钟点之后，广文先匆匆地走了。那个舞女便也回到舞池里的座位上去，静江等音乐声起，便连忙走到舞池里，向那舞女去求舞了。

　　静江搂了那舞女在跳舞的时候，他慢慢地推开舞女的身子，向她粉脸望了一眼，低低地问道：

　　"你这位小姐贵姓，并且请教你的芳名？"

　　"我叫李娜，你这位先生贵姓大名呀？"

　　李娜是个善于交际的舞女，她的容貌很艳丽，迷汤功夫也相当好。当时她见静江是个小白脸，心中对他自然而然地也会发生一点儿好感，这就把秋波斜乜了他一眼，也笑盈盈地请教。静江忙也说道：

"我姓周，名叫静江。"

"周静江？这三字太耳熟了。让我想一想，哦！对了，你……你……从前不是住在吕班路同春坊四号的吗？"

李娜一听静江的名字，似乎感到了熟悉，这就凝眸含颦地望着他脸，做个沉思的样子，忽然她想起了似的，便又问出这两句话来。静江听她这样问，心中惊奇得了不得，正欲回答，忽然音乐停止了。静江于是轻轻地拉了她一下手，说声"李小姐我们坐台子去吧"，李娜于是跟着静江，一同走到座桌旁来了。

静江又叫侍者泡了香茗，他取了烟卷，一支递给李娜。李娜说了一声谢谢，一面很快地划了火柴，给静江燃着了烟卷。静江吸了一口烟，望着李娜的娇靥，抓抓头皮，说道：

"李娜小姐，我真奇怪，你怎么知道我从前是住在吕班路同春坊四号的呢？因为这已经是十年前的事情了呀！"

"不错，这确实是十年前的事情了。那时我也住在同春坊，记得傍晚的时候，我们放学回家，还时常在弄堂里一块儿游玩呢！"

李娜一撩眼皮，点了点头，脸上含了媚人的笑。静江听了，不免呆呆地又想了一会儿，记得十年前自己还只有十二岁，尚在小学里读书，那时弄堂里的小孩子很多，大都只有十一二岁光景，其中有一个女孩子，还只有十岁，比自己小两年，因为她的容貌最秀丽，所以彼此也很说得来。然而这女孩子并不叫李娜，至于她的容貌，因为隔别已久，所以也记不起来了。静江这样地

287

想着，便低低地说道：

"我记得有一个女孩子，她的名字叫沈翠娥，其他的小朋友，因为隔别了十年，所以想不起来，难道你就是沈翠娥吗?"

"哎！对了，想不到你还记得我这个名字。"

李娜伸手在他肩胛上轻轻地一拍，秋波瞟了他一眼，又喜又羞的样子回答。静江心头倒是别别地一跳，遂连忙问道：

"那么你干吗连姓名都改换了呢?"

"这还用说吗？当然是因为我在做舞女的缘故，唉!"

李娜十分哀怨地回答，她轻轻地叹了一口气，大有伤心的样子。静江似乎感到一点儿同情的难过，遂皱了眉毛，问道：

"你现在还住在同春坊吗？你做舞女有多少日子了?"

"我一直住在那里，没有搬场过。在我十六岁那一年，爸爸得了急病死了，因此我没有办法，十七岁就到舞厅来做舞女了。周先生，你还在求学吗？现在你府上住在哪儿呢?"

"不，我也在办事情了。现在舍间是住在东华路群益里十号。"

"你在哪儿得意呢?"

"我在警察总局司法科办事情，沈小姐，我正有一件公事，需要你好好帮忙呢!"

静江后面这句话听到李娜的耳朵里，真是惊奇得目瞪口呆，芳心像小鹿般地乱撞起来，这就慌张了脸色，急急地问道：

"周先生，你有什么事情叫我帮忙呀?"

"这件事情，你要办成功了，你的功劳可不小。"

"到底是什么事情？你快告诉我吧，人家被你闷都闷死了。"

李娜摇撼着静江的手臂，包含了撒娇的成分。静江微微地一笑，却还是慢吞吞地望了她粉脸，俏皮地问道：

　　"我先要问你，你是否爱上过一个舞客？"

　　"凭良心说，我没有真心地爱上过一个舞客。周先生，我真不懂，你问我这些话到底是什么意思？"

　　静江见她红晕了粉脸，好像不胜娇羞的样子回答，一时深恐她误会自己有爱上她的意思，遂连忙一本正经地说道：

　　"刚才和你一同坐台子的那个舞客，他叫什么名字啊？"

　　"哦！哦！我明白了，你打量我爱上了这个老甲鱼吗？那你真是太侮辱我了。"

　　"不！不！我不是这个意思，你不要误会呀！因为这个舞客，我怀疑他是个杀人者，所以我想利用你来破这个案子。"

　　静江见她薄怒娇嗔的样子，遂慌忙又向她急急地解释。李娜一听他说刚才那舞客是个杀人者，这就大吃一惊，呀了一声说道：

　　"什么？他……是个杀人的凶手吗？你知道他姓什么叫什么呢？"

　　"他姓苏名广文，是做股票生意的，你听可是吗？"

　　"不错啊！那么他杀了谁呢？"

　　"杀了他的外甥儿子，谋财害命，现在投机发财，所以神气活现了。"

　　李娜听了，身子会颤抖了一下，脸上露出恐怖的神情，蹙了眉尖儿，急急地说道：

　　"你既然知道得那么详细，为什么不把他捉到局子里去呢？"

"可是没有得到他确实的证据，所以不能冒昧从事呀。"

"你这话就显得矛盾了，他没有证据给你抓到手里，你又如何知道他杀死了外甥儿子呢？我想也许有人诬告他吧。"

静江听她这样说，遂连连地摇头，并且把所有经过的事情，详详细细地向她告诉了一遍，然后又说道：

"你想，女儿说表哥来过的，他却回绝说没有来过，这一点就是可疑的地方。况且穷得连生活都没有办法维持的人，一忽儿便暴发起来，虽然说做投机的人，发财原也不算什么稀奇，不过他这一笔本钿又打什么地方来呢？所以这是第二点可疑的地方。还有许多许多，类如见了我发脾气，这也是一个虚心的表示啊。沈小姐，你说是不是？"

"照你说，你和他女儿是很要好的朋友，那么假使这件案子破了之后，你和他女儿的感情不是要发生破裂了吗？"

李娜用了俏皮的口吻，低低地问他，媚眼还向他脉脉地瞟。静江明白她的意思，遂平静了脸色，说道：

"沈小姐，你该知道我是做什么工作的，我岂能为了一个女朋友而忘记了公事呢？公事公办，我绝对不放一点儿交情的。"

"周先生，我很敬佩你，想不到你还是一位正直无私的青年。假使社会上的公务员个个都有像你那么大公无私的精神，这样人民就觉得幸福多了。"

"我以为这是不值得你的敬佩，一个公务员应该有这样服务社会的精神。不要说是一个女朋友的父亲杀了人，就是我父亲杀了人犯了罪，那也应该把他正法治罪啊！"

"周先生，你这话说得太不错了，那么你要我怎样地帮忙呢？

因为我是一个平庸的女子，我的能力恐怕够不到吧？"

李娜连连地点头，一面又向他低低地问。静江听了，沉吟了一会儿，遂附了她的耳朵，絮絮地告诉了她许多的话，然后又微笑道：

"你看这办法好不好？不过要委屈你一点儿，不知道你肯这样做吗？"

"这也算不得什么委屈，既然是为了公事，即使我委屈了一点儿，那也算是值得的了。"

"好！沈小姐，我很感激你！"

静江听了，紧紧地握住了她纤手，诚恳地谢她。但李娜却微微地一笑，秋波斜瞟了他一眼，低声说道：

"事情还没有成功，你慢慢地谢我吧。"

"不过凭你这么地去做，我相信事情没有不成功的道理。沈小姐，我们去跳舞吧。"

静江说着，又站起身子，拉了李娜的手，一同到舞池里去跳舞了。这晚静江在十点敲过，就买了舞票，匆匆地走了。

第二天晚上，李娜正坐在椅子上等待舞客，侍者匆匆地来说，有客人叫李小姐坐台子。李娜听了，便即站起身子，跟了侍者走到那张座桌旁来。见又是那个老甲鱼苏广文，不知怎么的，她心中会别别地跳了一下，但表面上竭力镇静了态度，满含了妩媚的娇笑，说道：

"苏先生，你今天来得很早啊！"

"李小姐，我又来望你了，你讨厌我吗？"

广文等她在身旁坐下，便拉了她的手，轻柔地摸着，笑嘻嘻地说。李娜伸手抬了他一下下巴，眉开眼笑地瞟了他一眼，说道：

"哎！我欢迎你还来不及呢，怎么会讨厌你呢？"

"真的吗？李小姐，你不嫌我年纪老吗？"

"老什么？看你最多也不过四十岁的年纪，这是正当壮年时代呢！况且年纪大一点儿的男子比这些小白脸良心要好得多，所以我倒喜欢像苏先生那么老成的男子。我要么不嫁丈夫，假使嫁丈夫的话，非嫁像你那样的丈夫不可。"

李娜这两句话说得太有魔力了，一时把广文几根老骨头说得根根都轻松起来。他紧紧地偎着李娜的娇躯，脸上含了甜蜜的笑，心眼儿上是只觉奇痒难忍，恨不得马上把李娜一口吞吃了似的，说道：

"李小姐，你还没有嫁过丈夫吗？"

"当然啰！难道你把我还当作七八十岁的老太婆看待了吗？"

广文见她撒娇似的说，身子还微微地扭捏了两下，一时更加色眯眯地想入非非起来，遂慌忙辩白着说道：

"不！不！我哪里有这个意思呢？"

"那么你是什么意思呢？"

"我的意思，你假使真的欢喜嫁给年纪大一点儿的男子，那么你就嫁给我吧！李小姐，我很冒昧地说出来了，你听了生气吗？"

"我倒不生气，只怕你家中太太知道了会生气呢！"

李娜秋波斜乜了他一眼，粉脸上的笑意是分外妩媚可爱。广文知道她也有这个意思，一时乐得心花也朵朵地开起来了，遂连忙说道：

"李小姐，只要你肯嫁给我，我太太绝对不成问题。"

"那么你叫我做小老婆去吗？"

"我给你另租公馆住下来，一个月之中我在你那里住二十天，在她那里住十天，这样你不是反而变成大老婆了吗？"

"你现在说得好，明儿不是那么地做，叫我怎么办？"

"不会的，不会的，你是如花如玉，我那个黄脸婆却是又丑又恶。难道我不爱花朵般的美人，倒愿意去爱笨蠢的母夜叉吗？那我不成个大傻瓜了吗？"

李娜听他这样说，可见这个人真的是无情无义、没有心肝的东西，但表面上还显出十二分高兴的神气，微微地掀了酒窝儿，说道：

"那么你真愿意娶我了？"

"我假使骗你，天诛地灭。"

"何必发咒呢？不过，我希望你给我一点儿保障。"

"有，有，我此刻先给你一枚钻戒，算为我们订婚的戒指吧！"

广文被女色所迷住，他立刻把手指上的那枚钻戒脱了下来，亲自套到李娜的无名指上去。李娜见这枚钻戒也足有一克拉那么大，心中十分欢喜，遂偎在他的怀内，笑盈盈地说道：

"那么你几时给我租房子去？"

"那自然越快越好的，明天马上就去租房子好吗？"

"房子要租宽敞一点儿，因为我还有一个母亲，她要跟我过生活的。"

"可以，可以，你的妈，就是我的丈母娘，那我当然应该要奉养她的。李娜，不过，我有一点儿小小的要求，你在今夜能否答应我？"

广文说到这里，贼秃嘻嘻地傻笑着，显然这要求是包含了神秘的成分。李娜微红了娇容，瞅了他一眼，说道：

"我已经答应嫁给你了，你还有什么要求呢？"

"我要求你，能否提早开放门户？"

李娜对于他这个意思，原也早已意料之中的，遂故作娇羞万状的样子，低头不答。广文知道她是默允的表示，心里乐得甜蜜无比，遂忙又说道：

"李娜，你可怜我一片痴心，你就答应我吧！"

"好，反正我早晚总是嫁给你了，我就随便你的意思吧。"

李娜抬起粉脸来，羞人答答地回答。广文一听她答应了自己，心中这一欢喜，便咧开了嘴笑出声音来了。一面付了茶账，一面买了舞票，两人匆匆地离开舞厅，坐车到新新旅社去了。

在新新旅社三百六十号的房间里，广文坐在沙发上，右腿搁在左膝上，一面连连地摇摆着，一面吸着烟卷，脸上含了笑容，他脑海里是浮现了神秘肉感的一幕，他整个的心几乎要从他口腔内跳跃出来了。李娜从浴室内出来，坐到广文的身旁，向他脸上故意凝望了一会儿，忽然呀了一声叫起来，表示非常惊慌的神气。广文伸手抱住了她，急急地问道：

"李娜，你怎么啦？这样吃惊地叫起来了？"

"苏先生，我几次都在舞厅里碰见你的，因为舞厅里的灯光暗淡，所以我也没有仔细地注意你。此刻我一见你的脸，我心中立刻会代你担忧起来了。哎呀！这……这……可怎么好呢？"

李娜一面说，一面又故意装出急得要哭出来的神气。广文见她这个模样，心中也吃了一惊，连忙问她说道：

"李娜，你别急，你别急呀！到底是为了什么缘故？你好歹也向我告诉一个明白呀！你瞧了我的脸，你为什么吓得这一个样呢？"

"苏先生，我从小跟父亲学习相法，所以我也会看相。此刻我见你脸额上有好几条晦纹，刚才一算，你在三天之内，恐怕有大祸临头，所以我情不自禁地会代替你担忧起来了。"

广文被李娜这样一本正经地一说，因为是心虚的缘故，他的欲念立刻消去，而且心惊肉跳地坐立不安起来了。他的脸色有些灰白的样子，全身也有些微微地颤抖，握了李娜的手，含了口吃的成分，急急地说道：

"李娜，你……你……真的会看相吗？那么你知道我有什么大祸临头呢？"

"这大祸……苏先生，你不要生气，因为我已答应嫁给你了，所以我才切身相关地告诉你，这……这简直是杀身大祸呢！"

广文听李娜这样说，他的神情更惨然了，他额角上汗如雨冒，仿佛一个凶犯已经判决了死罪那么地失魂落魄了，急急地又说道：

"李娜，李娜，那么有没有解救的办法呢？假使你能够救我不死，我一定不忘你的大恩。李娜，你……可怜可怜我，你……救救我吧！"

"苏先生，照你面相看起来，你一定害死一个人，现在这个冤魂要寻着你，所以……这……简直很难有解救的办法。"

李娜是个聪明的姑娘，她见广文害怕得这个样子，心中明白他害死人一定有几分事实了，遂故意沉吟着态度，望了他良久，方才认真地说出了这两句话。广文想不到她这一句话竟说到自己的心眼儿里去，顿时全身一阵寒冷，不觉瑟瑟地发起抖来。不料就在这时，窗外突然间起了一个霹雳，却是落起暴风雨来了。广文听了风雨之声，更加触耳惊心，他的脸变成了死灰的颜色，不由自主地向李娜扑的一声跪了下来，流泪说道：

"李小姐，我……求求你，你……你……总要救救我这一条性命才好啊！"

"苏先生，你快起来，你……不要这个样子。我救你原也可以，不过你得老实地告诉我，你……到底有没有杀过人呢？"

李娜扶起他的身子，又显出温和的态度，向他低低地问。广文支支吾吾地过了一会儿，忽然捶胸大哭起来。李娜急忙把手扪住了他的嘴，说道：

"苏先生，你这一哭不打紧，惊动了外面茶房，那可不是玩的。你不要哭呀，你从实地告诉我，我或许有办法可以给你解救。"

"李娜，我……我……做这一件事情，谁也不知道，连我的妻女都没有晓得。不过，我的心是没有一刻地安定过，我好像终日坐在监狱里一般地难受。我忏悔，我痛恨，我为什么要做那伤天害理的事情？不过，我被四周逼得走投无路，我想自己活命，我想在世界上做人，那我只有叫人家死，叫人家死！"

广文站起身子，一面说，一面紧抓了自己的头发，他脸色是惨白得太可怕了。李娜却竭力镇静态度，望着他疯狂的神情，又问道：

"那么你到底害了谁呢?"

"我……害的是我的外甥儿子。"

广文已消失了隐瞒的勇气，他像失掉了灵魂似的老实地告诉出来。李娜听了，暗暗地点头，心想静江说的果然不是虚话，遂又追问他说道：

"那么你用什么东西把他害死的?"

"我……我……用毒药把他害死的。"

"那么你把他尸首藏在什么地方呢?"

"这个……"

广文颓然地在沙发上倒下了，他呆滞了的目光望着李娜的粉脸，满显出恐怖的样子，说了这个两字，却支支吾吾地没有说下去。李娜微微地一笑，瞟了他一眼，说道：

"事情既然已经做了，那你就别怕。况且在我的面前，你就是告诉了我，我也不会加害你呀。"

"李娜，你真能给我保守秘密吗?"

"咦! 你不是承认我是你的妻子了吗? 那么做妻子的不是应该帮助一个做丈夫的吗? 广文，你放心，你告诉了我，我可以想办法解救你，夫妻在患难之中是应该互相帮助的。"

李娜含了温情的口吻，向他低低地安慰，完全是有着一片热诚的爱怜之心的意思。广文向她逗了一瞥感激的目光，沉吟了一会儿，方才痛苦地说道：

"唉! 我……把他尸首埋在小院子中的花坛内的泥地下，这

297

是神不知鬼不觉，没有一个人晓得的。"

广文说到这里，忽然又神经质地用手扪住了自己的嘴，立刻奔到房门口去张望一下，然后关上了房门，向李娜扑地跪倒，苦苦哀求地说道：

"李娜，李娜，我……已经什么全都告诉了你，请你救救我，请你救救我吧！我三天之内的杀身大祸，到底用什么办法可以来解救我呢？"

"办法当然是有的，你何必着急呢？广文，你快起来吧。"

李娜连忙走上去，把他身子扶起来，低低地说。广文的脸由紧张焦急而稍会转变得平静一点儿，向李娜连连地拱手，说道：

"李娜，你……快说呀！到底用什么办法呢？承蒙救命之恩，我是永记不忘的！"

"我的意思，你我此刻都回家去整理一点儿细软什物，到了明天一清早，我们可以乘火车逃到北方去。那时候我们逍遥自在地去做一对快乐的鸳鸯，你说好吗？"

"李娜，你这办法太好了，那么我们此刻大家各自回家去吧。明天早晨九点钟，我们火车站见面好不好？"

"好的，好的，准定这样吧，可是你千万别失信。"

李娜和广文一同走出新新旅社的时候，还故意向广文这样地叮咛了一句。广文当然连声答应，两人遂跳上车子，分别走了。

李娜坐了车子，当然不是真的回家去。她匆匆地赶到东华路群益里十号周静江的家里，齐巧方思民也在静江那里。静江一见李娜到来，知道事情有些眉目了，心中十分欢喜，遂连忙和她握手，并给母亲、妹妹和方思民一一介绍过了。然后问她事情怎样了，李娜遂把自己哄骗广文的经过情形向他们详详细细地告诉了一遍。当时思民和梨芬听了，知道佑椿确系被害身死，一时痛到心头，几乎昏厥过去。但思民因为在别人家中，不能过分悲恸；而梨芬呢，因为自己一个女孩儿家，对于一个初交的男朋友，自然也不好意思放声痛哭。所以他们两人的伤痛，是只好闷在心里，发泄不出来。静江因为事情既然有了证据，那么可说是已经破了血案，于是叫思民连夜再去报局，然后自己会同探目警士，连夜可以去捕拿凶手。思民点头称是，意欲请李娜同去，但李娜因使命完成，不愿再参与此案，她便匆匆告别走了。静江和她握手，说明天重重谢她。这儿静江带了思民，便急急坐车赶到警察局里去了。

第十回

杀人犯终难逃法网

这晚广文回到家里，走到小院子的时候，那颗心便会加倍地跳快起来。素敏因为天空中落着好大的雨，心里爱惜丈夫，叫他快些走进会客室中去。她自己淋着雨，开了大门后，又关上大门。不料广文昏昏糊糊地忽然瞥见到花坛中立着一个人影，披头散发，面目狰狞，好像向自己怒目而视的样子。广文心中这一害怕，不禁大叫了一声，两脚一滑，就扑倒在泥地上了。梅君在屋子里闻声赶出来，只见妈蹲了身子，正在搀扶跌在地上的爸爸，这就不管雨大，也就奔出院子，帮着母亲一同把父亲扶起，她口中还急急地问道：

"爸爸，你怎么啦？你……你喝醉了酒吗？"

"没有什么，没有什么，我……我……有些头晕而已。"

广文的脑海里还是十分清楚，他一面回答，一面急急地向会客室里走。不料广文一脚跨入会客室，偶一抬头，见上首那张沙发上端端正正地又坐着那个披头散发的方佑椿。他唬得简直有些魂不附体，两脚好像踏在棉花堆里一般，身子又要蹲了下去。素敏见他脸如死灰，额上汗冒如雨，两眼有些呆滞的神气，还以为他是发了痧，急急地说道：

"广文，你……什么地方不舒服？莫非发了痧吗？我给你快些吞服人丹吧！"

"不用，不用，你们……快……快……扶我到楼上去睡吧！"

广文闭了眼睛，他不愿再向四周瞧望，颤抖着口吻，低低地说。素敏和梅君急得六神无主，遂慌慌张张地扶着他走到楼上房中。开了电灯，正欲扶广文到床上去睡，不料广文却又停步不前，他的两眼显出恐怖的目光，脸上简直要哭出来的样子。原来他见到佑椿可怕的形状坐在床边，好像对他指着大骂，就在这个当儿，天空中电光闪闪，忽然哗哗啦啦的一阵雷声，这把广文更害怕得竭声大叫，倒在地上爬不起来了。广文的心中固然是害怕，但素敏、梅君被他这么地一来，也不免有些心惊肉跳。素敏又急又怕地说道：

"广文，你……你……到底怎么啦？你……为什么这样失魂落魄的样子？难道你在外面发生了什么不幸的事情了吗？"

"爸爸，你快躺到床上去吧，我给你倒杯热茶。"

梅君倒了一杯热茶，走到广文身旁，也蹙了眉尖儿低低地说。广文心中暗想：我所以害怕，是为了心虚的缘故。于是他忙向梅君说道：

"梅君，我……不要喝茶，你……快把白兰地拿来，我要喝酒，爸爸壮壮胆量，不！不！爸爸可以祛祛寒，哎！哎！祛祛风寒。"

"那么你别老是坐在地上呀，你躺到床上去休息一会儿吧。"

梅君答应着去拿酒了，素敏又向坐在地上的广文轻声劝告。但广文回答的使素敏感到目瞪口呆，他摇摇头说道：

"我坐在这里很好，很舒服，素敏，你站在我的身旁，千万不要离开我，因为我有些怕。"

"奇怪，你怕什么呢？好好的衣服，坐在地上不脏吗？"

素敏听他这样说，一时莫名其妙，真有些被他弄得啼笑皆非起来。这时梅君把一瓶白兰地和一只高脚玻璃杯拿来。广文很快地接过，一口气连喝了三杯。素敏在他喝第四杯的时候，就阻拦他说道：

"广文，这酒不是普通的酒，性子太凶了，多喝了不是会醉倒吗？我劝你这一杯不要再喝下去了。"

"要如真的醉倒了，醉得人事都不省，那倒好了。就怕这酒虽然厉害，但也醉不倒我啊！"

广文并不听从素敏的劝告，他又把第四杯酒喝了下去。这样他把一瓶白兰地喝去了半瓶，方才渐渐地醉了。他醉了之后，神志更昏迷起来，一会儿哭，一会儿骂，一会儿又像忏悔，一会儿又像怨恨。素敏和梅君见他这个样子，心里又急又怕，遂拉了他的身子，劝他好好到床上去睡一会儿。谁知广文莫名其妙地向她们母女两人跪了下来，连连地拱手叩头，还呜呜咽咽地哭着求饶道：

"哦！对不起，我错了，我该死，我……太狠心了！你……可怜我，你……饶了我吧，我下次再也不敢这样做了。"

"广文，你……你……这是怎么的一回事情？你……莫非……疯了吗？"

"爸爸，你做错了什么事情呢?"

素敏和梅君被他这样地一来，真是丈二和尚摸不着头脑，忍不住感到万分骇异起来。两人一面把他扶起，一面又急急地问他。但广文却又并不作答，自管疯疯癫癫地哭着闹着，弄得素敏母女两人束手无策，也只好让他去独自地发疯了。

广文哭撞了一会儿之后，方才昏昏沉沉地醉倒在沙发上了。素敏拿了一条小绸被，给他轻轻地盖上。母女两人悄悄地到了楼下，大家在沙发上坐下。素敏叹了一口气，她心中对于广文的情形感到了怀疑，遂望着梅君说道:

"梅君，你瞧你爸爸疯狂的样子，好像有难以告人的隐情，莫非他在外面做了什么不正当的行为了吗?"

"我也这样地想，否则，他为什么跪在我们面前连声地认错表示忏悔起来呢? 所以这实在非常令人可疑。妈，我说你应该好好盘问盘问他才是，因为爸爸做了犯法的事，我们不是也会受累吗?"

"可不是? 刚才被你爸爸发疯地吵闹了之后，我此刻只觉心惊肉跳，坐立不安，也不知道有什么大祸降临了呢!"

母女两人正在暗暗地猜疑，表示非常担忧的时候，忽然大门外砰砰砰砰地有人乱敲起来。这敲门的声音很急很响，至少是包含了一点儿凶恶的成分。素敏和梅君不由得大吃了一惊，两人连忙走到会客室门口，扶了门框子，问道:

"外面敲门的是谁?"

"是我，我是方思民。"

"哦，是姑爹吗? 妈，姑爹怎么在大风雨夜里会从苏州赶到

303

上海来呢？"

梅君一面说着，一面望了母亲一眼，又低低地问。素敏听了，连忙告诉道：

"你姑爹前几天已经到上海了，他也已经到我家来过，他是来问佑椿的消息。你爸爸因为恨佑椿不肯借钱给我们，所以回绝他说佑椿没有来过呢！"

"那么今夜姑爹不知为什么到来。妈，我去开门了。"

梅君说着话，身子已奔向院子里去。伸手开了门，只见方思民脸色铁青地走进来，后面跟了探目和警士，手里握了枪，满面都是含了杀气。梅君这一吃惊，不禁粉脸失色，立刻翻身逃进会客室来。素敏正欲问什么事，瞥眼也见到众人已拥入了会客室，一时唬得浑身乱抖，向思民急急问道：

"姑丈，你……你……这是怎么的一回事啊？"

"哼！你们做的好事，谋财害命，丧失心肝！为了金钱，把我的独生儿子性命也都活活地害死了吗？"

方思民咬牙切齿，痛恨满面地喝问着说。听到素敏母女两人的耳朵里，不禁目瞪口呆，急得涨红了粉脸，说道：

"姑丈，你……你这话是打哪儿说起的？谁害了佑椿的性命呀？"

"你们谋害了佑椿的性命，你们还敢抵赖吗？"

"可是我们并没有做过这一回事情呀！"

"不要和她们多啰唆，一个一个抓起来再说。"

那些探目圆睁了环眼，凶巴巴地说，早已在怀内取出手铐，似狼如虎地把她们母女两人的手铐住了。素敏、梅君瞧此情形，唬得脸如纸白，双泪交流。正在不知如何是好的当儿，忽见门外又走进一个身穿西服男子来。梅君一瞧，好像遇到了救星一般似的，大叫"静江救我"。原来这个男子正是静江，静江为了梅君关系，本来不预备一同到来，但又恐怕梅君太受委屈，所以随后又急急地起来了。当时见梅君母女已经被捕，心里虽然很难过，但也没有办法，口里急问广文抓住了没有，探目警士等一听，方才匆匆地向屋子四周搜索了。梅君见静江也是为了捕抓他们而来的，一时又气又急，遂泪眼盈盈地望着静江，说道：

"静江，我们犯了什么罪？你……要把我们一家人都捕捉了去啊？"

"梅君，你们谋害了人家性命啦！公事公办，我也没有办法呀！"

"静江，你太冤枉我们了，我们安分守己，谋害了谁呢？"

"谋害了你的表哥方佑椿。我现在问你们，你们可曾帮过你父亲一同把佑椿害死吗？"

"这……这……我简直莫名其妙，表哥虽然到我家来过了，但是那天晚上他就走的。"

"你看见他走的吗？"

"这个……事情是这样的，我可以详详细细告诉你们。那天晚上，来了表哥，我们都很欢喜，殷勤招待他。不过那时候我们非常穷困，这些你也知道的。爸爸想问表哥借钱，所以叫我们母女两人自管到楼上去，我们为了不好意思见表哥，因为借钱是件坍台的事，所以没有再到楼下来。第二天早晨，爸爸很怨恨地说，表哥没有情义，他不肯借钱，连夜地就匆匆走了。我们听了，觉得人心势利，所以还十分地气愤呢！"

梅君显出十二分坦白的神气，把经过的事情老老实实地诉说了一遍，表示她们母女并没有同谋的意思。静江听了，点点头，说道：

"那么你可知道你爸爸说的完全是谎话吗？当天晚上，他用毒药，把你表哥毒死了……"

"啊！他……他把毒药害死了佑椿？"

素敏在旁边听到了这两句话，她心中一阵气愤塞胸，顿时脸色惨白，哇的一声吐出一口鲜血，两眼向上一翻，身子便倒向地上去了。梅君伏到母亲身上，忍不住"妈妈"地哭叫起来。就在这个时候，众探目把广文跌跌撞撞地押了下来。广文还没有完全苏醒，他还醉得糊糊涂涂的样子，忽然瞥见到梅君伏在地上哭妈，这就吃了一惊，怔怔地说道：

"梅君，你妈怎么啦？"

"爸爸，你……你……杀了人！"

"啊！我……杀了人？你怎么知道的？"

"爸爸，你瞧……这四面的人是谁？他们是来抓我们的。"

梅君见父亲还是这样糊糊涂涂地问，遂伸手指了指探目等说。广文回眸见了众人，忽然圆睁了环眼，大声喝道：

"你们是谁？你们是谁？到我家里来干什么呀？快快给我滚出去！滚出去！"

"他妈的！这老贼真是醉生梦死！非量他几个耳刮子，醒醒他的脑袋！"

探目听他还破口大骂，这就怒不可遏，猛可撩起蒲扇那么大的手掌，在广文颊上啪啪地量了三四个耳光。接着把手铐取出，将广文锁住了两手。广文被他打得脸色发青，满口牙齿血都流了出来。因为负了痛，他才清楚了一点儿。不过他还自言自语地说道：

"这……这……不是在做梦吗？你……你们为什么把我们全家都抓住了呢？难道我们犯了罪吗？"

"弟兄们，把这花坛的泥土掘起来吧！"

静江听他还是那么老奸巨猾地狡辩着，这就向警士们吩咐着说。那些警士们预先带来了锄头和铲子，一听静江令下，遂纷纷地到院子里去了。广文在听到静江这两句话之后，方才唬得魂飞魄散，脸一阵红一阵白，霎时之间变成了死灰的颜色。这时方思民也跟着警士到院子里去，当他见到儿子的尸体赫然显现在眼前的时候，他痛到心头，不免放声大哭。静江用手电筒向花坛上一照射，只见尸体早已腐烂，血肉模糊，面目全非，见之令人作呕，这就回身望了广文一眼，冷笑道：

"你现在还有什么可说？我真想不到你这么衣冠楚楚，竟会有这等残酷之禽兽行为呢。"

"我没有什么可以再说了，我只有听法律来判决我吧！不过，谋害外甥是我一人的主谋，与我妻子女儿毫无关系。所以我尽管可以判处死罪，她们这两个可怜的女子是应该无罪的。"

广文在这个时候，他的态度反而镇静了，用了颤抖的口吻，向静江代为妻女苦苦地哀求。静江等见素敏气得吐血，可见她并没有同谋，罪在广文一人，与素敏母女无涉，遂放了她们母女两人的手铐，这里把佑椿尸首车往验尸所去，一面把广文押送到警

307

局里去了。静江临走，对梅君附耳低低诉说了几句。梅君非常感激，遂目送他们而去。当她关上大门，回头望到花坛上尚留有斑斑血印的时候，心中尚有余惊，吓得不敢斜视，遂三脚两步地奔进会客室。只见母亲一个人坐在沙发上，还在呜呜咽咽地哭泣着，遂恨恨地说道：

"妈，你还哭哩！爸爸这样残忍，丧失心肝，谋财害命，不要说法律所不允许，就是天理也难容呢！"

"梅君，你以为我在哭你的爸爸吗？不！不！我是哭佑椿这个孩子，他……他……好好竟被你爸爸活活地害死了，岂不叫人伤心吗？唉！我想不到你爸爸一个大学毕业的知识分子，竟然做出这样没有人格没有天良的事情来，你叫我怎么不要心痛？你叫我怎么不要心痛呢？"

素敏一面痛心疾首地辩解，一面忍不住又呜咽地哭泣起来。母女两人哭泣了一会儿，梅君附了母亲的耳朵，低低地说了一阵。她们方才收束泪痕，匆匆地到了楼上，把贵重的细软什物整理一个挈匣，她们连夜地住到医院里去了。

果然，不上几天，法院里来封门了。原因是广文谋财害命而致富，故而除凶犯判处死刑外，应没收其家产，抵偿被告之所有损失。静江早知有此一着，所以附耳告梅君，也是为了顾全她们母女两人以后生活而设想的。

素敏在医院里睡了几天，身子已经慢慢复原。警局里也派人来调查过，知道她确系吐血，前来休养，并非畏罪而逃。这天报上法院对于此案已经发表判决，内容是见财起歹心，谋财害命，判处死刑，凶犯直认不讳，表示情愿伏法受判等语。素敏想起二十多年结发之情，虽然广文这次所为太失人格，太丧良心，但到底也是为了生活逼迫而出此下策。思想起来，又觉心痛若割。这天下午，母女两人便到监狱里去探望广文。广文站在铁栅子里面，望着铁栅外像泪人儿般的她们母女两个人，他是心碎肠断，几乎失声哭泣，最后方才说道：

"素敏、梅君，你们不要为我而伤心，杀人者死，这是一个凶犯应有的结局，那是没有什么稀奇的。假使杀人者可以永远逍遥法外的话，那么社会上作恶之人不是更要多了吗？不过，我并非是个生性欢喜杀人的残暴者，我在过去确实是个心地良善的人。我受过高等的知识，我知道法律，我懂得廉耻，我也具有博爱的慈悲心，我记得我年轻的时候，也曾经做过许多公益的事情，我可以说我是整整地做了四十多年的好人！然而在这短短一个月之中，我竟做下了这一件十恶不赦的杀人事情，难道我是疯了吗？我……患了神经病了吗？不！不！我是被……投机……所害了！我有着清苦的生活过，我还不知足，我想发财，我想发财，于是我奔进了投机市场，我清楚的神志便昏迷起来了。投机本来是扰乱社会市面的害群之马，它无形中杀害了许多贫苦的小百姓，它不知祸害了多少清白的好国民！我现在明白了，这是我做投机的下场，我希望当局取缔投机！"

广文说了这么一大套的话，他话声愈说愈低沉，说到后面，他离开了铁窗旁边，慢慢地向里面走，表示不愿再见她们母女两人的意思。梅君听了，觉得爸爸是被投机所害的，她同情爸爸，她觉得爸爸是为了负担家庭生活而做投机的，因此她把怨恨又变成可怜起来，遂哭泣着叫道：

"爸爸。"

"梅君，别叫我爸爸，你爸爸枉活了这四十多年的日子，我没有资格做爸爸！我没有资格做人！我管不了你们，你们去吧！去吧！"

广文连连挥手，无限痛苦地回答。他的身子越走越远，在监狱内黑漆漆的气氛中消失了。这时法警也来叫她们可以回家了，素敏母女两人在万分依恋不舍之下，悲悲切切地走出了阴森森的上海监狱。猛可想到这是最后一次地瞧见爸爸了，于是梅君又掩着脸哭泣起来了。

太阳的光已慢慢地在宇宙中消失了，四周已笼上了一层轻罗纱那样的薄暮。虽然是初秋的季节，但是此刻在素敏和梅君的心眼儿上，她们的感觉已经是够凄凉欲绝了，泪眼模糊地望着暗淡的前途，真所谓茫茫四顾欲何之。偶然抬头，见天空中一群小鸟飞鸣而过，想必是归巢而去的，于是更加想到何处是她们的归宿，一时徘徊街头，彷徨无所依。在一抹斜阳的拖映之下，慢慢地终于消失她们母女两人的影子了。

附　　录

从鸳鸯蝴蝶派谈到冯玉奇小说

裴效维

《民国通俗小说典藏文库·冯玉奇卷》将收录冯玉奇的百余种小说作品，此举极其不易。现在，我愿以这篇文章给出版者呐喊助威。尽管我人微言轻，但我毕竟是一个中国文学的研究者，为鸳鸯蝴蝶派说些公道话是我的责任。

冯玉奇是一位鸳鸯蝴蝶派作家，因此我们要想了解冯玉奇，必须首先厘清有关鸳鸯蝴蝶派的一些问题。

一、何谓鸳鸯蝴蝶派

鸳鸯蝴蝶派作家平襟亚在《关于鸳鸯蝴蝶派》（署名宁远）一文中对鸳鸯蝴蝶派的来历说得很清楚：

> 鸳鸯蝴蝶派的名称是由群众起出来的，因为那些作品中常写爱情故事，离不开"卅六鸳鸯同命鸟，一双蝴

蝶可怜虫"的范围，因而公赠了这个佳名。

——载香港《大公报》1960 年 7 月 20 日

可见鸳鸯蝴蝶派并不是一个有组织有宗旨的小说流派，而是因为当时流行的言情小说多写一对对恋人或夫妻如同鸳鸯蝴蝶般相亲相爱，形影不离，因而民间用鸳鸯蝴蝶小说来比喻这种言情小说，那么这种言情小说的作家群当然也就是鸳鸯蝴蝶派了。这种说法应该是可信的，因为民间常用鸳鸯和蝴蝶来比喻恋人或夫妻，很多民间文学作品中不乏其例。这一比喻非常形象生动，但并无褒贬之意，因此不胫而走。

传到新文学家那里，便加以利用，并赋予贬义，作为贬低对手的武器。但新文学家对鸳鸯蝴蝶派的界定并不一致，大致有两种看法。

一种看法认同民间的比喻说法，即将鸳鸯蝴蝶派小说局限为通俗小说中的言情小说，将鸳鸯蝴蝶派局限为言情小说作家群。鲁迅是这种看法的代表，他在 1922 年所写的《所谓"国学"》一文中说："洋场上的文豪又作了几篇鸳鸯蝴蝶派体小说出版"，其内容无非是"'卿卿我我''蝴蝶鸳鸯'"（载《晨报副刊》1922年 10 月 4 日）。又于 1931 年 8 月 12 日在社会科学研究会做了《上海文艺之一瞥》的长篇演讲，其中对鸳鸯蝴蝶派小说更做了形象而精辟的概括：

这时新的才子＋佳人小说便又流行起来，但佳人已是良家女子了，和才子相悦相恋，分拆不开，柳阴花下，像一对蝴蝶、一双鸳鸯一样。

——连载于《文艺新闻》第 20、21 期

此外，周作人、钱玄同也持这种看法。周作人于 1918 年 4 月 19 日在北京大学文科研究所小说研究会做《日本近三十年小说之发达》的演讲中，就说现代中国小说"还有《玉梨魂》派的鸳鸯蝴蝶体"（载《新青年》第 5 卷第 1 号）。次年 2 月，周作人又发表《中国小说里的男女问题》（署名仲密）一文，认为"近时流行的《玉梨魂》，虽文章很是肉麻，（却）为鸳鸯蝴蝶派小说的鼻祖"（载《每周评论》第 5 卷第 7 号）。与周作人差不多同时，钱玄同在 1919 年 1 月 9 日所写的《"黑幕"书》一文中也说："人人皆知'黑幕'书为一种不正当之书籍，其实与'黑幕'同类之书籍正复不少，如《艳情尺牍》《香闺韵语》及'鸳鸯蝴蝶派小说'等等皆是。"（载《新青年》第 6 卷第 1 号）这种看法后来被人称之为"狭义的鸳鸯蝴蝶派"看法。

另一种看法却将鸳鸯蝴蝶派无限扩大，认为民国年间新文学派之外的所有通俗小说作家都是鸳鸯蝴蝶派，他们的所有通俗小说都是鸳鸯蝴蝶派小说。这种看法的代表人物是瞿秋白和茅盾。瞿秋白从小说的内容方面来扩大鸳鸯蝴蝶派小说的范围，他在《财神还是反财神》一文中说，"什么武侠，什么神怪，什么侦探，什么言情，什么历史，什么家庭"小说，都是鸳鸯蝴蝶派小说（见人民文学出版社 1953 年 10 月版《瞿秋白文集》）。茅盾则

从小说的形式方面来扩大鸳鸯蝴蝶派小说的范围，他在《自然主义与中国现代小说》一文中认定鸳鸯蝴蝶派小说包括"旧式章回体的长篇小说""不分章回的旧式小说""中西合璧的旧式小说""文言白话都有"的短篇小说（载 1922 年 7 月《小说月报》第 13 卷第 7 号）。这种看法后来被人称之为"广义的鸳鸯蝴蝶派"看法，而且逐渐成为主流看法，以致后来的文学研究者都接受了这种看法。

新文学家不仅在鸳鸯蝴蝶派的界定问题上分成了两派，而且在鸳鸯蝴蝶派的名称上也花样百出。如罗家伦因为徐枕亚等人好用四六句的文言写小说，便称其为"滥调四六派"（见署名志希的《今日中国之小说界》，载 1919 年《新潮》第 1 卷第 1 号），但无人响应。郑振铎因为《礼拜六》杂志为鸳鸯蝴蝶派的主要刊物之一，便称其为"礼拜六派"（见署名西谛的《新文学观的建设》一文，载 1922 年 5 月 21 日《文学旬刊》第 38 号）。这一说法得到了周作人、茅盾、瞿秋白、朱自清、阿英、冯至、楼适夷等人的响应，纷纷采用，以致使用频率越来越高，知名度越来越大，终于成为鸳鸯蝴蝶派的别称了。于是"鸳鸯蝴蝶派"和"礼拜六派"两个名称便被新文学家所滥用。如郑振铎在《新文学观的建设》一文中称"礼拜六派"，而在《〈文学论争集〉导言》一文中却称"鸳鸯蝴蝶派"（见上海良友图书公司 1935 年 10 月出版的《新文学大系·文学论争集》卷首）。还有人在同一篇文章里既称鸳鸯蝴蝶派，又称礼拜六派。如阿英在 1932 年所写的《上海事变与鸳鸯蝴蝶派文艺》一文中说：张恨水的所谓"国难小说"，与"礼拜六派的作品一样，是鸳鸯蝴蝶派的一体"，"充分地说明了鸳鸯蝴蝶派的作家的本色而已"（见上海合众书店1933年6月出版的《现代中国文学论》）。

茅盾在20世纪70年代觉得统称鸳鸯蝴蝶派或礼拜六派都不合适，于是提出了一个折中的看法，他在《紧张而复杂的生活、学习与斗争（上）——回忆录（四）》中说：

> 我以为在"五四"以前，"鸳鸯蝴蝶派"这名称对这一派人是适用的。……但在"五四"以后，这一派中有不少人也来"赶潮流"了，他们不再老是某生某女，而居然写家庭冲突，甚至写劳动人民的悲惨生活了，因此，如果用他们那一派最老的刊物《礼拜六》来称呼他们，较为合式。

——载1979年8月《新文学史料》第4辑

事实是该派在"五四"前后没有根本变化，都是既写言情小说，又写其他小说，将其人为地腰斩为两段，既显得武断，又无法掩盖当时的混乱看法。

这些混乱的看法导致后来的文学研究者无所适从：或沿用"鸳鸯蝴蝶派"的说法（如北大本《中国文学史》和《中国小说史稿》、复旦本《中国文学史》和《中国近代文学史稿》等）；或沿用"礼拜六派"的说法（如山东师院本《中国现代文学史》等）；或干脆别出心裁地称之为"鸳鸯蝴蝶—礼拜六派"（见汤哲声《鸳鸯蝴蝶—礼拜六小说观念的价值取向及其评价》，载《苏州大学学报》1992 年第 2 期）。这可真算是中国小说史上的一出有趣的滑稽戏了。

二、如何评价鸳鸯蝴蝶派

鸳鸯蝴蝶派的开山作品是 1900 年陈蝶仙的言情小说《泪珠缘》，因此鸳鸯蝴蝶派应该是指言情小说派，这也就是后来的所谓"狭义的鸳鸯蝴蝶派"，但被新文学家扩大为"广义的鸳鸯蝴蝶派"，实际上也就是民国通俗小说派。

鸳鸯蝴蝶派与同时期的"南社"不同，既没有组织，也没有纲领，而是一个在思想倾向和艺术风格上大体相同或相近的小说流派，连"鸳鸯蝴蝶派"这一招牌也是别人强加给它的。然而客观地说，鸳鸯蝴蝶派确实是一个产生过巨大影响的小说流派。在"五四"以前的近二十年间，它几乎独占了中国文坛；在"五四"以后的三十年间，虽然产生了新文学，但新文学只是表面上风光，而鸳鸯蝴蝶派却一派兴旺发达景象。我对"广义的鸳鸯蝴蝶派"做过不完全的统计：该派作家达数百人，较著名者有一百余人，所办刊物、小报和大报副刊仅在上海就有三百四十种，所著中长篇小说两千多种，至于短篇小说、笔记等更难以计数。在此前的中国文学史上，还没有哪个文学流派有过如此宏大的规模，产生过如此巨大的影响。

鸳鸯蝴蝶派由于规模宏大，又处在历史的一个巨变时期，其成员的确鱼龙混杂，其作品也良莠不齐，但总体来说，它形象地记录了中国二十世纪前五十年的历史，为中国读者提供了丰富的精神食粮，对中国小说的传承起过积极作用，因此应该给予充分的肯定。

鸳鸯蝴蝶派小说已经不是中国传统通俗小说的复制，而是一种改良的通俗小说。在形式方面，它既采用章回体，也采用非章回体，甚至采用了西洋小说的日记体、书信体等，至于侦探小说则更是完全模仿自西洋小说。在艺术手法方面，受西洋小说的影响非常明显，如增加了人物形象和景物描写，结构与叙事方式也趋于多样化，单线和复线结构并用，第三人称和第一人称叙述法兼施，还采用了倒叙法和补叙法。在内容方面，鸳鸯蝴蝶派小说已经扩大了描写范围，反映了当时社会生活的各个方面，甚至已经紧跟时事，及时反映当前的社会现实，被称为"时事小说"。如李涵秋的《广陵潮》描写辛亥革命，而他的《战地莺花录》则描写五四运动，这种及时反映当时发生的重大政治事件的小说，与多写历史故事的古代小说完全不同，显然是一大进步。鸳鸯蝴蝶派的言情小说，也不同于古代的才子佳人小说，而是一种新才子佳人小说。古代的才子佳人小说因面对森严的封建礼教，只能写才子与佳人偶尔一见钟情，以眉目传情或诗书传情的方式进行交流，最后皆是有情人终成眷属的大团圆结局。而这种大团圆结局完全是人为的：或出于巧合，或由于才子金榜题名，皇帝御赐完婚，这就完全回避了封建包办婚姻的问题。而民国年间的封建礼教已经在一定程度上松绑，尤其像上海、北京等大城市得风气之先，恋爱自由和婚姻自主思想已经渐入人心。因此有些鸳鸯蝴蝶派的言情小说也突破了古代才子佳人小说的窠臼，才子佳人已经敢于"相悦相恋，分拆不开，柳阴花下，像一对蝴蝶、一双鸳鸯一样"。其结局也不再全是有情人终成眷属的大团圆，而是"有时因为严亲，或者因为薄命，也竟至于偶见悲剧的结局……这实在不能不说是一个大进步"（鲁迅《上海文艺之一瞥》，连载于1931年7月27日、8月3日《文艺新闻》第20、21期）。言情小说由大团圆结局到悲剧结局的确是一个大进步，因为前者是回避封建包办婚姻礼制，而后者是控诉封建包办婚姻礼制。而这一进步的开创者是曹雪芹和高鹗，他们在《红楼梦》里所写的婚姻差不多都是悲剧。因此胡适称赞《红楼梦》不仅把一个个人物"都写作悲剧的下场"，而且最后"作一个大悲剧的结束，打破了中国小说的团圆迷信"（《〈红楼梦〉考证》，见1923年亚东图书馆版《胡适文存》）。可见鸳鸯蝴蝶派的言情小说在一定程度上继承了《红楼梦》开创的爱情婚姻悲剧模式，因而具有相当的反封建意义。我们可以徐枕亚的《玉梨魂》为例加以说明，因为该小说被新文学家指为鸳鸯蝴蝶派的代表性作品。

《玉梨魂》的故事很简单——清末宣统年间，小学教员何梦霞与年轻寡妇白梨影相爱，但两人均认为他们的这种行为是不道德的。为了得到感情的解脱，白梨影想出个"移花接木"的办法，即撮合何梦霞与自己的小姑崔筠倩订了婚。然而何梦霞既不能移情于崔筠倩，白梨影也无法忘情于何梦霞，结果造成了一连串的悲剧——白梨影在爱情与道德的激烈冲突下郁郁而死；崔筠倩因得不到何梦霞之爱而离开了人世；白梨影的公公因感伤女儿、儿媳之死而一病身亡；白梨影的十岁儿子鹏郎成了孤儿。何梦霞为排遣苦闷，先赴日本留学，继又回国参加了辛亥武昌起义（即辛亥革命），壮烈牺牲。

《玉梨魂》不仅描写了一个爱情婚姻悲剧，而且不同于一般的爱情婚姻悲剧。一般的爱情婚姻悲剧都是由封建势力造成的，即由包办婚姻造成的；而《玉梨魂》所写的爱情婚姻悲剧，其原因却是何梦霞和白梨影自身的封建道德。他们既渴望获得恋爱自由和婚姻自主的权利，又不能摆脱封建道德和封建礼教的束缚，两者激烈冲突，造成三死一孤的惨剧。从而揭露了封建道德和封建礼教的影响力是多么巨大，它已深入人们的骨髓，使其不能自拔。因此，它的反封建意义比一般的爱情婚姻悲剧更为深刻。

其实，新文学阵营也不是铁板一块，虽然大多数新文学家对鸳鸯蝴蝶派全盘否定，但也有少数新文学家态度比较客观，他们对鸳鸯蝴蝶派也给予一定的肯定。鲁迅是其中最突出的一位，他不仅认为某些鸳鸯蝴蝶派的悲剧言情小说是"一大进步"，而且不同意某些新文学家对鸳鸯蝴蝶派消极影响的夸大其词。他说：

> 至于说他流毒中国的青年，那似乎是过虑。倘有人能为这类小说所害，则即使没有这类东西也还是废物，无从挽救的。与社会，尤其不相干，气类相同的鼓词和唱本，国内非常多，品格也相像，所以这些作品也再不能"火上添油"，使中国人堕落得更厉害了。

——《关于〈小说世界〉》，载《晨报副刊》

1923 年 1 月 15 日

这种客观的观点与前述周作人无限夸大鸳鸯蝴蝶派作品能使国民生活陷入"完全动物的状态"乃至"非动物的状态"的观点形成了鲜明对比。当抗日战争爆发后，鲁迅更提倡文学界的抗日统一战线，主张团结鸳鸯蝴蝶派一起抗日。他说：

> 我以为文艺家在抗日问题上的联合是无条件的，只要他不是汉奸，愿意或赞成抗日，则不论叫哥哥妹妹、之乎者也，或鸳鸯蝴蝶都无妨。但在文学问题上我们仍可以互相批判。

> ——《答徐懋庸并关于抗日统一战线问题》，载《作家》月刊第 1 卷第 5 期

鲁迅不仅提倡团结鸳鸯蝴蝶派一起抗日，而且主张新文学派与鸳鸯蝴蝶派在文学问题上"互相批判"，这种平等对待鸳鸯蝴蝶派的度量，也与那些视鸳鸯蝴蝶派如寇仇，必欲置诸死地而后快的新文学家形成了鲜明对比。

对鸳鸯蝴蝶派给予肯定的不只鲁迅，还有朱自清和茅盾。朱自清认为供人娱乐是中国传统小说的特点，因此不赞成将"消遣"作为罪状来批判鸳鸯蝴蝶派小说。他说：

> 在中国文学的传统里，小说……更是小道中的小道，就因为是消遣的，不严肃。不严肃也就是不正经，小说通常称为"闲书"，不是正经书。……鸳鸯蝴蝶派

322

的小说意在供人们茶余酒后的消遣，倒是中国小说的正宗。

——《论严肃》，载《中国作家》创刊号

茅盾也承认鸳鸯蝴蝶派小说也"写家庭冲突，甚至写劳动人民的悲惨生活"。他还从艺术性方面对鸳鸯蝴蝶派小说给予一定肯定。他认为鸳鸯蝴蝶派的有些长篇小说"采用西洋小说的布局法"，如倒叙法、补叙法，以及人物出场免去套语、故事叙述"戛然收住"等等，这一切是对"旧章回体小说布局法的革命"。还认为鸳鸯蝴蝶派的有些短篇小说学习了西洋短篇小说"截取一段人生来描写，而人生的全体因之以见"的方法："叙述一段人事，可以无头无尾；出场一个人物，可以不细叙家世；书中人物可以只有一人；书中情节可以简至只是一段回忆。……能够学到这一层的，比起一头死钻在旧章回体小说的圈子里的人，自然要高出几倍。"（《自然主义与中国现代小说》，载1922年7月10日《小说月报》第13卷第7号）

鲁迅、朱自清、茅盾毕竟属于新文学派，因此他们对鸳鸯蝴蝶派的肯定是有限的。我们应该摆脱成见与束缚，从中国文学史的角度，对鸳鸯蝴蝶派做出客观公正的评价。

三、如何看待冯玉奇的小说

我们澄清了以上有关鸳鸯蝴蝶派的三个问题，等于为介绍冯玉奇的小说提供了一个坐标，也等于为读者提供了一把参照标尺。读者用这把标尺，就可自行评判冯玉奇的小说了。

冯玉奇于 1918 年左右生于浙江慈溪，笔名左明生、海上先觉楼、先觉楼，曾署名慈水冯玉奇、四明冯玉奇、海上冯玉奇。据说他毕业于浙江大学（一说复旦大学）。1937 年九一八事变后寄居上海，感山河破碎，国事蜩螗，开始写作小说以抒怀。其处女作为《解语花》，由上海春明书店出版。出版后旋即由东方书场改编为同名话剧，演出后轰动一时。那时他才十九岁。由此一发而不可收，至 1949 年 7 月《花落谁家》出版，在短短十来年时间里，他创作的小说竟达一百九十多种，平均每年近二十种，总篇幅应该不少于三千万字，只能用"神速"来形容。这时他只有三十一岁。近现代文学史料专家魏绍昌先生（已去世）所编《鸳鸯蝴蝶派研究资料（史料部分）》（上海文艺出版社 1962 年 10 月出版）开列的《冯玉奇作品》目录只有一百七十二种，也有遗珠之憾。不过我们从这一目录中仍可确定冯玉奇是一位以写言情小说为主的通俗小说作家，因为在一百七十二种小说中，言情小说占有一百二十二种，其他小说只有五十种：社会小说三十四种、武侠小说十四种、侦探小说两种。

冯玉奇不仅是一位写作神速且极为多产的通俗小说作家，还是一位热心的剧作家和剧务工作者。早在他二十六岁（1944 年）时，就担任了越剧名伶袁雪芬的雪声剧团的剧务，并为之创作了《雁南归》《红粉金戈》《太平天国》《有情人》《孝女复仇》五大剧本，演出效果全都甚佳。在他二十七到二十八岁（1945～1946）时，又与他人合作，前后为全香剧团和天红剧团编导了

《小妹妹》《遗产恨》《飘零泪》《义薄云天》《流亡曲》等二十多个剧本，演出效果同样甚佳。可见冯玉奇至少写过十几个剧本。

冯玉奇一生所写的小说和剧本总计不下两百五十种，总篇幅可能达到四千万字以上，是名副其实的"著作等身"，是当之无愧的中国最多产的作家，号称多产的同派小说家张恨水也难望其项背。当时的文学作品已是一种特殊商品，冯玉奇的小说如此畅销，其剧本演出又如此轰动，这足可以证明其受人欢迎，这就是读者和观众对冯玉奇的评价，它比专家的评价更为准确，也更为重要。遗憾的是，我们无法看到他的剧作和三十岁以后的作品，也不知其晚景如何，卒于何年。

从冯玉奇的生活年代和创作时段来看，他显然是鸳鸯蝴蝶派的后起之秀，所以尽管他作品如此之多，影响如此之大，而同派的老前辈却很少提到他，这也是"文人相轻"的表现之一。

按说要介绍冯玉奇的小说，应该将其全部小说阅读一遍，但我没有这么多时间，也没有这么大精力，因而只向中国文史出版社借阅了《舞宫春艳》《小红楼》《百合花开》三种，全都是言情小说。因此我只能以这三种言情小说为例加以介绍，这可能会犯以偏概全的错误，因此只能供读者参考。

《舞宫春艳》写了两个纠缠在一起的爱情婚姻悲剧故事：苏州富家子秦可玉自幼与邻居豆腐坊之女李慧娟相恋，由于门第悬殊，秦可玉被其父禁锢，二人难圆成婚之梦。不幸李慧娟生下了一个私生女鹃儿，只好遗弃，自己则郁郁而死。鹃儿被无赖李三子收养，长大后卖到上海做伴舞女郎，改名卷耳。中学生唐小棣

325

先是爱上了姑夫秦可玉家的婢女叶小红，不料叶小红失踪，于是移情于卷耳，但无钱为卷耳赎身，两人感到婚姻无望，于是双双吞鸦片自尽。

《小红楼》的故事紧接《舞宫春艳》：曾经被唐小棣爱过的叶小红的失踪，原来也是被无赖李三子拐卖为伴舞女郎，小棣、卷耳自杀后，小红才被救了回来，并被秦可玉认为义女。经苏雨田介绍，与辛石秋相识相恋而订婚。同时石秋的姨表妹巢爱吾也爱石秋，但石秋既与小红订婚在先，便毅然与小红结婚。爱吾为了摆脱难堪的地位，离家出走，下落不明。石秋奉父命赴北平探望二哥雁秋，在火车站被人诬陷私带军火，被军人押到司令部。可巧爱吾此时已成为张司令的干女儿兼秘书，便设法救了石秋一命。但张司令强迫石秋与爱吾结婚，二人既不敢违命，又固守道德，便以假夫妻应付。后来石秋回到家里，终于与小红团聚。

《百合花开》写了两个紧密相关的爱情婚姻故事：二十岁的寡妇花如兰同时被四十二岁的教育家盖季常和十八岁的革命青年盖雨龙叔侄俩所爱，而盖季常的十六岁侄女盖云仙又同时被三十六岁的银行家杨如仁和十九岁的革命青年杨梦花父子俩所爱。经过许多曲折后，终于两位长辈让步，盖雨龙与花如兰、杨梦花与盖云仙同场结婚。

由以上简单介绍可知，冯玉奇的这三种小说共写了五个爱情婚姻故事，其中两个是悲剧结局，三个是有情人终成眷属。这正如鲁迅所说："有时因为严亲，或者因为薄命，也竟至于偶见悲剧的结局……这实在不能不说是一个大进步。"其次，这三种小说的五个爱情婚姻故事，倒有四个是三角爱情婚姻故事，但它们的情况并不雷同。唐小棣、叶小红、卷耳的三角恋是一男爱二女，辛石秋、叶小红、巢爱吾的三角恋是两女爱一男，而盖季常、盖雨龙、花如兰和杨如仁、杨梦花、盖云仙的三角恋更为异想天开，竟然都是两辈嫡亲男人（叔侄、父子）同爱一个女子。可见冯玉奇极有编故事的才能，从而使作品更具吸引力和娱乐性。又次，这三种言情小说的描写极为干净，没有任何色情描写。除了秦可玉与李慧娟有私生女外，其他人都非礼勿言，非礼勿行。如辛石秋与叶小红因婚礼当天石秋之母去世，为了守孝，新婚夫妻在百日之内没有圆房。而辛石秋与姨表妹巢爱吾为了对得起叶小红，虽被张司令强迫成亲，却只做了几天假夫妻。

从表现形式和艺术手法来看，我觉得冯玉奇的小说与当时新文学的新小说都受了西洋小说的影响，基本相同。譬如：两者都突破了传统小说书名的套路，不拘一格，尤其采用了一字书名和二字书名，如冯玉奇有《罪》《孽》《恨》《血》和《歧途》《逃婚》《情奔》等；而巴金有《家》《春》《秋》，茅盾有《幻灭》《动摇》《追求》。两者的对话方式也突破了传统小说的套路，灵活自如：对话既可置于说话者之后，也可置于说话者之前，还可将说话者夹在两句或两段话之间。至于小说的结构法、叙述法与描写法，更是差不多的。譬如人物描写不再是"沉鱼落雁""闭月羞花""倾国倾城"之类的千人一面，景物描写也不再是"落红满地""绿柳成荫""玉兔东升"之类的千篇一律，而加以具体描绘。这里随便举一个例子：

小红坐在窗旁，手托香腮，望着窗外院子里放有一缸残荷，风吹枯叶，瑟瑟作响。墙角旁几株梧桐，巍然而立。下面花坞上满种着秋海棠，正在发花，绿叶红筋，临风生姿，可惜艳而无香，但点缀秋色，也颇令人爱而忘倦。

这是《小红楼》对莲花庵一角的景物描绘，虽然算不上十分精彩，但作者通过小红的眼睛描绘了院中的三样东西——风吹作响的"枯荷"、巍然挺立的"梧桐"、正在开花的"海棠"，从而衬托出莲花庵幽静的环境，曲折地表明了时在秋季。频繁使用巧合手法是冯玉奇小说的显著特点，可以说把所谓"无巧不成书"用到了极致。巧合手法有助于编织故事，缩短篇幅，增加作品的吸引力等，但使用过多则时有破绽，有损于作品的真实性。冯玉奇的某些小说也采用了章回体，但只是标题用"第×回"和对偶句，"却说""且听下回分解"之类的套语已不再经常出现，因此并非章回体的完全照搬。况且章回体并非劣等小说的标志，它在我国小说史上发挥过巨大作用，产生过杰出的四大古典小说。因此用章回体来贬低冯玉奇的小说，也是毫无道理的。

冯玉奇的小说也有明显的缺点。它们与其他鸳鸯蝴蝶派小说一样，主要注重小说的娱乐性，而忽视小说的社会性和艺术性，因此没有产生杰出的作品。他是南方人而小说采用北方话，加之写作速度太快，无暇深思熟虑，导致语言不够流畅，用词不够准确，还有许多错别字和语病。还有使用"巧合"法太多，有时破绽明显，这里不再举例。

总而言之，冯玉奇既不是"黄色"和"反动"小说家，也不是杰出小说家，而是一位勤奋多产、有益无害的通俗小说家，他应在中国小说史尤其是中国现代小说中占有一席之地。

2017 年 6 月 4 日于北京蜗居